August Strindberg

Novellen

CLASSIC PAGES

Strindberg, August

Novellen

Reihe: *classic pages*

ISBN: 978-3-86267-021-5

Auflage: 1
Erscheinungsjahr: 2010
Erscheinungsort: Bremen, Deutschland

Europäischer Literaturverlag (www.elv-verlag.de), Fahrenheitstr. 1, 28359 Bremen.

Bei diesem Titel handelt es sich um den Nachdruck eines historischen, lange vergriffenen Buches aus dem Bücherverlag fürs Deutsche Haus, Berlin-Leipzig-Wien (1908). Da elektronische Druckvorlagen für diesen Titel nicht existieren, musste auf alte Vorlagen zurückgegriffen werden. Hieraus zwangsläufig resultierende Qualitätsverluste bitten wir zu entschuldigen.

Novellen

von

August Strindberg

Illustriert von Dely

1908
Buchverlag fürs Deutsche Haus
Berlin—Leipzig—Wien.

„Wenn Bücher auch nicht
gut oder schlecht machen, besser
oder schlechter machen sie doch!"
(Jean Paul)

August Strindberg

Noch nie ist es ein schlechtes Zeichen für einen Menschen gewesen, wenn sich die Kritiker über seinen Wert oder Unwert gehörig in den Haaren liegen. Und dieses allerdings mehr negative Kennzeichen des bedeutenden Menschen trifft für den Schweden August Strindberg in hohem Maße zu. Die einen erklären, er sei durchaus autoritätsbedürftig, die andern meinen, er sei der freieste Geist unserer Zeit, der nur seinen eigenen Gesetzen folge. Diese sprechen ihm jede Bedeutung als Künstler ab und wollen ihn nur als geistreichen Zerstörer, als Negativisten und Satiriker gelten lassen; jene feiern ihn als den Ästheten und Künstler $\kappa\alpha\tau' \dot{\epsilon}\xi o\chi\eta\nu$, der eben deshalb, wie kein anderer, zum verbissenen Geißler des jeder Ästhetik entbehrenden Lebens habe werden müssen. Wie man sich stelle, man empfindet den schwedischen Dichter als einen Neuerer, als eine überragende Persönlichkeit, an der man nicht vorübergehen kann, ohne sich mit ihr auseinanderzusetzen.

Daß solch Streiten sich erheben kann, liegt in der allzu engen Auffassung begründet, die man von dem Begriff „Künstlertum" hegt. Wenn mit Lombrosos wohl längst überwundenem Satz: Genie ist Wahnsinn, zum mindesten für die Erkenntnis wenig gewonnen ist, so darf dagegen die Überzeugung immer sicherer ausgesprochen werden, daß in jedem genialen Menschen ein Künstler stecke. Oder korrekter: daß das Künstlerische nur ein Teil dessen ist, was wir Genialität nennen, daß es sehr selten als einzige, beherrschende Wesenseigenschaft bei großen Menschen sich findet. Die Kennzeichen künstlerischer Komplexion sind eben auch die des Genies im allgemeinen. Das Bestimmende ist — Kainsmal und glückhaft Zeichen zugleich! — der Wille zur Wirkung. Künstler sein, heißt in sich hinein, aus sich heraus, über sich hinaus wollen, heißt den unüberwindlichen Trieb haben, das von außen herandrängende Leben nicht nur aufzunehmen, zu verwerten und abzuwehren, sondern, verwandelt in der Retorte der eigenen Individualität, produktiv in eine Wirkung nach außen umzusetzen. Ob dieser künstlerische Wille, dieser Wille des Genies, den Marmor meißelt, ob er philosophische Ideen prägt, Verse dichtet oder Schlachten lenkt, das sind im Grunde nur Unterschiede der Form, nicht des Wesens. In diesem höheren Sinne verliert der Begriff der Ästhetik seinen Wert als Gradmesser des Künstlertums, des Genies. In ihm berühren sich der Egoismus eines Napoleon und die überwindende Menschenliebe eines Christus.

Nur eine Scheidung innerhalb der Großen unter den Menschen — wohlgemerkt: nur für diese, nicht auch für die Talente gilt alles dies — hält einer tieferen Prüfung stand, die Trennung in die einseitigen und die universalen Genies. Keine Scheidung nach dem Werte, sondern nach der Art ihres Wirkens. Die Einseitigen sind die, deren Schaffen unter einer Idee, einem Prinzip, einem bestimmten und bestimmenden Ziel geschieht. Sie werden meist auch — nach einer anderen Terminologie — die „Positiven", die „Idealisten", die „Programmatiker", die „Eiferer" sein. Luther, Schiller, Zola, Nietzsche gehören zu ihnen.

Die Universalen kommen der Forderung eingefleischter Ästheten näher. Es liegt ihnen fern, zu erziehen, zu predigen, die Menschheitskultur zu fördern (wenn sie sie gleich f ü r s i ch in ihrer reinsten Blüte suchen). Ihr Wille zum Wirken erschöpft sich darin, die Buntheit der Erscheinungen von der Höhe ihrer Überlegenheit zu beobachten und zu genießen, ihre Individualität als ein Neues hineinzuschütten; sie lösen die Aufgaben, die ihnen zufallen, auch wenn sie die Allgemeinheit berühren, im Grunde nur um der Freude willen an der eigenen Schaffenskraft. Das eherne Problem von Gut und Böse, von Sittlichkeit und Unmoral verwandelt in ihrem Geist sich seinem Wesen nach. Unter ihnen wird man die „Negativen", die Spötter und Satiriker, die L'art pour l'art-Künstler, die Toleranten, die allumfassenden Naturen suchen. Shakespeare, Rembrandt, Heine, Goethe, Bismarck, Ibsen zählen zu ihnen.

Zu ihnen auch August Strindberg. In der Vorrede zu seinem bekannten naturalistischen Trauerspiel „Fräulein Julie" bekennt er, was ihm das Wertvolle sei. Es ist das klirrende, grausame Durcheinander des Daseins. „... Der Wechsel von Steigen und Fallen bildet gerade eine der größten Annehmlichkeiten des Lebens, da das Glück nur in dem Vergleich liegt." Und „Ich finde die Lebensfreude in den starken, grausigen Kämpfen des Lebens, und es bereitet mir Genuß, etwas erfahren, etwas lernen zu können."

Des Lernens und Leidens war dem Dichter sattsam beschieden, ehe er der große Künstler, die europäische Berühmtheit wurde. Seine Eltern waren arm, die geistige Atmosphäre der Familie kümmerlich und kleinlich, unterworfen, wie es in solchen Verhältnissen geschieht, den physischen, hie und da brutalen Instinkten. So war die Kindheit des Knaben, der im Jahre 1849 (22. Januar) in Stockholm geboren wurde, ohne Licht und Freude. In der düsteren Mietskaserne siecht die kranke Mutter dahin. Eine dumpfe, falsche, in der Not des Lebens verhärtete Erziehung macht die Kinder scheu, unwahr, unfroh. Aus irgendwelchen Gründen gerät der junge Strindberg zeitweilig in eine muckerische, pietistische Geistesströmung. So sind die äußeren Gründe einer Entwicklung zur pessimistischen Weltanschauung für den Dichter gegeben. Die inneren, in seiner Natur liegenden sind die: Strindberg war ein kontemplativer, zu beobachtendem Genießen neigender Geist. Gerade die Menschen seiner Art aber sah er in dem struggle for life selten eine glückliche Rolle spielen. Er fühlte sich stark und bedeutend, aber in einem andern Sinne als die Harten, die Unbekümmerten und Klugen,

die Sieghaften im Leben. Für sich selbst und seinesgleichen
glaubt er deshalb einen Pessimismus unvermeidbar, der
darum freilich auch wesentlich verschieden etwa von dem
Schopenhauers ist. Für Schopenhauer (den doch auch
ein gut Teil Freude am Paradoxen dahin führte) ist er
philosophisches Prinzip, geboten für alle Menschen. Davon
ist Strindberg weit entfernt. Er zeigt im Gegenteil in
seiner literarischen Produktion gern mit einer gewissen selbst=
quälerischen Freude, wie die andern, die Glücklichen, den
Rausch des Lebenstriumphes kosten. —

Mit einem Vermögen von 80 Kronen im Besitz be=
gann der Dichter, nachdem er das Gymnasium absolviert
hatte, in Upsala zu studieren. Als er mit dem Gelde zu
Ende war, wurde er Volksschullehrer in Stockholm. Der
Schuldrill unter banausischen Vorgesetzten und Kollegen wird
ihm zur Hölle. Dann ermöglicht ihm ein Gönner wieder=
um das Studium; diesmal wählt Strindberg die Medizin.
Er wirft auch den Beruf beiseite und geht zur Bühne.
Zweifellos leitete ihn bei dieser Wahl bereits der sichere
Instinkt seiner künstlerischen Natur. Aber nirgends ge=
lingt es ihm, festen Fuß zu fassen, einen Abschluß zu
finden. Er kann keine Konzessionen an die Kleinlichkeiten
des Lebens machen. Eine günstige Wendung gestattet es
ihm, noch einmal an die Universität zurückzukehren, und
er widmet sich, wieder in Upsala, mit großem Fleiß und
in ausgedehntem Maße dem Studium der neueren Sprachen.
Später war er in Stockholm journalistisch tätig; im Jahre

1874 erhielt er eine Stellung an der königlichen Bibliothek, die er im Jahre 1882 aufgab: sein Ruf als Schriftsteller war inzwischen begründet.

In den achtziger und neunziger Jahren weilte Strindberg fast immer im Ausland. Er bereiste Norwegen, Deutschland, Österreich und Frankreich und nahm in Berlin, Paris und Wien längeren Aufenthalt. Erst seit dem Anfang des neuen Jahrhunderts wohnt er wieder dauernd in seinem Vaterland.

Seit 1872 bis auf heute danken wir dem Dichter eine lange Reihe literarischer Schöpfungen, ausgezeichnet durch überquellenden Reichtum an Ideen und eine kraftvolle, herbe, knappe Sprache von wunderbarer Plastik. Die größte Verbreitung seines Namens erzwang seine Behandlung des Eheproblems. Da er selbst sich dreimal verheiratete und zweimal scheiden ließ — seine erste Frau war eine Schauspielerin Siri, die zweite die Wiener Schriftstellerin Frida Uhl, die dritte hieß Harriet Bosse —, so verband sich hier das Interesse an dem Schriftsteller mit dem an dem Menschen. Nur allzusehr ist dadurch leider in weiten Kreisen die Bekanntschaft mit anderen Schöpfungen Strindbergs zurückgedrängt worden. Seine Stellung zum Weibe erwächst auf demselben Hintergrunde wie seine Weltanschauung überhaupt. Das Niedrige (im mentalen, nicht im ethischen Sinne), das Pygmäenhafte, das in der Psyche des Weibes einen breiteren Raum einnimmt als in der des Mannes, ist für Strindberg das Widrige, das Uner-

trägliche, worüber er nicht hinwegkommt. Die Frau sticht
mit Nadeln, wo der Mann die Fauſt erhebt. Merkwürdig,
wie in dieſem modernen Künſtler Vorſtellungen wieder leben=
dig werden, wie ſie das Mittelalter von der Frau hegte.
Sie iſt für Strindberg, in dem geſunde Sinnlichkeit ſich
mit einer leichtverletzlichen äſthetiſchen Seele eint, das
fleiſchgewordene Prinzip des Kleinlichen im Daſein, das
durch zähe, boshafte Schläue alles Starke, Schöne, Ein=
fache zu Boden ringt. In ſeinem Trauerſpiel „Der Vater"
hat er dieſe Gedanken am kraſſeſten künſtleriſch geſtaltet.
Verſöhnlicher wird das Problem in dem Roman „Herrn
Bengts Frau" (1880) behandelt, mit beißender Satire in
den Novellen „Heiraten" (1890).

Das Drama „Der Vater" weiſt auch am grellſten
den Naturalismus auf, von dem der Dichter ausging, den
er aber naturgemäß im Laufe der Zeit zu einem ſtarken
und geſunden Realismus wandelte. Der umfaſſende Geiſt
Strindbergs zog faſt alle Fragen, die die Welt bewegen,
in ſeinen Bereich und warf ſie aus dem Spiegel ſeiner
machtvollen Perſönlichkeit in die Welt zurück. Von wunder=
barer Feinheit der Beobachtung und der pſychologiſchen
Erkenntnis ſind die autobiographiſchen Romane „Der Sohn
der Dienſtmagd", „Die Beichte eines Toren", „Inferno".
Unter den größeren epiſchen Dichtungen iſt beſonders der
Roman „Am offenen Meer" zu erwähnen. Das ſoziale
Problem bildet den Hintergrund des Romans „Das rote
Zimmer", der den Sozialismus heftig, und der vier

„Schweizer Novellen", die ihn abgeklärter vertreten. Aber nirgends wird gepredigt oder geeifert, fast nie verliert Strindberg die überlegene Ruhe des Genies: es geschieht zuweilen bei Dingen, die ihn selbst bis aufs Blut peinigen, wie etwa in der Behandlung des Eheproblems. — Neben den dichterischen Arbeiten gehen wissenschaftliche Studien in der Botanik, Zoologie und Chemie. Sein Werk „Die Natur Schwedens" ist berühmt, von Bedeutung war seine „Einführung in eine einheitliche Chemie". Köstliche Früchte historisch-kulturgeschichtlichen Forschens waren „Die historischen Miniaturen". Gerade aus ihnen leuchtet das künstlerische Prinzip, das sich durch alle Werke des schwedischen Dichters zieht, mit aller Deutlichkeit hervor. Strindberg will nicht beweisen und nicht lehren, ihn zwingt die Freude an den jähen Wechselfällen, an dem ganzen tollen Tanz der Weltgeschichte zum Gestalten. Nur wenige unter den kleinen, scharfumrissenen Bildern der „Schwedische Schicksale und Abenteuer" bieten einen reinen Genuß; für fremdländische Leser ist die Mehrzahl — zu stilgerecht. Auch eine Kulturgeschichte des schwedischen Volks ging aus des Dichters Feder hervor. Aus der nationalen Geschichte nahm er ferner den Stoff für nicht weniger als acht „Königsdramen".

Wie wenig Strindberg (zum mindesten unmittelbar) Prophet, „Führer", Programmatiker, wie sehr er nur genialer Mensch und Künstler ist, beweisen auch die häufigen geistigen Krisen, die er durchgemacht hat. Um die Mitte der neunziger Jahre wurde er aus einem Atheisten, der er bis dahin gewesen, fast zu einer Art von Christen. Um 1900 neigte er zum Mystizismus, wie schon einmal in seiner Jugend. In dieser Epoche schrieb er die Dramen „Nach Damaskus", „Advent", „Rausch", „Ostern", „Totentanz". Was an Krankhaftem in diesen Wandlungen lag, hat seine Stärke wieder abgestreift.

Sein Vaterland kann diesen Mann mit Stolz neben den großen Skandinavier nachbarlichen Stammes, neben Henrik Ibsen und damit neben die besten Namen aller Nationen stellen. —

Wir haben in diesem Bande die schönsten Perlen aus Strindbergs erzählenden Bänden „Historische Miniaturen", „Schwedische Schicksale und Abenteuer" und den „Schweizer Novellen" vereinigt.

K. E. K.

Leontopolis

Eine Karawane hatte sich auf einer Höhe östlich von dem alten ägyptischen Heliopolis gelagert. Da war viel Volk, alles jedoch Hebräer. Und die waren auf Kamelen und Eseln von Palästina durch die Wüste gezogen; dieselbe Wüste, welche die Kinder Israel vor tausend Jahren durchstreift hatten . . .

Im Abenddunkel, beim schwachen Schein des Halbmonds, waren die Lagerfeuer zu Hunderten zu sehen, und bei ihnen saßen die Frauen mit ihren kleinen Kindern, während die Männer Wasser trugen.

Noch nie hatte die Wüste wohl so viele kleine Kinder gesehen; und als sie jetzt zur Nacht besorgt werden sollten, hallte das Lager vom Geschrei der Kinder wider. Es war wie eine einzige große Kinderstube.

Als aber das Waschen vorüber war und die Kleinen an die Mutterbrust gelegt wurden, verstummten die Schreie, der eine nach dem andern, und es wurde ganz still auf dem Feld.

Unter einer Sykomore saß eine Frau und säugte ihr Kind; daneben stand ein hebräischer Mann und legte seinem

Esel Ginsterzweige vor. Als er das besorgt hatte, ging er höher auf den Hügel hinauf und spähte nach Norden.

Ein Fremdling, nach der Tracht zu urteilen, ein Römer, ging vorbei, musterte das Weib mit dem Kind, als zähle er sie mit.

Der Hebräer zeigte Unruhe, und um sie zu verbergen, begann er ein Gespräch mit dem Römer:

„Sag', Wanderer, ist das die Stadt der Sonne dort im Westen?"

„Du siehst sie!" antwortete der Römer.

„Das ist also Beth Semes?"

„Heliopolis, von wo Griechen und Römer ihre Weisheit geholt haben; Platon selbst ist hier gewesen . . ."

„Ist Leontopolis auch von hier zu sehen?"

„Du siehst die Zinnen des Tempels zwei Meilen nordwärts."

„Das ist also das Land Gosen, das unser Vater Abraham besuchte, und das Jakob zugeteilt bekam," sagte der Hebräer, sich an sein Weib wendend, das nur mit einem Neigen des Kopfes antwortete.

Darauf zum Römer:

„Israel wanderte aus Ägypten nach Kanaan. Nach der babylonischen Gefangenschaft aber zog ein Teil wieder hierher und ließ sich hier nieder. Das weißt du."

„Das weiß ich ungefähr! Und jetzt haben sich die Israeliten bis zu vielen tausend Seelen vermehrt; auch haben sie einen eigenen Tempel gebaut; eben den, welchen du in der Ferne siehst. Wußtest du das?"

„Ich wußte es ungefähr. Aber das ist also römisches Land?"

„Das ist es!"

„Alles ist jetzt römisch: Syrien, Kanaan, Griechenland, Ägypten ..."

„Germanien, Gallien, Britannien; die Welt gehört Rom nach der Voraussage der Cumäischen Sibylle."

„Gut! Aber die Welt soll durch Israel erlöst werden, nach Gottes eigner Verheißung zu unserm Vater Abraham."

„Die Fabel habe ich auch gehört, aber für den Augenblick hat Rom die Verheißung. — Kommst du von Jerusalem?"

„Ich komme durch die Wüsten wie die andern, und ich bringe Weib und Kind mit."

„Kind, ja! Warum schleppt ihr so viel Kinder mit euch?"

Der Hebräer verstummte. Da er aber annahm, der Römer wisse die Ursache, und da dieser übrigens wie ein wohlwollender Mann aussah, beschloß er, die Wahrheit zu sagen.

„Ja, Herodes, der Tetrarch, hörte von weisen Männern aus dem Morgenland die Weissagung, daß ein Judenkönig zu Bethlehem im Land Juda geboren sei. Um der vermeintlichen Gefahr zu entgehen, ließ Herodes alle Knäblein ermorden, die in der letzten Zeit in der Gegend geboren

waren. Ganz wie Pharao gerade hier unsere Erstgebore=
nen töten ließ. Moses wurde jedoch gerettet, um unser
Volk aus der ägyptischen Knechtschaft zu befreien."

„Hör' mal, dieser König, wer sollte das sein?"

„Das ist Messias, der Verheißene."

„Glaubst du, daß er geboren ist?"

„Ich kann es nicht wissen!"

„Ich weiß, daß er geboren ist," sagte der Römer.
„Er wird die Welt beherrschen und alle Völker unter sein
Zepter bringen."

„Wer sollte das sein?"

„Der Kaiser, Augustus."

„Ist er aus Abrahams Samen oder aus Davids Haus?
Nein, das ist er nicht! Und ist er gekommen mit Friede,
wie Jesaias prophezeit hat: ‚Auf daß seine Herrschaft groß
werde und des Friedens kein Ende?' Der Kaiser ist sicher
kein Mann des Friedens."

„Leb wohl, Kind Israels! Jetzt bist du römischer
Untertan. Sei zufrieden mit der Erlösung durch Rom; eine
andere kennen wir nicht."

Der Römer ging.

Der Hebräer näherte sich seinem Weib:

„Maria!" sagte er.

„Josef!" antwortete sie. „Leise! Das Kind schläft."

Der Große

Am südlichen Ufer der finnischen Bucht lag das kleine Dorf Strelna, halbwegs zwischen Petersburg und dem angefangenen Peterhof. Am Ende des Dorfes am Bach Strelka stand ein einfaches Landhaus unter Eichen und Kiefern, und es war rot und grün angestrichen; die Fensterläden waren noch geschlossen, denn es war erst vier Uhr an einem Sommermorgen.

Die finnische Bucht lag glatt unter der aufgehenden Sonne. Eine holländische Kogge, die in den Hafen bis zur Admiralität gewollt hatte, aber nicht weiter als bis zur Höhe von Strelna gekommen war, zog jetzt die Segel ein und ging vor Anker. Auf dem Großtopp führte sie eine Flagge, die aber nicht flatterte.

Neben dem rotgrünen Landhaus stand eine uralte Linde mit gespaltenem Stamm; in der Klammer war ein Holzboden mit einem Geländer angebracht, und zu dieser Laube führte eine Treppe hinauf.

In der frühen Morgenstunde saß ein Mann oben im Baum an einem Tisch, der nicht gestrichen war und hinkte, und schrieb Briefe. Der Tisch war mit Papieren beladen; es war aber noch Platz für eine Standuhr, der

das Glas fehlte, einen Kompaß, ein Reißzeug und eine
große Klingel aus Bronze.

Der Mann saß dort in Hemdärmeln, hatte die ge=
stopften Strümpfe umgekrämpt und grobe Schuhe an; sein
Kopf schien unglaublich groß zu sein, war in Wirklichkeit
aber nicht so groß; der Hals war der eines Stiers und
der Körper der eines Riesen; die Hand, die jetzt die Feder
führte, war grob und teerig; die Feder schrieb träg, die
Zeile etwas schief, aber schnell.

Die Briefe waren kurz, sachlich, hatten keine Ein=
leitungen und keine Abschlüsse, waren nur unterzeichnet
mit Pe ter, in zwei Teilen, als sei der Name unter der
schweren Hand entzweigegangen.

Es gab wohl eine Million des Namens im russischen
Reich; aber dieser Peter war der einzige, der galt, und
niemand verkannte die Unterschrift.

Die Linde sang von Bienen und Hummeln, der kleine
Strelkabach brodelte wie ein Teekessel, und der Sonnen=
aufgang war herrlich; die Strahlen fielen zwischen das
Laub der Linde ein und warfen helle Flecke auf das
ungewöhnliche Gesicht eines der ungewöhnlichsten und un=
begreiflichsten Männer, die je gelebt haben.

Jetzt sah dieser feine Kopf mit dem kurzen Haar wie
der eines wilden Schweines aus, und wenn der Schreiber
wie ein Schuljunge an der Gänsefeder sog, zeigten sich
Zähne und eine Zunge wie die eines schildhaltenden Löwen.
Jetzt zog sich das Gesicht in furchtbarem Schmerz zusammen

wie bei einem Gefolterten, Gekreuzigten. Dann aber nahm er ein neues Blatt, begann einen neuen Brief, und nun leuchtete es von der Feder, der Mund lächelte so, daß die Augen verschwanden, und der Furchtbare sah schelmisch aus.

Neues Papier; ein kleines Billet, das jedenfalls an eine Dame gerichtet war. Und nun veränderte sich die Maske in die eines Satyrs, löste sich in dekorative Linien auf und explodierte schließlich in ein lautes Lachen, das einfach zynisch war.

Die Morgenkorrespondenz war beendet. Der Zar hatte fünfzig Briefe geschrieben. Er ließ sie unversiegelt. Kathia, sein Weib, sollte sie zusammenlegen und siegeln.

Der Riese reckte sich, erhob sich mit Mühe und warf einen Blick auf die Bucht hinaus. Mit dem Fernglas sah er sein Petersburg und seine Flotte, das angefangene Kronstadt mit der Festung, und schließlich entdeckte er die Kogge.

Wie ist die ohne Salut hereingekommen, dachte er. Und wagt unmittelbar vor meinem Haus auf die Reede zu gehen!

Er klingelte, und sofort kam ein Kammerdiener aus der Zeltreihe gelaufen, die hinter den Kiefern verborgen lag und Wache wie Bedienung beherbergte.

„Fünf Mann ins Boot, hinaus und die Schute gepreit! Kannst du sehen, was es für ein Landsmann ist?"

„Das ist ein Holländer, Majestät!"

„Holländer! Bring den Kapitän tot oder lebendig

her! Sofort! Auf der Stelle! . . . Aber erst meinen Tee!"

„Das Haus schläft, allergnädigster Herr!"

„Dann weck es, du Esel! Klopf an die Laden, schlag die Tür ein! Am hellen Tag schlafen!"

Er klingelte wieder; ein anderer Diener erschien.

„Tee! Und Branntwein! Viel Branntwein!"

Die Diener liefen, das Haus wurde geweckt, und der Zar vertrieb sich die Zeit damit, daß er auf Schiefertafeln Notizen machte. Als er ungeduldig wurde, stieg er hinunter und schlug mit dem Stock gegen alle Fensterläden. Da war von innen eine Stimme zu hören:

„Aber warte doch!"

„Nein, das will ich nicht; ich bin nicht zum Warten geboren. Beeile dich, sonst steck ich das Haus in Brand!"

Er ging in seine Gärten hinaus, warf einen Blick auf die Arzneipflanzen, rupfte etwas Unkraut und begoß hier und dort. Ging in den Viehstall und musterte seine Merinoschafe die er selber eingeführt hatte. Fand im Stall einen entzweigeschlagenen Stand; nahm eine Säge und einen Hobel und machte ihn wieder in Ordnung. Warf seinem Lieblingspferd etwas Hafer in die Krippe; er fuhr meist, wenn er nicht zu Fuß ging. Das Reiten war nach seiner Ansicht eines Seemanns unwürdig, und er wollte vor allem andern Seemann sein. Darauf ging er in die Drechslerwerkstätte und trat einmal die Drehbank. Am Fenster aber stand ein Tisch mit dem Zubehör eines Kupferstechers; mit dem

Stichel zog er einige Linien, die in der Karte fehlten.
Er wollte gerade zur Schmiede, als eine weibliche Stimme
ihn unter die Linde rief.

Oben im Baum stand jetzt seine Gattin, die Zarin, im
Morgenrock. Ein Weib von groben Gliedern und großen
Füßen; das Gesicht war fett und unschön, die Augen saßen
nicht gerade im Kopf, sondern strammten in den Fassungen.

„Wie früh du heute auf bist, Väterchen!"

„Ist es früh? Es ist doch sechs!"

„Es ist erst fünf!"

Der Zar sah nach der Uhr.

„Fünf? Dann soll es sechs werden!"

Damit schob er den Zeiger eine Stunde vor. Die
Frau lächelte nur, etwas überlegen, aber nicht aufreizend;
denn sie wußte, wie gefährlich es war, diesen Mann zu
reizen. Und dann servierte sie den Tee.

„Dort hast du Beschäftigung," sagte Peter auf die
Briefe zeigend.

„Das sind aber viele!"

„Sind es zu viele, so kann ich Hilfe nehmen."

Die Zarin antwortete nicht, sondern begann die Briefe
durchzusehen. Das hatte der Zar gern, dann bekam er
Stoff zum Streiten, und er wollte immer streiten, um
seine Kräfte rüstig zu erhalten.

„Verzeih, Peter," sagte die Frau, „aber ist es recht,
daß du dich wegen der holländischen Schiffe an die schwe=
dische Regierung hältst?"

„Ja, das ist recht! Alles, was ich tue, ist recht!"

„Das verstehe ich nicht! Unsere Russen schießen aus Mißverständnis auf friedliche holländische Schiffe; du forderst von den Schweden Schadenersatz, weil das Unglück im schwedischen Fahrwasser geschah . . ."

„Ja, nach römischem Recht wird das Verbrechen in dem Land gesühnt, in dem es begangen ist . . ."

„Ja, aber . . ."

„Einerlei: wer bezahlen kann, bezahlt; ich kann nicht, und die Holländer wollen nicht, darum müssen die Schweden! Verstehst du?"

„Nein!"

„Die Schweden haben den Türken auf mich gehetzt; das sollen sie bezahlen!"

„Mag sein! Aber warum schreibst du hier so unfreundlich an die holländische Regierung, da du die Holländer doch liebst?"

„Warum? Weil Holland seit dem Frieden von Utrecht im Niedergang ist. Mit Holland ist's aus: auf den Kehrichthaufen mit dieser Republik! Jetzt kommt England! Ich halte mich an England, seit es mit Frankreich auch abwärts geht!"

„Soll man seine alten Freunde verlassen . . ."

„Gewiß, wenn sie nichts mehr taugen! Übrigens: keine Freundschaft in Liebe und in Politik! Glaubst du, ich liebe diesen elenden August von Polen? Nein, das

glaubst du nicht! Aber ich muß mit ihm durch dick und
dünn gehen, für mein Land, für Rußland! Wer seine
kleinen Launen und Leidenschaften nicht dem Vaterland
opfern kann, der wird ein Don Quijote wie Karl der
Zwölfte. Dieser Tor hat mit seinem unsinnigen Haß gegen
August und mich an Schwedens Untergang und Rußlands
Zukunft gearbeitet. Daß aber dieser christliche Hund den
Türken auf uns hetzte, das war ein Verbrechen gegen
Europa; denn Europa bedarf sein Rußland gegen Asien.
Saß der Mongole nicht zweihundert Jahre hier und drohte?
Und als unsere Vorfahren ihn schließlich hinausgejagt
hatten, kommt so ein Ritter und zieht den Heiden von
Konstantinopel ins Land! Der Mongole stand ja einmal
in Schlesien und hätte das Abendland verheert, wenn wir
Russen es nicht gerettet. Karl der Zwölfte ist jetzt tot; aber
ich verfluche sein Andenken, und ich verfluche jeden, der
mich in meinem löblichen Vorhaben zu hindern sucht, Ruß=
land aus einem westlichen Asien zu einem östlichen Europa
zu machen. Ich schlage jeden nieder, wer es auch sein
mag, der an mein Werk rührt, und wäre es auch mein
eigener Sohn!"

Jetzt wurde es still. Die letzten Worte berührten
die empfindliche Frage nach Peters Sohn aus erster Ehe,
Alexej, der in der Peter=Paulfestung gefangen saß und
sein Todesurteil erwartete, da er überführt war, der Arbeit
seines Vaters an der Zivilisierung Rußlands entgegen=
gearbeitet und außerdem im Verdacht stand, an Versuchen

zu Aufruhr teilgenommen zu haben. Die geschiedene erste Frau, Eudoxia, war im Kloster Suzdal eingesperrt.

Katharina liebte natürlich Alexej nicht, weil er ihren Kindern im Weg stand, und sie sah gern, daß er starb; sie wollte aber nicht die Schuld haben. Und da Peter auch nicht die Schuld auf sich nehmen wollte, hatte er einen Gerichtshof von einhundertsiebenundzwanzig Personen eingesetzt, um den Sohn zu richten.

Das Thema wurde darum ungern behandelt, und mit seiner unglaublichen Fähigkeit, Gedanken und Gefühle zu wechseln, unterbrach Peter das Schweigen mit der banalen Frage:

„Wo ist der Branntwein?"

„Du kriegst so früh keinen Branntwein, mein Junge!"

„Katharina!" sagte Peter mit einem gewissen Akzent, während das Gesicht zu zucken begann.

„Sei ruhig, Löwe!" antwortete die Frau und strich seine schwarze Mähne, die sich gesträubt hatte. Und aus einem Korb nahm sie eine Flasche und ein Glas.

Der Löwe heiterte sich auf, schlürfte das starke Getränk hinunter, lächelte und streichelte den gewaltigen Busen seiner Gattin.

„Willst du die Kinder sehen?" fragte Katharina, um ihn in eine mildere Stimmung zu bringen.

„Nein, nicht heute! Sie haben gestern Schläge bekommen, und sie sollen nicht etwa glauben, daß ich hinter ihnen herlaufe! Halte sie dir fern, halte sie unter dir, sonst kommen sie über dich!"

Katharina hatte das letzte Billet wie in Gedanken genommen und zu lesen begonnen. Jetzt errötete sie; dann riß sie den Brief entzwei:

„Du mußt nicht an Schauspielerinnen schreiben! Das ist eine zu große Ehre für sie, und wir haben nur Schande davon."

Der Zar lächelte und wurde nicht böse; denn er hatte nicht die Absicht gehabt, das Billet abzuschicken, sondern es nur hingekritzelt, um seine Frau zu reizen; vielleicht auch, um zu prahlen.

Unten im Sand waren Schritte zu hören.

„Sieh, da haben wir meinen Freund, den Schurken!"

„Still, warnte Katharina. Menshikow ist dein Freund."

„Ein schöner Freund! Einmal habe ich ihn als Dieb und Betrüger zum Tode verurteilt; er lebt aber noch, dank deiner Freundschaft . . ."

„Still!"

Menshikow (großer Krieger, tüchtiger Staatsmann, Günstling, unentbehrlich, steinreich), in dessen Haus der Zar seine Katharina gefunden, kam die Holztreppe hinaufgestürzt. Er war ein schöner Mann von französischem Aussehen, trug sich reich und hatte feine Manieren. Er grüßte den Zaren zeremoniell und küßte Katharina die Hand.

„Jetzt sind sie wieder da!" fing er an.

„Die Strelitzen? Habe ich sie nicht von der Erde ausgerodet?"

„Sie wachsen nach, wie die Drachensaat, und jetzt wollen sie Alexej befreien."

„Weißt du etwas Näheres?"

„Die Verschworenen kommen heute, abends um fünf Uhr, zusammen . . ."

„Wo?"

„Auf der Strandlinie Vierzehn, bei einem scheinbar harmlosen Gastmahl . . ."

— Strand — Vierzehn, schrieb der Zar auf eine Tafel.

„Noch etwas?"

„Und heute nacht um zwei Uhr stecken sie die Stadt in Brand . . ."

„Um zwei Uhr?"

Der Zar schüttelte den Kopf, und sein Gesicht zuckte.

„Ich baue auf, und sie reißen nieder; jetzt aber will ich sie mit der Pfahlwurzel ausreißen. Was sagen sie?"

„Sie sehen auf das heilige Moskau zurück und halten Petersburg für eine Gottlosigkeit oder eine Bosheit. Die Arbeiter sterben wie Fliegen am Sumpffieber, und daß du, Zar, mitten im Morast gebaut hast, fassen sie als eine Prahlerei à la Louis Quatorze auf, der Versailles im Moorboden anlegte."

„Esel! Meine Stadt soll das Schloß der Flußmündung und der Schlüssel zum Meer sein, darum muß sie dort liegen. Und der Sumpf soll zu Kanälen werden, die Boote führen, wie die von Amsterdam. Ja, ja, wenn Affen richten!"

Er klingelte; ein Diener erschien.

„Das Kabriolett anspannen!" rief er hinunter. Und nun lebwohl, Katharina; ich komme vor morgen nicht nach Haus. Es wird ein heißer Tag. Aber vergiß die Briefe nicht. Alexander kann dir helfen ..."

„Willst du dich nicht ankleiden, mein Söhnchen?" antwortete Katharina.

„Ankleiden? Ich habe ja den Säbel!"

„Zieh doch wenigstens den Rock an!"

Der Zar zog den Rock an, schnallte den Schmachtriemen, der den Säbel hielt, einige Dornen enger, ergriff den Stock und sprang mit einem Tigersprung aus dem Baum.

„Mags denn geschehen!" flüsterte Menshikow Katharinen zu.

„Du hast doch nicht gelogen, Alexander?"

„Etwas Lügen schmückt die Rede! Die Hauptsache ist erreicht. Morgen, Katharina, kannst du mit deinen Thronfolgern ruhig in der Kinderstube schlafen!"

„Kann er Unglück haben?"

„Nein! Er hat nie Unglück!"

⁂

Der Zar lief an den Meeresstrand hinunter; er ging nämlich nie, sondern lief immer. „Das Leben vergeht schnell," pflegte er zu sagen, „und wir haben viel auszurichten."

Als er den Sandwall erreichte, begegnete ihm ein landendes Boot mit fünf Mann und dem holländischen Gefangenen. Der saß ruhig am Steuer und rauchte seine Pfeife. Als er den Zaren erblickte, nahm er seine Mütze ab, warf sie in die Luft und schrie Hurra.

Zar Peter beschattete die Augen, und als er seinen alten Lehrer und Freund Jaen Scheerborck aus Amsterdam erkannte, sprang er ins Boot, den Ruderern auf Schulter und Knie, stürzte Jaen in die Arme und küßte ihn so, daß die Tabakspfeife zerbrach und Feuer und Rauch dem Seemann um seinen großen grauen Bart wirbelten.

Dann hob der Zar den Alten in die Höhe und trug ihn wie ein Kind auf seinen Armen ans Ufer.

„Endlich, du alter Schelm, habe ich dich hier bei mir! Jetzt sollst du meine Stadt und meine Flotte sehen, die ich selber gebaut habe; du hast mich's ja gelehrt. Das Kabriolett her, Burschen, und einen Dregg aus dem Boot, wir wollen fort und lavieren! Schnell!"

„Geliebtes Herz," sagte der Alte, die Tabaksasche aus seinem Bart zupfend; „daß ich den Zar-Zimmermann gesehen habe, ehe ich sterbe, das ist . . ."

„Ins Kabriolett, Alter; hängt den Dregg hinten an, Burschen. Wo du sitzen sollst? Auf meinen Knien sollst du sitzen!"

Das Kabriolett hatte nur für eine Person Platz, und

der Kapitän mußte wirklich auf dem Schoß des Zaren sitzen. Drei Pferde in einer Reihe waren vorgespannt, und ein viertes ging neben dem ersten.

Die Peitsche knallte und der Zar spielte, als sei er auf See.

„Gut Wind, was? Zwölf Knoten, schoten dort, so ja, so ja!

Ein Gattertor war zu sehen, und der Schiffer, der die wilden Manöver des Zaren, aber auch seine Geschicklichkeit kannte, begann zu schreien:

„Gattertor voraus, stopp!"

Aber der Zar, der bei dem alten Freund aus früher Zeit seine Jugend wiedergefunden und mit seiner unverwüstlichen Jungenhaftigkeit Streiche und Gefahren liebte, schlug auf die Pferde los, pfiff und kommandierte:

„Voll und bei, guten Gang, so, klar zur Aktion, hopp!"

Das Gattertor war genommen; es sprang vollständig ab, und der Alte lachte so, daß er auf den Knien des Zaren hüpfte.

So ging es den Strand entlang. Am Stadttor wurde geschultert und salutiert, auf den Straßen Hurra geschrien, und als sie nach der Admiralität kamen, wurden Kanonenschüsse gelöst und die Raaen bemannt. Der Zar aber, glaubend oder spielend, als sei er auf See, kommandierte:

„Ankern!"

Damit warf er den Dregg so gegen die Wand, daß

er an einem Fackelhalter festhakte, der sich bog, ohne zu
brechen. Die Pferde aber, die noch im Laufen waren,
wurden zurückgerissen und sanken auf die Knie. Das erste
des Gespanns erhob sich nicht mehr; es war an den Folgen
vom Entern des Gattertors verendet.

Drei Stunden später, als Flotte und Werft besichtigt
waren, saßen der Zar und Jaen Scheerborck in einer See=
mannskneipe. Das Kabriolett stand draußen und war am
Strohdach verankert.

Branntwein war auf dem Tisch und die Pfeifen
qualmten. Die beiden Freunde hatten von ernsten Dingen
gesprochen. Der Zar hatte sechs Besuche gemacht, darunter
einen sehr wichtigen in der Generalität, von dem er sehr
erregt zu dem wartenden Schiffer herunterkam. Aber mit
seiner unglaublichen Fähigkeit, Unangenehmes abzuschütteln
und die Stimmung zu wechseln, strahlte er jetzt von Fröh=
lichkeit.

„Du fragst, woher ich die Einwohner für meine Stadt
bekommen will? Ich zog erst fünfzigtausend Arbeiter her.
Das war der Grundstock. Dann befahl ich allen Beamten,
Priestern und größern Grundbesitzern ein Haus zu bauen,
jeder eins; ob sie dort wohnen wollten oder nicht! Und
jetzt habe ich hunderttausend! Ich weiß, sie schwatzen und
sagen, ich baue Städte, aber wohne selbst dort nicht. Nein,
ich baue nicht für mich, sondern für die Russen. Moskau
hasse ich, denn dort riecht's nach dem Tartarenkhan; ich
wohne am liebsten auf dem Lande. Das geht keinen was

an. Trink, Alter! Wir haben den ganzen Tag vor uns;
bis fünf Uhr. Dann muß ich nüchtern sein!"

Der Alte trank vorsichtig und wußte nicht recht, wie
er sich in dieser vornehmen Gesellschaft, die doch so matrosen=
haft war, benehmen sollte.

„Jetzt mußt du mir Geschichten erzählen; was die Leute
über mich sprechen. Du kennst wohl eine Menge, Jaen?"

„Ich kenne wohl welche, aber es ist nicht gut
möglich . . ."

„Dann werde ich erzählen," sagte Peter. Kennst du
die Geschichte vom Zirkel und Käse? Nein! Die ist so!
Der Zar ist so geizig, daß er immer ein Reißzeug in der
Tasche trägt. Mit dem Zirkel mißt er das Stück Käse,
um zu sehen, ob seit der letzten Mahlzeit etwas davon
gestohlen ist! Die Geschichte ist gut! . . . Oder diese:
Der Zar hat einen Säuferklub. Einmal wollten sie ein
Fest feiern, und da wurden die Gäste drei Tage und drei
Nächte eingeschlossen, um zu trinken. Jeder Gast hatte
eine Bank hinter sich, um den Rausch auszuschlafen, und
daneben standen zwei halbe Tonnen für jeden einzigen.
Die eine Tonne enthielt Futter für drei Tage, die andere
war leer — und war zu einem geheimen Zweck bestimmt.
Du verstehst doch . . ."

„Nein, das ist zu toll . . ."

„An solchen Geschichten ergötzt man sich in Peters=
burg. Hast du nicht gehört, daß ich auch Zähne ausziehe.
In meinem Palast soll ein ganzer Sack voll Zähne sein!

Und dann soll ich im Lazarett Operationen machen; neulich zapfte ich einem wasserfüchtigen Weib so viel Wasser ab, daß es starb."

„Glauben die Leute das?"

„Gewiß glauben sie's! Sie sind so dumm, siehst du; aber ich werde ihnen die Eselsohren abschneiden und die Zunge versengen . . ."

Seine Augen begannen zu funkeln, und man sah, wohin seine Gedanken gingen. Aber wie offen er auch war: er schien Sperrhaken zu besitzen, so daß er selbst im Rausch seine großen Geheimnisse verschwieg, während er die kleinen offenbarte.

Jetzt kam ein Adjutant herein und flüsterte dem Zaren etwas zu.

„Schlag fünf Uhr!" antwortete der Zar mit lauter Stimme. „Sechzig Grenadiere, mit scharfen Schüssen und Hirschfängern! Adieu!"

„Jaen," fuhr der Zar fort, eine Volte im Gedankengang machend, ich werde deine Webstühle kaufen, aber ich gebe nicht mehr als fünfzig Rubel für das Stück . . ."

„Sechzig, sechzig . . . ."

„Du Satan von einem Holländer, du Geizhals! Wenn ich fünfzig biete, so ist's eine Ehre für dich! Ja, das ist's!"

Der Zorn stieg; aber der kam nachträglich und stand im Zusammenhang mit der Meldung des Adjutanten, durchaus nicht mit den Webstühlen. Es kochte im Topf und der Deckel mußte in die Höhe.

„Ihr elenden Gewürzkrämer! Nur Leute schinden, schinden! Aber eure Zeit ist vorbei! Jetzt kommt der Engländer! Das sind andere Leute!"

Jaen, der Schiffer, wurde finster. Das reizte den Zaren noch mehr. Aber er konnte seinem alten Freund nicht böse werden; er wollte an Jaens Gesellschaft ein Vergnügen haben und suchte darum einen Ableiter.

„Krüger!" rief er, „Champagner her!"

Der Krüger kam herein, fiel auf die Knie und bat um Gnade, weil er das teure Getränk nicht auf Lager habe.

Dieses überflüssige Wort Lager konnte ironisch und aufreizend klingen, sollte es aber nicht. Doch es war willkommen; der Stock konnte gebraucht werden.

„Hast du einen Lagerkeller, du Schelm? Willst du mich lehren, daß ein Matrosenkrüger ein Lager von Schnäpsen führt . . ."

Und nun tanzte der Stock. Als aber der Holländer sich mit einer mißbilligenden Miene fortwandte, brach des Zaren Wut los. Es war eine Art Krankheit oder ein Naturell, daß er einen Ausbruch haben mußte. Nun flog der Säbel aus der Scheide. Wie ein Rasender schlug er alle Flaschen auf dem Spültisch entzwei, hieb Tischen und Stühlen die Beine ab. Darauf machte er einen Scheiter=
haufen aus den Trümmern und wollte den Krüger lebendig verbrennen.

Da öffnete sich eine Tür, und herein trat ein Weib

mit einem kleinen Kind auf dem Arm. Als das Kind den Vater daliegen sah, wie er den Hals vorstreckte, begann es zu schreien. Der Zar blieb in seiner Gebärde stehen, beruhigte sich, trat auf die Frau zu und grüßte:

„Sei ruhig, Mutter, dir geschieht nichts Böses! Wir spielen nur Matrosen!"

Und zum Krüger gewandt:

„Schick die Rechnung zum Fürsten Menshikow; er bezahlt. Aber wenn du mich kratzest, so . . . Na, ich verzeihe dir für dieses Mal! . . . Jetzt fahren wir, Jaen! Anker auf und Schot klar!

Darauf fuhren sie in die Stadt hinaus, der Zar lief in Häuser hinauf, kam wieder herunter, und so wurde es Mittag.

Sie machten vorm Palast Menshikows halt.

„Ist das Mittag fertig?" fragte der Zar vom Kabriolett aus.

„Das Mittag ist fertig!" antwortete ein Lakei.

„Serviere für zwei! Ist der Fürst zu Hause?"

„Der Fürst ist nicht zu Hause."

„Tut nichts! Also für zwei!"

So pflegte der Zar seine Freunde zu besuchen, ob sie zu Hause waren oder nicht, und man erzählt, er sei einmal mit zweihundert von seinen Bekannten zu solchen Gewaltbesuchen herumgezogen.

Nach einem glänzenden Diner ging der Zar in einen

Salon und legte sich schlafen. Der Schiffer war bereits am Tisch eingeschlummert.

Aber neben seinen Kopf legte der Zar seine Uhr; er konnte sich wecken, wann er wollte.

❧

Als Zar Peter erwachte, ging er in den Eßsaal und fand Jaen Scheerborck schlafend am Tisch.

„Bring ihn fort!" befahl der Zar.

„Soll er nicht mehr dabei sein?" wagte der Kammerherr zu fragen, der ein Günstling war.

„Nein, ich habe ihn satt; man sollte niemals Menschen mehr als einmal treffen im Leben. Trag ihn hinaus an die Pumpe, dann wird er nüchtern, und führe ihn dann auf seine Schute."

Und mit einem verächtlichen Blick fügte er hinzu: „Du altes Vieh!"

Dann fühlte er nach, ob der Säbel sicher sitze und ging.

Nach dem Schlaf war Peter wieder der Kaiser geworden; hoch, gerade, würdig. Er ging nach der Strandlinie hinunter, ernst, groß, wie zu einer Feldschlacht.

Als er Nummer vierzehn gefunden hatte, trat er ohne weiteres ein, sicher, seine fünfzig Mann dort zu finden. Rechts zu ebener Erde nach dem Hof zu standen alle Fenster auf. Dort sah er die Verschworenen um einen langen Tisch sitzen und Wein trinken. Er trat in den Saal. Viele von

seinen Freunden saßen dort. Das gab ihm einen Stich
ins Herz.

„Guten Tag, Kameraden!" grüßte er munter.

Die ganze Gesellschaft erhob sich wie ein Mann. Blicke
wurden gewechselt und Mienen gemacht.

„Wollen wir nicht ein Glas trinken, Freunde?"

Und Peter warf sich auf einen Stuhl. Da aber sah
er nach der Saaluhr, und die zeigte erst halb fünf.

Er hatte sich um eine halbe Stunde geirrt; ob er sich
nun versehen oder die Uhr bei Menshikow falsch gegangen
war. —

Eine halbe Stunde! dachte er. Aber in der nächsten
Sekunde hatte er ein Heldenglas geleert und begann ein
sehr populäres Soldatenlied zu singen, das er mit Auf=
klopfen des Glases begleitete.

Das Lied war verführerisch. Das hatten sie als Sieger
bei Pultawa gesungen; danach waren sie marschiert; es
lenkte die Erinnerung auf bessere, frohere Zeiten, und alle
stimmten ein.

Peters starke Persönlichkeit, die gewinnende, liebens=
würdige Art, die er annehmen konnte, wenn er wollte,
alles zog die Gesellschaft zu ihm hin. Und nun löste das
eine Lied das andere ab, und der Gesang war eine Be=
freiung von der fürchterlichen Beklommenheit. Es war
die einzige Möglichkeit, ein Gespräch zu vermeiden.

Zwischen den Liedern brachte jedoch der Zar ein Wohl
aus, trank einem alten Freund zu, ihn in wenigen Worten

an ein gemeinsames Erlebnis erinnernd. Er wagte nicht nach der Uhr zu sehen, um sich nicht zu verraten; aber die halbe Stunde mitten in der Mörderhöhle war unendlich lang.

Manchmal sah er zwei Blicke wechseln; dann aber warf er ein scherzhaftes Wort dazwischen, und der Faden war zerrissen. Er spielte um sein Leben und er spielte gut; denn er verwirrte sie mit seiner Munterkeit und Naivetät, so daß sie nicht ahnen konnten, ob er etwas wußte. Mit dieser ihrer Unschlüssigkeit spielte er.

Schließlich hörte er Waffen draußen auf dem Hof rasseln, und mit einem Sprung war er zum Fenster hinaus.

„Massaker!" war sein einziges Kommandowort. Und damit begann das Blutbad. Er selber stand am Fenster, und wenn einer hinaussprang, schlug der Zar ihm den Kopf ab.

„Alles tot!" schrie er auf deutsch, als es zu Ende war.

Dann ging er seiner Wege, in der Richtung auf die Festung Peter=Paul.

Er wurde vom Kommandanten empfangen und ließ sich zum Prinzen Alexej führen, seinem einzigen lebenden, seinem erstgeborenen Sohn, auf den er seine Hoffnung und damit Rußlands Zukunft gebaut hatte.

Mit dem Schlüssel in der Hand blieb er vor der Zelle stehen, machte ein Kreuzeszeichen und betete halblaut:

„Ewiger Gott der Heerscharen, Herr Zebaoth, der den Fürsten das Schwert in die Hand gegeben hat, zu lenken und zu schützen, zu belohnen und zu bestrafen; erleuchte deines Dieners armen Verstand, daß er nach deinem Recht handeln möge! Du hast von Abraham seinen Sohn gefordert, und Abraham gehorchte. Du hast deinen einzigen Sohn gekreuzigt, um die Menschheit zu erlösen. Nimm mein Opfer, du Furchtbarer, wenn du es forderst! Doch nicht mein Wille geschehe, sondern deiner. Möge dieser Kelch an mir vorübergehen, wenn du es willst! Amen, in Christi Namen, Amen!"

Er trat in die Zelle und blieb dort eine Stunde.

Als er wieder herauskam, sah er verweint aus; aber er sagte nichts, gab dem Kommandanten den Schlüssel und ging. —

Was diesen Abend zwischen Vater und Sohn geschah, darüber gibt es viele Angaben.

Genug: Alexej wurde von einhundertsiebenundzwanzig Richtern zum Tode verurteilt und das Protokoll gedruckt. Aber das Urteil soll niemals vollstreckt worden sein. Der Erbprinz starb vorher.

Am selben Abend gegen acht trat der Zar in sein Landhaus und suchte sofort Katharina auf.

„Das Alte ist vergangen!" sagte er. „Jetzt beginnen wir das Neue, du, ich und die Unseren."

Die Zarin fragte nicht, denn sie verstand. Aber der Zar war so müde und erschöpft, daß sie einen der Anfälle fürchtete, die sie so gut kannte. Und es gab nur eine Art, ihn zu beruhigen, die alte gewöhnliche.

Sie setzte sich in die Sofaecke; er legte sich nieder, den Kopf gegen ihren reichen Busen; dann strich sie ihm das Haar, bis er einschlief. Aber drei Stunden mußte sie unbeweglich sitzen.

Ein Riesenkind an einem Riesenbusen, so lag der große Kämpe des Herrn da, und das Gesicht wurde so klein, die hohe Stirn wurde von der langen Mähne verborgen, der Mund stand offen, und er schnarchte wie ein kleines Kind, das schläft!

Als er schließlich erwachte, blickte er zuerst auf, erstaunt, sich dort zu finden, wo er war. Darauf lächelte er, sagte aber nicht „danke" und koste auch nicht.

„Jetzt wollen wir was zu essen haben!" Das war das erste Wort, das er sprach. „Dann wollen wir was zu trinken haben, und dann ein großes Feuerwerk! Das werde ich selbst unten am Strand anzünden. Aber Jaen Scheerbord muß dabei sein."

„Du hast Jaen hinausgeworfen."

„Habe ich? Er war betrunken, der Kerl! Schicke sofort nach ihm!"

„Du bist so wunderlich, Peter; nie derselbe in zwei Minuten."

„Ich will nicht derselbe sein. Dann würde es einförmig. Immer Neues! Und ich bin immer neu! Was! Ich langweile dich nicht mit dem ewigen Einerlei!"

Es wurde so, wie er gesagt hatte. Jaen wurde geholt, aber gebunden; denn er war böse auf Peter wegen der Wasserpumpe und wollte nicht kommen. Als er aber an Land war, wurde er umarmt und auf den Mund geküßt. Da war sein Groll vorbei.

Man aß und trank, und es endete mit Feuerwerk — das war ein großes Vergnügen für den Zaren.

Und so endete der merkwürdige Tag, der dem Haus Romanow die Thronfolge sicherte. Und so war der Mann, der sich selber nannte: „Der Große, der Selbstherrscher, der Kaiser aller Reußen."

Der Barbar, der sein Rußland zivilisierte; der Städte baute und selbst nicht darin wohnen wollte; der seine Gattin schlug und dem Weib ausgedehnte Freiheit gab. Sein Leben war groß, reich und nützlich im Öffentlichen; im Privaten, wie es sein konnte. Aber er hatte einen schönen Tod; denn er starb an den Folgen einer Krankheit, die er sich zuzog, als er bei einem Schiffbruch ein Menschen= leben rettete — er, der mit eigener Hand so vielen das Leben genommen hatte!

Veredelte Frucht

Der zwanzigjähre Herr Sten Ulffot, der letzte Sprößling des uralten Geschlechts Ulffot zu Wäringe, Hoffta und Löffala, erwacht eines sonnigen Maimorgens zu Ende der 1460er Jahre in seiner Schlafkammer auf Hoffta in Upland. Nach einem traumlosen Schlaf von einigen Stunden fängt sein ausgeruhter Kopf an, eine Musterung der Ereignisse des gestrigen Tages anzustellen, die für den jungen Herrn von so entscheidender Beschaffenheit gewesen waren, daß er, von dem Schlage noch betäubt, gleichsam außerhalb der ganzen Sache stand und sie mit Verwunderung betrachtete. Der Länsman und der Vogt waren dagewesen; sie hatten Verschreibungen von Hof und Grund vorgezeigt; sie hatten verschiedenes vom Pergamente vorgelesen, und das Ende war gewesen: daß Herr Sten infolge seiner Väter und eigener Schulden arm, ganz arm geworden, und alldieweil sein Vater zu Lebzeiten nicht barmherzig gewesen, sollte der junge Herr bereits am folgenden Tage aus dem alten Hause ausziehen, das nun nicht mehr seins war. Herr Sten, der niemals Veranlassung gehabt hatte, das Leben schwer zu nehmen, aus dem einfachen Grunde, weil das Leben für ihn immer eine leichte Sache gewesen war, nahm auch dies sehr leicht. Die Armut war für ihn ja bloß ein ausgesprochenes Wort, dem noch entsprechende Wirklichkeit fehlte, und mit leichtem Sinn sprang er aus dem Bette; kleidete sich in seine einzige, aber schmucke Sammetjacke und seine einzigen Hosen aus Brabanter Tuch.

Er zählte seine wenigen Goldmünzen und verbarg sie gut auf der Brust; denn er hatte jetzt eine Ahnung von ihrer Bedeutung. Darauf ging er in die Burgstube. Die war ganz leer; das machte keinen anderen Eindruck auf ihn, als daß er in dem geräumigen Zimmer leichter zu atmen glaubte. Auf einem wandfesten Tische waren feuchte Ringe von den Bierhumpen zu sehen, welche die beiden Männer am Tage vorher benutzt hatten; er fand, es hätten mehr Ringe sein können, wenn er selbst mit dabei gewesen wäre; es sah so geizig aus! Die Sonne zeichnete auf dem Steinboden die bemalten Fenster ab, so daß der Boden der schönsten Mosaikarbeit glich. Sein Herzwappen, der Wolfsfuß, wiederholte sich in seinem roten Felde sechsmal, und er fand ein Vergnügen daran, auf die schwarzen Füße in den roten Feldern zu treten, in der Erwartung den Wolf schreien zu hören; aber jedesmal, wenn er seinen Fuß in das Sonnengemälde setzte, sah er, wie der Wolfsfuß sich auf seinem gelben Eldsederstiefel abzeichnete; wenn er dann einen Schritt vorwärts tat, kam er auf seine Brust hinauf, und der rote Schild saß wie ein blutiges Herz auf seiner weißen

Sammetjacke und wurde von der schwarzen Tatze mit
den gespreizten Klauen zerrissen. Er fühlte, wie sein
Herz sich heftig bewegte, und er ging aus dem Zimmer
heraus. Durch die enge Steintreppe nahm er seinen Weg
in das obere Stockwerk, wo seine Eltern zu ihren Leb=
zeiten gewohnt hatten. Alles Lose und Bewegliche, das
ein Haus zur Heimstätte für lebende Wesen macht, war
fortgetragen, fortgefegt, fortgebrochen. Es war wie eine
Reihe Grabräume, in einem Felsen ausgehauen, für Seelen
ohne Körper, ohne irdische Bedürfnisse eingerichtet.

Nur die Spuren des Lebens fanden sich noch. Vier
graue Flecke auf dem Fußboden deuteten an, wo ein Bett
gestanden, zwei dunkle Ränder, wo der Tisch seinen Platz
gehabt, und zwischen beiden waren Ritzen und Striche von
Schuhwerk zu sehen. Eine dunkle zitternde Zeichnung auf
der Kalkwand wies hin, wo der Alte seinen Kopf an=
zulehnen pflegte, wenn er ihn von der Arbeit, die auf
dem Tische lag, erhob. Die Kohlen waren aus dem Kamin
ins Zimmer geprasselt und hatten die Zeichnung eines
Pantherfelles ausgebrannt. Im Zimmer der Mutter saß
noch ein wandfestes Steinbild, das Maria und das Kind
darstellte; sie betrachtet ihren Sohn mit Blicken voller Hoff=
nung und ohne eine Ahnung, daß sie einen zukünftigen
Strafgefangenen auf den Knien hält. Herr Sten empfand
ein unbestimmtes Gefühl von Beklemmung und wandert
weiter. Durch eine geheime Tür steigt er auf die Böden
hinauf und geht aufs Dach hinaus. Unter sich sieht er

diese ganze weitgeſtreckte Erdfläche, die er eben ſein ge=
nannt hatte; dieſe grünen Felder, früher Seegrund, welche
kleine grüne Hügel, früher Holme, umſchlingen, grünten
eben für ſeine Rechnung, um den Armen Brot zu geben,
die ihn kleiden, ihn bürſten, ſein Eſſen bereiten, ſeine
Pferde, ſeine Hunde, ſeine Falken, ſein Vieh beſorgen ſollten.
Vergangenen Herbſt ſtand er hier oben und ſah, wie ſeine
Leute ſein Korn ausſäten; jetzt würden andere kommen
und ſchneiden und einholen. Eben konnte er beſchließen,
wann die Fiſche im Bach ihr Leben laſſen ſollten; eben
beſtimmte er, wann die Föhre im Walde fallen und wann
das Wild, das da lief, erlegt werden ſollte; ſelbſt die Vögel
in dieſem ungeheuren Luftraum gehörten ihm, wenn ſie
auch vom Kaiſer von Öſterreich geflogen kamen.

Daß er nichts von allem mehr beſaß, konnte er
noch nicht faſſen; denn er hatte nie etwas vermißt und
wußte deshalb nicht, was beſitzen war. Er fühlte bloß
eine ungeheure Leere und fand, daß die Landſchaft ein
düſteres Ausſehen hatte. Die Schwalben, die denſelben
Tag gekommen waren, umſchwärmten ihn ſchreiend und
ſuchten ihre alten Neſter im Dachkranz auf; einige fanden
es, andere nicht. Der Regen des Herbſtes, der Schnee des
Winters hatte ihre kleinen Lehmhütten aufgelöſt, ſo daß
ſie in den Schloßgraben geſtürzt waren; aber Lehm gab's
auf dem Acker, Waſſer im Bach und Stroh auf jedem
einzigen Erdhöcker, und ſolange ſie heimlos waren, hatten
ſie ein Haus in jedem Gebüſch und unter dem Dachſtroh

auf jeder Hütte. Sie jagten unbehindert draußen in den luftigen Jagdgründen; sie wählten sich eine Gattin und verheirateten sich draußen in der blauen Frühlingsluft, die mit Wohlgerüchen von den eben aufgesprungenen Birken und den blühenden Fichten, von der unsichtbaren Frühlingssaat und den honigduftenden Kätzchen der Weide erfüllt war. Er ging weiter hinauf aufs Dach und stellte sich an die Fahnenstange. Wie er da zu den dahinziehenden weißen Frühlingswolken hinaufsah, kam es ihm vor, als stünde er auf dem Luftschiffe eines Märchens und segelte zwischen den Wolken dahin, und wie er dann auf die Erde hinunter sah, kam die ihm wie eine Reihe Erdhügel vor, wie ein Abfallhaufen der vom Himmel hinausgeworfen war. Aber er hatte ein Vorgefühl, daß er jetzt da hinunter und in den Erd=hügeln graben mußte, um Essen zu suchen. Er fühlte, daß seine Füße fest auf der Erde standen, ungeachtet seine irren Blicke dort oben unter den silberglänzenden Wolken segelten.

Wie er durch die enge Bodentreppe hinunterging, schien es ihm als ginge er in einen ungeheuren Bohrer hinein, der ihn tiefer und tiefer in die Erde hinein=schraubte. Er besuchte den Garten; sah wie die Apfel=bäume blühten. Wer würde die Früchte von diesen Bäumen pflücken, die er veredelt und auf die er jahre=lang gewartet hatte? Er besah den leeren Stall; alle seine Pferde waren fort außer einem Klepper schlechtester Rasse, den er niemals des Reitens gewürdigt hatte. Er

ging in den Hundestall hinein; er sah nur zehn leere
Koppel. Da wurde sein Herz schwer, denn er fühlte, wie
man ihn von den einzigen lebenden Wesen getrennt hatte,
die ihn geliebt. Alle anderen, Freunde, Diener, Hofleute,
Anwohner hatten allmählich, mit dem Fortschreiten der
Armut, eine Veränderung in ihrem Benehmen gezeigt, aber
diese zehn waren sich gleich geblieben. Er wunderte sich
darüber, daß er das Vermissen nicht so bitter dort oben
in der von den Vätern ererbten Wohnung mit ihren Er=
innerungen gefühlt; denn er vergaß, daß er bereits seit
mehreren Jahren das Vermissen fortgeweint hatte.

Er ging auf den Burghof. Da traf ihn ein Anblick,
der ihn auf einmal in seine wirkliche Lage versetzte.
Auf einer vierräderigen, mit drei Paar Ochsen bespannten
Karre lag ein Berg von Möbeln und Hausgerät; zu unterst
das große eichene Bett mit den prächtigen Schnitzereien,
gewaltige Kleider= und Leinenschränke, die gleich Festungen
gegen Diebe gezimmert waren, der Arbeitstisch des
Vaters, der Eßtisch der Familie; darüber die Bänke vom
Alltagszimmer mit Fetzen herabgerissener Behänge in feinen
Farben, der Stickrahmen der Mutter, der Stuhl des Groß=
vaters mit den gepolsterten Lehnen und dem hohen Rücken,
und zu oberst seine eigene Wiege und der kleine Betstuhl,
auf welchem die Mutter so oft für den Kleinen in der
Wiege gebetet hatte. Bündel von Lanzen, Schwertern und
Schilden, womit die Vorväter sich einmal alle diese Stücke
von der grünen Erde erkämpft und verteidigt hatten, die

er jetzt lassen mußte, um in die Welt hinauszugehen und im Schweiße seines Angesichts sein Brot zu verdienen. Alle diese toten Dinge, die auf ihren Plätzen Teile seines Ichs gebildet hatten, lagen da wie Leichen, wie ausgerissene Bäume, die die Wurzeln zeigen; es war ein ungeheurer Scheiterhaufen von Erinnerungen, den er hätte anzünden mögen.

Jetzt knarrten die Tore, die Zugbrücke wurde gezogen, der Kutscher knallt mit der Peitsche über den Rücken des ersten Gespanns, es knackt in Deichseln und Leinen, und die gewaltige Ladung rüttelt auf dem steinbelegten Hofe dahin, und als sie über die Planken der Holzbrücke rollt, dröhnt es wie das Echo aus einem Grabgewölbe.

„Die letzte Ladung?" ruft der Kutscher dem Torhüter zu.

„Die letzte Ladung!" wird aus dem Torgewölbe geantwortet.

Das Wort „letzte" macht einen tiefen Eindruck auf Herrn Sten, der selbst sich als der letzte fühlt, aber er kann sich nicht weiteren Betrachtungen überlassen, denn ein Mann mit einem fremden Gesicht tritt an ihn heran und hält den Klepper an der Seite.

„Das Schloß soll geschlossen werden," sagt er.

„Warum geschlossen werden?" fragt Herr Sten, bloß um seine eigene Stimme wieder zu hören.

„Weil es niedergerissen werden soll! Der König will nicht so viele Schlösser im Reich haben."

Herr Sten faßte die Zügel des Kleppers und saß auf; er drückte die Schenkel an und hocherhobenen Hauptes ritt er durch das Torgewölbe; aber dort holt er seine Börse hervor und wirft eine Goldmünze hinter sich, nach der der Torhüter und der Stallknecht um die Wette laufen.

Wie er über die Zugbrücke geritten ist, hält er das Pferd an und wartet, bis die Ladung ihm aus dem Gesicht verschwunden ist; darauf lenkt er auf einen Fußsteig und verschwindet zwischen den Birken.

„Ich möchte wissen, was der unternehmen wird," sagt der Torhüter.

„Unter die Soldaten gehen," antwortet der Stallknecht.

„Dazu taugt er nicht! Hat die Sache nicht gelernt! Nur lesen und schreiben."

„Dann wird er wohl Schreiber beim König."

„Nicht bei diesem Könige, denn sein Vater war in Ungnade, weil er nicht Waffen gegen Landsleute tragen wollte."

„Dann wird er werden was zum Teufel er will."

„Man darf nicht werden was man will; man muß wohl werden was man kann, und kann man nichts, so wird man nichts."

„Just so ist es! Just so! — Aber ich weiß just nicht, was man lernen muß, um Torhüter zu werden!"

„Aber man muß Kräfte dazu haben, und man muß nachts wachen können, und das kann der Junker nicht."

„Nachts wachen, das können die Junker schon, das haben wir gesehen, aber es ist vielleicht schlecht mit den Kräften bestellt, wenn sie die schwere Kette ziehen sollen."

„Weißt du, Stallknecht, dafür muß er selbst sorgen. Jetzt ziehe ich indessen meine Kette, und dann gehen wir den Schleichweg zur Taverne und wechseln unser Gold."

„Das tun wir, dann mag er tun was er will!"

„Was er kann, Stallknecht; man darf nicht tun was man will!"

„Freilich! Freilich!"

Die Kette klirrte, die Brücke wurde aufgewunden, und das Tor fiel mit einem dumpfen Schlag zu.

⁂

Herr Sten war indessen mehrere Stunden geritten, ohne eigentlich zu wissen, wohin es ging. Er wußte bloß, daß der Weg in die Welt hinausführte, fort von Heim und Schutz. Er sah am Stande der Sonne, daß es auf den Nachmittag ging und an dem hängenden Kopf des Kleppers, daß dieser müde war. Er stieg deshalb ab, legte die Zügel einmal lose um die Vorderbeine und führte seinen Renner vom Fußsteig auf eine schöne Wiesenhöhe hinauf, wo er ihn zum Weiden losließ. Er selbst legte sich unter einen wilden Apfelbaum um zu ruhen; aber da er fühlte, daß der Boden feucht war, brach er einige junge Birken nieder und machte aus dem zarten Laub ein Bett, worauf er lange Streifen Birkenrinde abriß und sich unter

Kopf, Knie und Ellbogen legte. Und dann schlief er ein.
Aber als er erwachte, fühlte er einen fürchterlichen Hunger
in seinen Eingeweiden rasen; denn er hatte seit vierund=
zwanzig Stunden nichts gegessen; aber er merkt auch, daß
die Zunge am Gaumen festklebte, und daß es in der Kehle
brannte und kratzte. Den Klepper sah er nicht mehr;
er wußte nicht, wo er sich befand, sah keine menschliche
Wohnung und hatte wenig Hoffnung, einen Gasthof vor
der Nacht zu treffen. Da fiel er auf seine Knie nieder
und bat seinen Schutzheiligen, ihm zu helfen, und als er
dessen Namen, Sankt Blasius, nannte, kam ihm der Ge=
danke, wie der Heilige unter denselben Verhältnissen sich
in der Wildnis durch Wurzeln und Beeren ernährt hatte.
Durch das Gebet gestärkt, sah er sich um, wo er etwas
zu essen und zu trinken fände. Seine Blicke fielen zuerst
auf eine Birke. Es war gerade die Zeit, wo der Saft
fließt. Mit seinem Messer spaltete er die Birkenrinde auf
und zog die Zipfel vor, die er mit Holzsplittern zusammen=
setzte, so daß sie ein wasserdichtes Körbchen bildeten; darauf
bohrte er ein Loch, und aus dem harten Holz sickerte
jetzt der klare Saft hervor, der in der Farbe Rheinwein
gleicht. Während dieses Zapfen vor sich ging, stieg er
in den Apfelbaum, wo er eine ganze Menge kleiner Äpfel
gesehen, die überwintert, und die allerdings morsch waren,
aber doch den Magen füllen konnten. Als er einige Stück
gegessen hatte, machte er sich daran den Baum zu schütteln,
so daß die herabfallenden Früchte auf den Boden schmet=

terten. Er war gerade dabei seines Fundes froh zu werden und freute sich bei dem Gedanken an den guten Birkenwein, als er von unten eine Stimme hörte, die sehr unsanft zu ihm hinaufhallohte.

„Hört, Herr Dieb, was tut Ihr da?"

„Kein Dieb hier!" antwortete Herr Sten.

„Wer stiehlt, ist ein Dieb," antwortete die Stimme. „Steigt sofort herunter oder Ihr werdet diese Nacht im Sarge liegen."

Herr Sten hielt es für gut hinunterzusteigen und sich zu erklären zu suchen. Er fand vor sich einen Mann von mündigem Aussehen, der von einem großen Hund begleitet wurde.

„Fürs erste," fing jetzt der mündige Mann an, „habt Ihr Euch an tragendem Holze vergriffen: Buße drei Mark und Verlust der Art, Kapitel siebzehn des Baugesetzes."

„Ich glaubte, der Mensch hätte ein Recht, wilde Bäume zu schätzen," antwortete Sten blöde, denn er war niemals auf diese Art angesprochen worden.

„Wilde Bäume gibt's jetzt nicht mehr; das war sicher zu Adams und Evas Zeit, das. — Übrigens habe ich gerade die Äpfel da aufgespart, um den Kohl damit zu säuren. Sekundum, hat er meine schöne Deichsel angelascht und entsaftet."

„Deichsel?"

„Ja, die Birke da sollte eine Deichsel werden. Und

dann hat er Birkenrinde in fremdem Wald geschält, Buße drei Öre, dasselbe Kapitel des Baugesetzes in König Christophs Landrecht."

„Ich glaubte, ich wäre in Gottes freier Natur, und ich hätte ein Recht mein Leben zu erhalten," erwiderte Herr Sten sanftmütig.

„Gottes freie Natur! Wo ist die? Kenne nur steuerfreien, zinspflichtigen und Krongrund. Tertium! Wahrscheinlich, ich habe noch kein Testimonium, wahrscheinlich ist es sein Pferd, das auf meiner Wiese weidet."

„Es ist mein Pferd, und es konnte doch wohl nicht tothungern, wenn das Gras ringsherum stand und wuchs!"

„Niemand braucht tot zu hungern! Jedem steht es frei am Rande der Landstraße zu weiden, jedem eine Handvoll Nüsse zu pflücken, und jeder Reisende darf sich eine Radachse hauen, wenn er in Not kommt. Er ist also des viermaligen Diebstahls überführt, und ich behalte das Pferd."

„Und laßt mich allein im Walde, wo ich vielleicht nicht einmal mir ein Feuer zur Nacht machen darf!"

„Wer trocken Holz in fremdem Wald haut, büßt drei Öre, und dann zum zweiten- und drittenmal. Nein, kann man glauben, so ginge es zu, dann hat man nie etwas besessen."

„So ging es niemals auf meinem Hofe zu! Da wußte man nichts von solchen Gesetzen und Paragraphen. Aber ich merke, ich bin nicht mehr zu Hause, und mein Hofrecht war niemals so kleinlich wie dein Gesetz."

Hier geschah eine große Veränderung mit dem mündigen Manne, wobei das Wort „dein" die treibende Kraft zu sein schien. Er faßte das Pferd bei den Zügeln, führte es zu Herrn Sten, hielt den Steigbügel, beugte sein eines Knie und sagte:

„Herr Junker, verzeiht, Ihr seid ausgeritten und vergnügt Euch; scherzt mit einem alten Gesetzleser. Einige morsche Äpfel werden, hoffe ich, nicht zwischen uns stehen."

Herr Sten, der die Wahrheit liebte, zögerte einen Augenblick das Angebot anzunehmen, aber da er gern sah, daß er aus dem Abenteuer herauskam, schwang er sich in den Sattel.

„Höre," sagte er mündig, „wo liegt der nächste Gasthof?"

„Eine halbe Meile südlich, wenn Eure Gnaden nach Stockholm wollen."

„Gut! Jetzt danke ich dir für das Vergnügen und stelle dir eine kleine Frage. Sag mir: wenn man aus Not stiehlt, dann ist es Diebstahl; wenn man zu seiner Unterhaltung stiehlt, was ist es dann?"

„Ein Scherz."

„Gut! Wie kann der Richter wissen, ob es Scherz oder Ernst ist?"

„Das kann er wohl sehen."

Herr Sten drückte seine Schenkel dem Klepper in die Seiten, beugte sich vorwärts und sagte:

„Nein, mein Alter, das kann er nicht sehen."

Und der Klepper setzte davon wie ein Pfeil von dem verwunderten Gesetzleser und seiner Deichsel.

Die Aussicht, bald an einen gedeckten Tisch zu kommen und das glückliche Ende des Abenteuers hatten Herrn Sten in eine Laune versetzt, die traurigen Betrachtungen keinen Raum ließ, und nach einem halbstündigen Trab ritt er durch den Schlagbaum des Gastwirts und wurde wie ein Herr empfangen. Er ließ sich an einem Tische unter einem großen Mehlbeerbaum draußen vorm Haus nieder und bestellte Huhn mit Salbei und einen Krug Travener Bier, was der Gastwirt anzuschaffen versprach, und wenn er ums ganze Dorf laufen müsse.

Der Maiabend war schön, und Herr Sten aß und trank nach Herzenslust, ungeachtet er den Schrecken nicht vollständig verwinden konnte, den der drohende Angriff des Hungers auf sein Dasein eben verursacht hatte. Seine Gedanken konnten sich nicht von dem Auftritt mit dem Gesetzleser losreißen, und er fühlte, daß er bald, wenn seine schöne Sammetjacke ihn nicht mehr schützte, unter den harten Gesetzen der Notwendigkeit stehen würde wie jeder andere unfreie Mann. Er sah ein, daß er unbedingt Eintritt in die Gesellschaft als arbeitendes Mitglied suchen und sich in eine der vielen Kasten einordnen mußte, wenn er fortfahren wollte zu leben, da die Erde mit allem was sie trug bereits besetzt war, so daß der Herr der Schöpfung unter einem tragenden Mehlbeerbaum liegen und vor Hunger sterben konnte, wenn er nicht gehängt werden wollte, während die Vögel des Himmels ungestraft sich am selben Baume sattessen konnten. Er wunderte sich, daß die Menschen es Eichhörnchen und Nußhähern erlaubten, die Haselbüsche zu plündern und Ehre und Freiheit zu behalten, wo es dem Menschen nur im Notfall erlaubt war, sein Leben durch eine Handvoll Nüsse zu retten. Er fand einen grausamen Widerspruch darin: sein Leben durfte er retten, aber es nicht erhalten, und gleichwohl war ja jede Mahlzeit eine wiederkehrende Rettung des Lebens. Aber andererseits hatten ja seine Vorväter diese Gesetze gestiftet, und er selbst hatte sie mit angewendet. Wem galt da sein Vorwurf? War nicht die Schuld teilweise sein und waren jetzt nicht die Folgen ganz natürlich?

Während dieser Gedanken blieben seine Blicke auf einer menschlichen Figur haften, die von der großen Landstraße gerade in den Gasthof einlenkte. Als sie näher kam, sah Herr Sten einen Dreißigjährigen mit dunkelhäutigem Antlitz, langen Armen, eingebogenen Knien und Füßen wie Spaten. Über der Achsel trug er einen doppelten Beutel, und in der Hand hielt er einen knotigen Stock. Mit einem Ruck der Achsel warf er den Beutel auf den Tisch neben dem Herrn Stens, setzte sich auf die Bank und schlug mit dem Stock auf die Tischscheibe, daß es wie ein Schuß knallte, worauf er ins Haus hineinrief:

„Heraus, Taverner, heraus! Und gib einem wohl=
löblichen Gesell der hohen Schmiedekompanei zu Stockholm
eine Kanne Bier."

Der Gastwirt, der glaubte, irgendein hoher Herr sei
angelangt, eilte hinaus, aber als er den Gesellen erblickte,
kehrte er sich um und sagte mit einem verächtlichen Ton
zu Herrn Sten:

„Solche haben niemals Geld. Wird nichts gegeben."

„Bei Sankt Michael, dem Erzengel, und Sankt Lonus,
Taverner, wenn du mir kein Bier gibst, so drücke ich dir
den König und die Krone auf," fiel der Gesell ein und
hob seinen Stock.

„Drohst du, so kommst du an den Galgen wegen ge=
walttätiger Einkehr," sagte der Gastwirt; „du hast nicht
bezahlt, als du zuletzt hier warst, und lies deine Beutel
zusammen und packe dich deiner Wege, denn der Bezirks=
schreiber sitzt drinnen im Hause."

„Ich bezahle des Gesellen Bier, Gastwirt," unterbrach
ihn Herr Sten, der einen gewissen Zug zu dem entlarvten
Großsprecher fühlte.

„Herr Junker ist ein wohlwollender Mann und ver=
steht, was ein Reisender nötig hat. Was die Bezahlung
angeht, so finde ich, es ist gleich wer bezahlt. Heute mir,
morgen dir. In guter Gesellschaft sage ich niemals nein.
Und ein Lademeister der wohllöblichen Schmiedekompanei
zu Stockholm kann ein ebenso guter Herr sein wie ein
anderer, will sagen ein anderer Reisender, mit Verlaub!"

„Das ist recht, Gesell; wenn alles zusammenkommt, so sind wir alle Reisende, und wenn wir reisen, sind wir alle gleich. Jeder hat das Seine bei sich wie der Weise."

Der Gesell, der seine Kanne bekommen hatte, erhob sie, nahm die Mütze ab und sagte mit feierlicher Stimme:

„Sankt Michael und Sankt Loyus!" Worauf er den Kopf zurückwarf und einige fürchterliche Schlucke nahm, daß die Muskeln des Halses sich wie Schlangenrücken bewegten. Darauf verschnaufte er, erhob die Kanne noch einmal und sagte:

„Tut mir Bescheid, Herr Junker, mit Verlaub!" Und jetzt trank er einige Minuten lang, so daß sich die Halssehnen wie Geschirriemen spannten. Als er zu Ende war, leerte er die letzten Tropfen auf den Nagel, schlug mit dem Stock auf den Tisch und rief ins Haus hinein:

„Zwei volle! Jetzt lade ich ein."

„Und der Junker bezahlt?" fragte der Gastwirt.

Herr Sten nickte bejahend, und der Geselle fuhr fort:

„Einerlei, wer bezahlt. Commumum bonum, wie wir in der Lade sagen. Heute mir, morgen dir."

„Setz dich, Gesell," sagte Herr Sten, „und laß uns plaudern. Du bist Schmied, höre ich."

„Lademeister und Fahnenführer der wohllöblichen Schmiedekompanei zu Stockholm, Sankt Michael und Sankt Loyus sei die Ehre, mit Verlaub!"

„Sag mir, ist es schwer, dein Handwerk?"

„Schwer? Ja, das ist nichts für den ersten besten. Es ist das schwerste Handwerk, das es gibt. Es ist eine Zunft, der die Welt nicht entraten kann; es ist die feinste Laienzunft, eine Stütze und eine Hilfe für alle Zünfte. Ohne Schmied kann niemand auskommen. Glaubt mir, wenn ich es sage. Es war ein Ratsherr beim Kaiser in Rom, der hieß Vulkanis, und der hat die Schmiedekunst erfunden. Und da fragt Ihr, ob sie schwer sei!"

„Ja, aber man kann sie wohl lernen?" wandte Herr Sten ein, der sich mehr belustigt als überzeugt fühlte.

„Lernen? Nein, Herr und Junker, die kann man nicht lernen."

„Aber du hast sie doch gelernt?" beharrte Herr Sten.

„Ich? Mit mir ist's eine andere Sache," antwortete der Geselle und sah Gesichte auf dem Boden seiner Kanne.

„Nun, warum kann es nicht auch mit mir eine andere Sache sein?" antwortete Herr Sten.

„Zeigt die Fäuste, mit Verlaub, Herr Junker."
Sten legte zwei kleine weiße Hände auf den Tisch. Der Gesell grinste.

„Taugt nicht! — Seht mich an!"

Er legte die Hand eines Riesen um die Zinnkanne und preßte sie so zusammen, daß sie schmal um den Leib wurde wie ein Stundenglas.

Herr Sten war nicht überzeugt:

„Aber du bist doch nicht mit solchen Fäusten geboren?"

„Doch, Junker, das bin ich eben. Ich bin dazu geboren, Schmied zu sein, wie Ihr dazu geboren seid — nichts zu tun, mit Verlaub. Wohin glaubt Ihr, kommt Ihr hier in der Welt mit solchen Kerbpflöcken? Pah! Es geht an, daß Ihr Euch nicht dran halten braucht, denn dann kämt Ihr allzu kurz."

„Und ich denke gerade daran, Schmied zu werden," sagte Sten unschuldig.

„Man scherzt nicht mit der hochlöblichen Innung, Herr Junker. Und übrigens möchte ich sagen, daß wir jetzt andere Zeiten haben wie früher; Scherz kann Ernst werden. Ein Schmied kann sowohl Bürgermeister wie Ratsmann werden, und Herr Vulkanis, den ich eben anführte, war Ratsherr beim Kaiser von Österreich. Man soll nicht hoffärtig sein, wenn man auch vornehm ist; man hat schon Schlechteres gesehen. Die Lübecker wissen schon was sie tun, und König Karl Knutsson war König den einen Tag, und den andern war er nichts. Hätte er was gelernt, so hätte er was gekonnt."

„Das gerade wollte ich sagen, lieber Schmied, und ich will dir erzählen, daß ich kein Junker bin, obgleich ich eine Sammetjacke habe."

„Ein verkleideter? Was? Kein richtiger Junker?"

„Ich bin einer gewesen, aber jetzt bin ich nichts."

Der Geselle zog die Mundwinkel in die Höhe, rückte näher, musterte Sten und fuhr fort:

„Herunter? Was? Rückwärts? Heh! Schwere Zeiten! Wenn die Diebe sich schlagen, kriegt der Bauer seine Sau wieder. Ja, ja! Keine Verwandten? Keine feinen Freunde? Allein in der Welt? Muß arbeiten? Und jetzt will er Schmied werden, wo er nichts anderes werden kann?"

„Wenn ich es werden kann."

„Nichts! Das ist weniger als du bist, Claus. — Ich heiße Claus. Nun, da kannst du hoffärtig sein, Claus. Aber ich bin nicht hoffärtig, und darum erlaube ich ihm, mich wieder zu der Kanne einzuladen, zu der ich eben einlud. — Ist das Huhn gut? Ich finde, es sieht so mager aus."

Claus machte Gebärden mit den Zähnen, als ob er etwas Zähes fühle. Sten antwortete:

„Das Huhn war fett genug, will der Geselle was zum Kauen haben?"

„Wenn ich ganz sicher sein kann, daß es gut ist, sonst schere ich mich nicht darum, denn lasse ich michs Geld kosten, so soll es auch was recht Gutes sein."

Sten befahl ein Huhn und neue Kannen und knüpfte das Gespräch wieder an:

„Da wird der Gesell mich wohl der Gilde oder Compa= panei empfehlen."

„Ich werde sehen, was ich tun kann, aber mit jenen Herren ist nicht gut Kirschen essen. Beglückwünscht Euch, daß Ihr Bekanntschaft mit dem Lademeister und Fahnen=

führer gemacht habt; denn er ist ein mächtiger Herr, obwohl er mit dem Beutel geht, wenn er auf der Wanderung ist."

Herr Sten, der nicht soviel Bier gewohnt war, am allerwenigsten von der einfachen Sorte die hier verschänkt wurde, fing an sich schläfrig zu fühlen und stand auf, um in die Schlafstube zu gehen. Aber Claus konnte unter keiner Bedingung es über sich gewinnen, seiner Ansicht beizupflichten.

„Nein, bleibt sitzen, mein Lieber, und trinkt einen Becher Wein mit mir. Es ist ein solch schöner Abend, und weit zu Bett habt Ihr auch nicht. Solltet Ihr schläfrig werden, so werde ich Euch die Treppe hinauftragen."

Herr Sten konnte unmöglich mehr trinken. Claus war verletzt und fragte, ob er sich weigere mit dem Lademeister zu trinken. Sten bat zu verzeihen, aber er könnte nicht. Claus meinte, er sei hoffärtig, aber davor solle er sich in acht nehmen; denn so was fiele auf einen zurück. Sten konnte vor Schlaf kaum unterscheiden, was gesagt wurde und kletterte die Leiter zur Schlafstube hinauf, wo er in der Dämmerung sofort ein Kissen suchte, auf das er niederfiel und wo er sofort einschlief.

Er hatte, wie er glaubte, ganze vierundzwanzig Stunden geschlafen, als er etwas Brennendes fühlte, als hätte man Feuerfunken auf sein Gesicht fallen lassen. Er richtete sich auf und hörte, daß die ganze Stube mit dem höllischsten Gesang eines eingelassenen Mücken=

schwarmes erfüllt war. Als er sich etwas ermuntert hatte, konnte er auch Menschenstimmen unterscheiden und am lautesten unter allen die Baßstimme des Freundes Claus.

„O, das ist ein verteufelt flinker Bursche. Alte, alte Bekannte Vater sein und ich. Etwas verwöhnt durch feine Kleider und dergleichen, aber das werden wir ihm schon austreiben! — Gastwirt! Mehr Claret! — Ja, seht, Vater sein hatte eine alte Schuld an mich. Paßte auf, ich! — haltet zu gut, Küster!"

Sten sprang auf und sah durch eine Spalte in der Wand, wie Claus am Schmalende des Tisches saß und das Wort führte, mit dem Gastwirt und jemandem, der der Küster sein mußte, als Beisitzern. Der Tisch war mit Krügen und Kannen beladen, und die Gäste schienen nicht gedurstet zu haben.

Der Küster, der der Ansicht war, daß der Geselle lange genug gesprochen habe, nahm jetzt das Wort.

„Hör mal, Claus, du sagst, daß er nichts ist, daß er keine Beschäftigung hat und kein Geld besitzt. Weißt du, wie man einen solchen Junker nennt?"

„Nein, nein!"

„Ja, den nennt man einen Landstreicher? Weißt du, was das Gesetz über lose Landstreicher bestimmt?"

„Nein, nein!"

„Ja, daß man, wer immer Lust hat, einen solchen Landstreicher beim Kragen nimmt und ihn ins Bezirksloch steckt, siehst du, so sagt das Gesetz. Und das ist recht, unbedingt recht. Gott, siehst du, hat von Anfang an den Menschen zum Arbeiten, Dienste nehmen, Nutzen tun, geschaffen . . ."

„Oder zum Reichsein," fiel der Gastwirt ein.

„Still, unterbrich mich nicht, Dienste nehmen, Nutzen tun auf die eine oder andere Weise, was es nun sein mag, daß ich so spreche! Pax!"

Der Küster unterbrach hastig seine Predigt und ging hinter die Ecke.

„Der Mann hat einen feinen Kopf," sagte der Gastwirt und wies mit den Achseln nach dem Fortgegangenen, welcher sich sofort wieder zeigte und seinen Platz einnahm.

„Pariere," fuhr er fort, „daß es Menschen gibt, die nicht arbeiten wollen; pariere, daß es Leute gibt, die lieber auf Kosten anderer leben wollen . . ."

Claus machte verschmitzte Augen und faßte nach dem Knüppel. Aber der Küster fuhr nach einem Schluck fort:

„Da frage ich: was soll man mit solchen Menschen machen? Kann darauf jemand antworten?"

Der Gastwirt wollte darauf antworten, aber der Küster schob sein Anerbieten mit seiner linken Hand beiseite.

„Kann darauf jemand antworten? Nein, müssen wir antworten; denn wir wissen ein Teil und prophezeien ein Teil. Aber ich antworte so: cur tuus benevolentium! Pax!"

Er trank aus und stand auf, um nicht die Wirkung

seiner Rede durch eine schlechte Übersetzung zerstören zu müssen.

Herr Sten legte sich wieder und steckte den Kopf unters Kissen. Er glaubte noch vierundzwanzig Stunden geschlafen zu haben, als er davon erwachte, wie ein Fuß auf sehr nachdrückliche Art sein Bett umrührte. Er fuhr auf und sah beim Schein der Morgenröte, die zu einer Luke der Wand hineinfiel, wie der Freund Claus, der sich wahrscheinlich nicht niederzubeugen wagte, auf einem Fuß stand und, sich am Dachbalken haltend, mit dem anderen Fuß im Bette nach dem schlafenden Freunde suchte. Er begleitete dieses Suchen mit einem kurzen und stöhnenden: Du, du! Und wie er Stens schwach beleuchtetes Antlitz zu Gesicht bekam, zog er seinen Fuß zurück und sagte:

„Weißt du, wer du bist, du? Weißt du, daß du ein Landstreicher bist? Weißt du, daß du ins Loch kommst, wenn du nicht eines anderen Brot issest, wo du kein eigenes hast? Dann werde ich dir erzählen, daß der Länsmann hinter dir her ist, und wenn du nicht fort bist, ehe die Sonne aufgeht, so bist du im Loch. Verstanden!"

Herr Sten verstand, daß es Gefängnis galt; davon hatte er schon einmal vor den vierundzwanzig Stunden sprechen hören. Aber er verstand nicht, daß man nicht seines Wegs fahren dürfe, um sich Arbeit zu suchen, und Claus bot vergebens seine Kraft auf, um ihm zu erklären, daß man Arbeit haben oder auch Besitzer von so und so viel Mark Wert sein müsse. Herr Sten, der sich am meisten

vorm Gefängnis fürchtete, ließ sich leicht überreden, sofort
sein Pferd aus dem Stall zu holen, und Claus einige
seiner wenigen Goldmünzen zu geben, der versprach mit
dem Gastwirt abzurechnen, welch letzterer nichts besseres
verlange; denn die Strafe sei nicht geringer für den der
einen losen Mann behaust und beherbergt habe. Sten
schüttelte dem guten Schmied die Hand und versprach ihn
in Stockholm aufzusuchen.

Und jetzt saß er wieder auf dem Rücken des Pferdes,
aus seinem Schlafe gerissen, aus einem zufälligen Heim
herausgeworfen, fliehend vor der Aussicht, ins Gefängnis
zu kommen, und fest entschlossen, kein Unterkommen zu
suchen, bevor er nach der Hauptstadt gekommen sei.

Zwei Tage später, eines Samstagabends, hielt Herr
Sten seinen Klepper hoch oben auf dem Grat des Brunke-
bergs an, wo der nach der nördlichen Furche des Nord-
stroms hinunterfiel. Unter sich sah er zum ersten Male
die Hauptstadt, den Wahlplatz selbst, wo die Kämpfe
der Großen um Macht ausgekämpft wurden. Auf diesen
kleinen Klippenholmen zwischen den beiden Stromfurchen
lag, von Türmen und Mauern nicht umzäunt, die Gesellschaft, in die er jetzt Eintritt suchen wollte. Der Kampf
zwischen König Karl Knutsson und dem Erzbischof Jöns
Bengtsson war jetzt im besten Gange, aber für Herrn Sten
war es gleichgültig, wer Sieger blieb; denn sein Vater

war beim König in Ungnade gewesen und mit der Familie
des Erzbischofs hatte seine Familie seit altersher in Fehde
gelegen. Wie jetzt die Abendsonne ihre wagrechten Strahlen
auf die Fahne warf, die über dem Hauptturm des Schlosses,
dem „Butterfaß", gehißt war, sah er, wie das Bondesche
Wappen, das Boot, sich gegen den Grund des weißen
Flaggentuches abzeichnete, und er wußte also wo das Land
lag. Obgleich wenigstens für den Augenblick Friede ge=
schlossen zu sein schien, wurde doch nicht die Schwierig=
keit, zum Stadttor hineinzukommen, verringert. Er würde
in jedem Falle genötigt werden, seinen Namen zu nennen
und sich aufschreiben zu lassen, vielleicht Rechenschaft ab=
zulegen über den Zweck seines Kommens und zu bekennen,
von wo er kam.

Ermüdet wie er war, glaubte er tausend Hindernisse
sich erheben und die Mauern unübersteigbar wachsen zu
sehen. Er war wie ein Belagerer, der sich die beste Art
ausdachte, in die Stadt einzudringen, wo er den einzigen
Ort zu finden glaubte, in dem er mit dem, was er an
Buchkünsten gelernt hatte, sein Brot erwerben konnte.

Wie er dort auf der Höhe in diesen ernsten Betrach=
tungen sitzt, hört er plötzlich vom Fuß des Berges ein
Gemurmel froher Stimmen, das sich mit dem Klang von
Trommeln und Pfeifen mischt, und an der Biegung wogt
aus dem Klarakloster eine muntere Schar hervor, die bald
hinter den grünenden Kohlgärten am Bergesabhang ver=
schwindet, bald wieder hervortaucht. Der Zug kommt näher.

An der Spitze reitet ein Jüngling, einen Kranz um die
Stirn und einen mit Grün bekleideten Spieß in der Hand.
Ihm folgen Pfeifer und Trommler mit Stachelbeerlaub
an den Mützen und dahinter eine ganze Schar Verkleideter
mit schwarzen Zeugmasken, rotgemalten Holzmasken und
den phantastischsten Trachten nach römischem und griechi=
schem Muster, aber zuletzt reitet verkehrt auf einem Kracken
ein Jüngling, der, in einen Pelz gekleidet und mit losem
Bart und Haar versehen, den Winter vorstellt. Das war
der Zug des Maigrafen, der die Ankunft des Frühlings
draußen auf dem Klarafeld begrüßt hatte. Sten faßt die
Gelegenheit beim Schopfe und reitet den Abhang hinunter,
schließt sich dem Festzuge an und kommt zum Stadttor
herein, ohne angetastet zu werden, obgleich er ein Paar
scharfe Augen zu bemerken glaubte, die sich gerade im
Torgewölbe selbst auf ihn hefteten. Indessen konnte er
es nicht unterlassen darüber nachzudenken, wie die über=
eilte Schlußfolgerung der Wache: frohe Menschen sind nicht
gefährlich, ihm, der so wenig froh war, zugutekommen
konnte, und wie er sicher innerhalb der Tore der beiden
Brücken war, wurde ihm leichter ums Herz.

Der Zug hielt auf dem Großmarkte, wo er sich auf=
löste, um später am Abend im Ratskeller zusammenzu=
treffen, der eine besondere Erlaubnis bekommen hatte, die
ganze Nacht auf zu haben, da man infolge eines späten
Frühlings und des Sieges des Königs jetzt das verschobene
Maifest feierte.

Herr Sten zog in ein Wirtshaus in der Schwarz=
mönchstraße, auf dessen Schild Sankt Laurentius gemalt
war, und wurde, nachdem man sein Pferd in den Stall
gestellt hatte, in die Schlafstube gewiesen. Da er dort
nur eine unzählige Menge Betten vorfand, ohne etwas
zum Sitzen, und er den Abend für zu schön hielt, um im
Zimmer zu bleiben, ging er in die Stadt hinaus, um ein
Bad zu nehmen.

Als er wieder auf die Straße kam, wurde ihm zu=
erst beklommen zumute, als er die engen Röhren sah,
die Straßen genannt wurden und in welchen bleiche
Menschen wanderten, eine widerwärtige Luft einsaugend
und in Schmutz und Küchenabfälle tretend, die man vor
die Türen geworfen hatte. Und Leute strömten hin und
her, hin und her, und er wunderte sich, daß sie nie ein
Ende nahmen oder müde wurden. Und die Straße selbst,
die mit runden Feldsteinen belegt war, war so schwer zu
wandern, und er verstand nicht, warum die Menschen solche
Marterwerkzeuge zusammengeschleppt, und warum sie den
Weg steiniger als er war, gemacht hatten. Vom Himmel
war nicht mehr als ein hellgrauer Streifen zwischen den
Hausreihen zu sehen, und die hohen Treppengiebel erhoben
sich wie Jakobsleitern, auf denen die Seele aus den stinken=
den dunklen Gräbern vergebens in die Höhe zu klettern
suchte. Er fühlte sich verwirrt und benommen; bald wurde
er von einem Träger geknufft, bald von einem Pferd
getreten, bald stieß er mit dem Kopf gegen ein Fenster=

brett; und alle diese Menschen hatten sich auf diesem kleinen
Holme zusammengepackt und aufeinander gebaut wie Bienen
in den Waben, warum? Um einander zu helfen? Das
glaubte er nicht. Als er sich nach der Badestube an der
Allmendestraße bei der östlichen Mauer hingefragt hatte,
empfand er ein lebhaftes Verlangen, durch ein Bad sich
von allen diesen Eindrücken der Unreinlichkeit zu befreien,
die selbst die Luft, die er atmete, auf ihn machte. Im
Entkleidungsraum, der gemeinsam war, fand er vor sich
eine große Menge Leute aus allen Klassen, denn es war
Samstagabend. In der Dämmerung konnte er nicht unter=
scheiden, wie sie aussahen, aber er schauderte bei dem
scharfen Geruch der Ausdünstung zurück, der eine Folge
körperlicher Arbeit ist. Er kleidete sich aus, nahm einen
Schurz um den Leib und ging in die Badestube hinein.
Mitten im Zimmer stand ein ungeheurer gemauerter Herd,
in dem ein gewaltiges Feuer flammte. Ringsherum bis
ins Dach hinauf liefen Galerien aus Holz, auf welchen
Männer saßen, einige sich gegenseitig mit Ruten peitschend,
andere Bier trinkend. Große grobgliederige Frauen mit
aufgeschürzten Röcken gossen Eimer mit Wasser auf den
geheizten Herd aus, der sofort eine Wolke Dampf von sich
gab, in welchen sich die Badenden gleichsam einhüllten
unter lautem Schreien und Lachen. Es war ein Gemisch
nackter Körper, struppiger Bärte, brennender Blicke. Aber
welcher Körper! Er glaubte einen Haufen wilder Tiere
mit behaarten Brüsten und Gliedern zu sehen, welche der

Kleider nicht bedurft hätten, und wenn die, die auf das
Bad warteten, vorm Feuer tanzten, wurde er an Aben=
teuer in den fernen Königreichen erinnert, wo Menschen mit
dem Kopf unterm Arm umhergingen und ein Auge in
der Stirn hatten. Er konnte es nicht über sich gewinnen
einen von ihnen anzusprechen, aber es waren ja doch
Menschen wie er. Aber doch waren sie nicht wie er. Sie
sprachen nicht wie er, sie lachten nicht wie er, und sie
waren nicht geschaffen wie er. Diese Bäcker hatten ja
Beine, die wie der Buchstabe X gewachsen und deren Füße
nach innen gekehrt waren, so daß sich die Zehen begeg=
neten; ihre Gesichter waren durch Nachtwache und Hitze
aller Muskeln und allen Fettes beraubt. Opferten sie
sich wirklich freiwillig für ihre Mitmenschen, da sie sich
zu Krüppeln machten, oder waren sie von der Not dazu
gezwungen? Diese Schmiede mit Schulterblättern wie
Ränzel, Armen so lang wie Hammerschäfte und mit nieder=
getretenen, nach außen gedrehten Fußblättern, die sie
wechselweise werfen mußten, um vorwärts kommen zu
können; diese Schneider mit dünnen Brustkörben, krummen
Beinen, die schmal wie Stecken waren, und gebeugten
Rücken, waren sie sich bewußt, daß sie durch diese Ver=
stümmelung anderen Gelegenheit gaben schön zu sein? Einen
Augenblick wurde sein Schönheitsgefühl erregt, und er
wollte gehen, aber er wurde von dem Gedanken zurück=
gehalten, daß er sich auch bald verstümmeln müsse, um
eine **Pflicht** in dieser Gesellschaft zu erfüllen, in welche

er jetzt verurteilt war einzutreten, die Versehungen seiner
Vorväter entgeltend, als sie ihn dem Schicksal entzogen,
das alle zu teilen geboren waren. Aber seine früheren
Bauern, Fischer oder Jäger sahen nicht so aus! Die waren
wie die Bäume des Waldes, gerade, wenn auch knochig.
Hier im Arbeitsleben der Stadt war ein Fehler begangen,
aber er konnte nicht sagen welcher.

Er näherte sich blöde einer der Riesinnen und fragte,
ob er ein Wasserbad bekommen könne. Das alte Weib
betrachtete seine weiße Gesichtshaut und seine kleinen Hände
und schob ihn in eine kleinere Stube, wo einige leere
Badewannen auf dem Boden standen.

„Das ist ja ein richtig feines Herrenkind," sagte die
Alte und betrachtete ihn mit prüfenden Blicken. „Er ist
sicher an den unrechten Ort gegangen, aber das tut nichts,
wenn es nur abgeht."

Und sie legte den Jüngling in die Badewanne wie
ein Kind und fing an seinen Körper mit einem Pferde=
haarwisch zu reiben.

„Ei, seh einer an, das macht ja Löcher ins Fell.
Ja, ja, es ist so verschieden mit Menschen und Menschen;
es ist nicht derselbe Schlag, sieh! Ein Fuß wie ein
Mädchen; sieht man nicht geradezu wie das Blut in den
Adern läuft! I'ch bin so sicher, daß diese feinen Leute
hier nicht ebensolches Blut haben wie wir. Und solche
Hände! Rein wie der kleine Sankt Johannes, den sie
aus Wachs oben in der Kapelle Unserer Frauen gemacht

haben! — Die sind nicht dazu geschaffen, mit anzu=
fassen, die!"

Als das Bad beendigt war, setzte das alte Weib Herrn
Sten auf einen Schemel und trocknete ihn vorsichtig ab,
als ob sie bange wäre, ihm ein Glied zu brechen. Darauf
nahm sie einen Kamm und fing an seine blonden Haare
zu ordnen, während sie vor sich hinplauderte.

„Nur Seide und Gold! Man könnte aus diesem Haar
ein Meßgewand für den Bischof selbst sticken."

Indem kam eine Mücke durch das Fensterloch herein
und setzte sich auf Herrn Stens entblößte Schultern; sie
brauchte nicht lange zu suchen, um einen Fleck zu finden,
wo sie ihren Stachel hineinsenken konnte, denn die Haut
war zartweiß und weich nach dem warmen Bad. Die
Alte hielt in ihrer Arbeit inne und nahm beinahe mit
Bestürzung wahr, wie der ungeladene Schmarotzer den
feinen Herrn zur Ader ließ; sie sah wie der durch=
sichtige Körper der Mücke sich mit hellrotem Blut füllte,
und wie sie wollüstig das Vorderbein hob, gleichsam um
ihren Raub festzuhalten. Da faßte die Riesin den kleinen
Aderlasser mit den äußersten Enden ihrer Nägel bei den
Flügeln und hielt ihn gegen das Licht.

„Was war das?" fragte Herr Sten und machte eine
Bewegung.

Die Alte war zu sehr von Betrachtungen in Anspruch
genommen, um sofort antworten zu können.

„O, es war eine Mücke," kam sie endlich heraus.

„Die abliges Blut in ihre Adern bekommen hat," fiel Herr Sten ein. „Nun glaubst du jetzt, Alte, daß sie besser ist als die anderen Mücken?"

„Das kann man nicht gut wissen," sagte die Riesin, die noch ihr Opfer untersuchte. „Blut ist dicker als Wasser. Und wohl habe ich viele Mücken in meinen Tagen gesehen, aber die hier ist etwas Besonderes. Ich hätte Lust sie leben zu lassen."

„Und zu sehen, wie sie sich den anderen Mücken gegenüber aufführen würde! Du möchtest sehen, wie sie kleine Junker= und Fräuleinmücken erzeugt, die auf Seide sitzen und sich von anderen ernähren lassen! Nein, du sollst sehen, daß sie ebenso unadelig ist wie alle anderen, und daß sie ebensolches Blut hat wie du, und daß sie ebensoleicht sterben kann wie die Gesellenmücke draußen."

Er schlug mit seiner Hand auf die Finger der Alten, und da war nur ein hellroter Fleck auf ihrem rechten Zeigefinger zu sehen.

„Nun, war es nicht wie ich sagte?" brach die Alte aus. „Das ist ja so hell wie das rote Gold."

„Das ist weil es dünner ist," fiel Herr Sten ein, „und darum ist es bald wie reines Wasser, und darum, siehst du, werden die Jarle sterben, aber die Knechte werden leben."

Das Gespräch war zu Ende, und Herr Sten stand auf, dankte und ging wieder in die große Badestube hinaus, wo der Lärm jetzt betäubend war, dank Bier und Hitze im Verein. Er eilte an den Badenden vorbei und in den Entkleidungsraum hinaus, wo er mit Mühe sein Zeug unter Bergen von Lederhosen, Blusen und Wämsern wiederfand.

Auf die Straße hinausgekommen, lenkte er seine Schritte durch das Kaufmannstor nach dem Großmarkt hinauf. Dort sah er das Rathaus erleuchtet; das große Portal, das zum Keller hinunterführte, war mit Fichten= reisig, Waffen und Fahnen bekleidet. Er ging die breite Treppe hinunter, durch den munteren Klang von Geigen, Pfeifen und Trommeln angelockt. Obwohl er es nicht vernünftig finden konnte, daß die Menschen sich unter der Erde versammelten und ergötzten, wo die Erde so groß und schön war, mußte er doch bekennen, daß der Ratskeller einen stattlichen Anblick bot mit seinen ge= gewaltigen Pfeilern, die heute abend mit Girlanden aus Fichtenreisig und einem und dem anderen Strauß aus Leber= blümchen, Anemonen und Primeln geschmückt war. Un= erhörte Wein= und Bierfässer bildeten drei große Alleen, vom Schankraum ausstrahlend, der mit einem ungeheueren, auf einer Tonne reitenden Bacchus verziert war. In mit Sand gefüllten Vierteln und Ankern standen junge Fichten und Wacholder, und der Boden war mit gehacktem Fichten= reisig bestreut. Auf einem Riesenfaß saßen die Musikanten, und von den gedrückten Kreuzgewölben hingen Faßbänder mit Tranlampen und Wachslichtern herab. Eine unüber= sehbare Menge von Menschen, teils verkleidet, teils in

Feiertagstracht, waren um Tische gruppiert oder wanderten
die großen Satzreihen entlang. Die Freude schien allgemein
und aufrichtig zu sein; denn sie hatte eine natürliche Ver=
anlassung, die Wiederkehr des Frühlings, und eine weniger
natürliche, die dritte Rückkehr des Königs.

Sten wanderte einsam unter den munteren Scharen,
ohne die Hoffnung, einen Freund zu treffen. Er fühlte
sich durstig nach dem Bade, aber schämte sich etwas zu
verlangen, denn er wollte nicht einsam trinken. Wie er
so ging, hatte er plötzlich das Gefühl, als sähe ihn wer
an. Er kehrte sich um und wurde einen kleinen gelben,
ausgetrockneten, engbrüstigen Mann gewahr, der in Er=
mangelung eines Tisches sich an einer umgestülpten Tonne
niedergelassen und ein Halbes zum Stuhl genommen, sowie
vor sich eine steinerne Kanne mit Rheinischem und zwei
niedrige grüne Gläser hatte. Er war allein und trank nur
aus dem einen Glase.

„Will der Junker sich nicht setzen?" fragte er mit
einer schwachen, zischenden Stimme und fing sofort an zu
husten. „Ich sehe, der Junker ist allein, das bin ich auch."

Sten sah fragend das leere Glas an, aber der hustende
Mann beantwortete die Frage damit, daß er einen freien
Anker holte, den er seinem Gast zum Sitzen anbot. Sten
dankte, setzte sich und trank.

„Ich huste so fürchterlich," sagte der gelbe Mann,
„aber das muß Euch nicht stören. Der Frühling ist für
Brustleidende immer schlimm. — Es ist jetzt wieder Früh=

ling," sagte er so schmerzlich wie ein anderer sagt: „Es ist jetzt wieder Herbst!"

„Ihr solltet süße Weine statt saure trinken," antwortete Sten, der etwas sagen mußte.

„Mein Brustleiden ist nicht von der Art." — Und er fügte als Zeugnis einen neuen Hustenanfall hinzu. — „Ich bin Schreiber im städtischen Tuchhaus und da holt man sich so was. Der Wollstaub legt sich auf die Lungen und man wird in der Stellung nicht älter als sechsunddreißig. — Ich bin jetzt fünfunddreißig," sagte er mit einer schneidenden Fröhlichkeit und leerte sein Glas.

„Daß Ihr dann nicht eine andere Beschäftigung wählt," sagte Herr Sten freundlich und kindlich.

„Wählen? Man wählt nicht, junger Herr. Die Gesellschaft in der Stadt ist ein Gebäude, wo jeder ein eingemauerter Stein ist; rührt er sich, so stürzt das Ganze. Aber die Gesellschaft hat eine Unachtsamkeit begangen, als sie den Menschen in meiner Stellung nicht verbot sich zu verheiraten; denn wenn der Vater sich nicht früher als mit dreißig Jahren verheiraten kann und mit sechsunddreißig sterben muß, so müssen die Kinder da unten bleiben."

Er zeigte auf den Boden und fuhr fort:

„Seht Ihr, es liegt in der menschlichen Natur, emporzustreben; mit empor meint man nicht arbeiten brauchen. Dahin klettern und kämpfen wir! — Es gibt zwei Arten in die Höhe zu kommen: eine ehrliche und eine unehrliche!

Die letztere ist am bequemsten, aber kann mit einem Sturz enden! — Ich bin immer ehrlich gewesen."

Der Trommelschläger hinten auf dem Faßboden schlug jetzt einen Appell, der bedeutete, daß jemand ums Wort bat.

Auf eine verzierte Tonne stieg jetzt eine gewaltige Gestalt, die in eine mit Pelz verbrämte Tunika mit rotem Tuchfutter und eine runde Pelzmütze gekleidet war, eine Tracht, die mehr dem Aussehen als der Wärme diente. Es war der Bürgermeister.

„Jetzt wird ein Toast auf den König ausgebracht," erklärte der Tuchschreiber. — „Das ist das dritte Mal, daß er den Toast ausbringt, und dreimal hat er den König verflucht und auf den Erzbischof und den dänischen König getrunken! Ein wahrer Bürger, seht Ihr, trinkt immer auf den der die Macht hat; denn die Macht des Augenblicks schützt immer den Handel, und eine Stadt besteht aus Handelnden und Handelnden; die anderen zählen nicht mit."

Sten hörte einzelne Worte aus der Rede des Bürgermeisters, während gleichzeitig der Schreiber ihm ins Ohr flüsterte:

„Ein Kaufmann sitzt in einem warmen Zimmer! Er läßt einen Brief an den Verkäufer schreiben und fragt was es kostet. Darauf läßt er einen Brief an den Käufer schreiben und fragt was er geben will. Und dann wird gekauft und dann wird verkauft. Das heißt: der eine

gewinnt und der andere verliert! Wenn der Käufer und
der Verkäufer zusammenkämen und die Sache erledigten,
dann wären keine Handelsleute nötig, aber das dürfen
sie nicht; denn es gibt, was das Privilegien genannt wird!
Und die Privilegien kommen von der Macht!

Jubelrufe unterbrachen sowohl die Rede des Bürger=
meisters wie das Flüstern des Schreibers, und als diese
aufhörten, erhoben alle ihre Gläser und riefen, er lebe!
Alle, außer dem Schreiber, der aufstand und sein Glas
gegen das Faß schleuderte, auf dem der Redner stand.

Ein Aufschrei, als wenn plötzlich Feuer ausgebrochen
wäre, erhob sich aus der ganzen Schar, und in einigen
Minuten war der aufrührerische Schreiber auf starken
Armen ruckweise nach der Kellertreppe getragen, wo
Sten ihn unter Hustenanfällen verschwinden sah, die mit
ihrem gellenden Schall durch das Geschrei und die Trommel
hindurchdrangen, die anzuschlagen man für gut befunden
hatte.

Der Bürgermeister bat von neuem ums Wort, aber
dieses Mal durch den Stadttrompeter, und verkündigte, daß
die Stadt und der Rat aus dem freudigen Anlaß, daß der
König zurückgekommen, Wein zum besten gäben.

Ein Weinfaß wurde nun herangerollt, auf die Bank
gelegt, und die Freude war groß. Aber jetzt kam etwas
neues. Aus einem der vielen Seitenräume, die für Hoch=
zeiten und andere Privatfestlichkeiten vermietet wurden,
kam ein Brautzug mit Geigenspielern und Fackelträgern

an der Spitze und wollte durch die großen Säle zu den Neuvermählten heim wandern. Aber das ging nicht; die Stimmung war allzu hoch, als daß man eine solche Gelegenheit vorbeigehen lassen konnte.

„Tanzt der Braut die Krone ab!" klang es, und im nächsten Augenblick hatten alle jungen Männer einen Kreis um die Braut gebildet, die sie von ihrem Bräutigam gerissen hatten. Die Braut war eine blühende zwanzigjährige und der Bräutigam ein halbverwelkter Dreißigjähriger mit derselben kränklichen Blässe wie der Tuchschreiber, an den er auch erinnerte.

Stens Neugierde richtete sich auf den verlassenen Bräutigam, und wußte nicht, warum er ein gewisses Mitleid mit ihm empfand, ungeachtet es sein seligster Tag war. Man hatte inzwischen der Braut die Augen verbunden. Sten wurde mit in den Kreis hineingerissen, und nun tanzte man mit einer schwindelnden Schnelligkeit einige Male herum, und dann stand man still. Die Braut streckte die Arme aus und faßte Sten um den Hals, der errötend auf ein Knie fiel, ihre Hand küßte und bekränzt in den Kreis hineinging um mit der Braut zu tanzen, der eine so ungewöhnliche Aufmerksamkeit sehr zu schmeicheln schien. Darauf trat er an den Bräutigam heran, sagte ihm einige der besten Artigkeiten über seine Braut und bat, auf sein Wohlergehen trinken zu dürfen. Obwohl es dem ungelegen kam, daß er aufgehalten wurde, konnte er nicht nein sagen und gab sich mit einer kurzen Erklärung als

Schreiber im städtischen Tuchhaus zu erkennen. Sten konnte eine Bewegung von Schmerz und Bestürzung nicht zurückhalten, aber hatte nicht Zeit weitere Betrachtungen anzustellen; denn jetzt wurde der Bräutigam in den Kreis hineingerissen und mußte mit der Braut tanzen. Sten wurde wunderlich zumute und er glaubte den Totentanz von den Wänden der Kapelle zu Hause auf seinem väterlichen Hofe zu sehen. Armer Mann, dachte er, und armes Mädchen!

Aber die Freude war diesen Abend ganz außer allen Grenzen und nun wurden Tische und Bänke fortgeräumt, denn die Brautjungfern sollten auch einen Tanz machen, und man rief den Fackeltanz aus, der bei Hochzeiten gebräuchlich war. Die Mädchen erhielten die Fackeln vom Brautgefolge und mußten die Kavaliere dadurch auffordern, daß sie sie ihnen überreichten.

Sten hatte sich zurückgezogen, um von der Anstrengung auszuruhen und stand mit dem Rücken an der kalten Wand, mit Wehmut den Bräutigam betrachtend, wie er mit den vom Wein hervorgelockten Herbstrosen auf den Wangen unruhig um die Braut herumlief, die von einer Schar junger Herren umgeben war. Er fühlte sich wieder so einsam mitten in diesem rasenden Haufen, und alle die wechselnden Eindrücke, die er während der letzten vierundzwanzig Stunden erhalten hatte, stiegen wie Schatten empor, und seine müden Sinne gaben nach. Er schloß seine Augen und es wurde dunkel; er fühlte

den Boden unter seinen Füßen versinken, und er hörte
ein Sausen in den Ohren, als ob er ertränke. Er machte
eine äußerste Anstrengung sich oben zu halten, öffnete
die Augen, aber sah zuerst bloß eine dunkle, verworrene
Menge, die sich bewegte; aber allmählich ordnete sie sich,
und ein lichter Punkt entzündete sich auf dem dunkeln
Hintergrunde; er erweiterte sich, kam näher, nahm Ge=
stalt an und, wie wenn ein Vorhang schnell von einem
Gemälde fortgezogen wird, offenbarte sich eine lichte Frauen=
gestalt vor ihm. Sie war eitel Licht; ihre Augen waren
wie die der Jungfrau Maria, ihr Haar wie Silber und
Gold, ohne daß man sagen konnte, welches von beiden,
ihr kleines Gesicht hatte die warme weiße Farbe wie
frischgewaschene Wolle; in der einen Hand hielt sie eine
Fackel, welche sie Sten reichte, der bewußtlos sie entgegen=
nahm, während er zugleich ihre freie Hand faßte, die
sie ihm hinstreckte. Das Ganze war wie ein Gesicht! Als
er ihre kleine weiche Hand betrachtete, die so freundlich
sich in seine legte, fand er, daß seine Hand so aussah
wie die der Riesin in der Badestube.

Der Junker sollte den Tanz anführen. Man machte
Platz, und nun eröffnete er an ihrer Seite eine Wande=
rung zwischen den wogenden Massen; bald trennten sie
sich einen Augenblick voneinander, bald sahen sie sich
wieder; bald hatte er seinen Arm um ihre Mitte und
drückte sie gegen seine Brust, bald kam ein anderer Ka=
valier und nahm sie ihm fort, aber wie es auch kam,

sie trafen sich immer wieder, und er erleuchtete ihren Weg
mit seiner hocherhobenen Fackel. Er wollte etwas Artiges
sagen, jedesmal wenn sie sich wieder trafen, aber er konnte
nicht ein Wort hervorbringen, sondern verstummte, wenn
er ihr in die Augen sah. Er wunderte sich darüber, eine
so weiße Hand und einen so kleinen Fuß zu finden, der
unter dem aufgesteckten Rock hervorragte und der sich
unter dem wohlgewölbten Rist vollständig durch den dünnen
seidenen Schuh abzeichnete, so daß man die kleinen wohl=
gebildeten Zehen zählen konnte, um welche eine Prin=
zessin, die auf Rosen gewandert, die bürgerliche Jungfrau
hätte beneiden können.

Als der Tanz aufhörte und Sten von seiner Fackel
befreit wurde, zögerte seine Dame einen Augenblick, gleich,
als wolle sie etwas sagen oder Sten bitten zu sprechen.
Aber Stens Zunge war gelähmt; doch schnell wie der
Blitz und ohne berechnen zu können was er tat, faßte er
sie um den Hals und küßte ihre beiden Wangen wie man
eine Schwester küßt. Da entstand Lärm unter den Hochzeits=
leuten, und Sten sah sich von drohenden Händen und flam=
menden Blicken umringt; aber die übrigen Gäste fanden
die beiden jungen Menschen so schön, und Sten sah so
unschuldig aus, wie er über seine Kühnheit errötend da=
stand, daß sie dazwischentraten und Frieden vermittelten.
Die Hochzeitsleute drangen auf Strafe. Da trat ein froh=
gelaunter älterer Mann hervor, der als Mitglied des Stadt=
rats bekannt war, und erklärte, der Sünder solle auf

der Stelle bestraft werden, aber infolge der Freiheit, die anläßlich der Bedeutung des Tages eingeräumt sei, drückten die Gesetze ein Auge zu, dagegen sollte die verletzte Jungfrau, die Tochter eines geachteten Arbeiters an der eisernen Wage, Richter in dieser Sache sein, wenn sie nämlich — fügte er scherzhaft hinzu — so schlimm verletzt wäre. Das wurde mit allgemeinem Jubel aufgenommen. Aber Sten war bestürzt, seine Prinzessin in eine Arbeitertochter verwandelt zu sehen.

Das junge Mädchen war verlegen bis zu Tränen und konnte kein Wort hervorbringen, als schließlich eine von ihren jungen Freundinnen sich vordrängte und ihr etwas ins Ohr flüsterte. Dieser leise Rat, in der Stunde der Not gegeben, schien die verzagte Richterin wieder froh zu machen, und mit kaum hörbarer Stimme sprach sie das Urteil aus:

„Der Junker soll singen!"

„Eine Weise, eine Weise!" schrie jetzt beifällig der leichtbewegte Haufen und Herr Sten war verurteilt.

Von starken Armen auf einen Tisch gehoben, erhielt er eine Laute aus Schildpatt, welche einer von den italienischen Malern, die sich damals in der Stadt aufhielten, mitgebracht hatte. Niemand hatte gefragt, ob das Opfer singen konnte, denn man nahm an, daß jeder Junker das gelernt habe.

Sten knipste zuerst einige Akkorde, während er sich

von seiner Verlegenheit erholte und während die Menge sich wie ein aufgeregtes Meer ihm zu Füßen legte. Was sollte er singen? Dämpfe von Bier, Wein, Fichten= reisig, gemischt mit dem Rauch von Wachs und Tran, erfüllten die Luft und betäubten ihn fast; vor seinem Auge spiegelte sich ein Tumult von roten Gesichtern, Licht= flammen, Gefäßen, Instrumenten, Primeln. Seine Finger spielten über die Saiten, ohne daß sein Ohr finden konnte was er suchte; es war unten endlich still geworden, aber das vielköpfige Untier, das jetzt so freundlich zu ihm auf= sah, konnte im nächsten Augenblick sich rühren, die Geduld verlieren und ihn entzweireißen. Da trafen seine Blicke die blauen Augen und wollweißen Backen, die noch die roten Zeichen seiner Küsse trugen, die Laute ertönte, und er fühlte Saiten in seiner Brust widertönen. — Nach einigen starken Griffen begann er mit schwacher Stimme, die allmählich an Stärke gewann, folgende Romanze im Geschmack der alten provenzalischen Liebesfänger her= zusagen:

    Bei Monts=Noires,
    Bei Monts=Noires sur Rhône:
    Herr Beaujolais,
    Herr Beaujolais de Beaune,
    Die Burg am Fuß der Alpe baut,
    Mit Haß und Droh'n hinab sie schaut,
    Daß es den Hütten drunten graut,
    Dort in dem tiefen Tal.

    Herr Beaujolais,
    Herr Beaujolais de Beaune,

Er baut die Burg
Er baut sie an der Rhône.
Doch auf der Alpenspitze wohnt
Ein Falke, den das Volk geschont;
Der Böse ist's, der oben thront,
So heißt's im tiefen Tal.

Herr Beaujolais,
Herr Beaujolais sur Rhône
Er liebt ihn nicht
Er haßt der Hütte Sohn.
Mit dessen Schweiß er füttert Schwein',
Aus dessen Mark er preßt sich Wein,
Doch brütet überm Schlosse sein
Der Böse und sein Falk.

Herr Beaujolais,
Herr Beaujolais de Beaune!
Hör auf! Hör auf!
Hörst du den Berg nicht drohn?
Der Schnee der Alpenspitzen schmolz,
Der Pfiff des Falken schallet stolz
Hoch über Kluft und Feld und Holz,
Die Burg auch wo du wohnst.

Herr Beaujolais,
Herr Beaujolais sur Rhône!
Du weißt! Du weißt,
Woher der Donnerton.
Der Falk ist's, der bei seinem Nest
Des Eises Brücken brechen läßt;
Es stürzt herab, es rollt sich fest —
O, die Lawin' ist da!

Herr Beaujolais,
Herr Beaujolais de Beaune.
Die Burg und er
Die schlafen in der Rhône,

>Der Sohn geht in der Welt umher,
>Hat nichts, ist nichts, und wird wohl schwer
>Jemals noch etwas werden mehr,
>Wenn er sich nicht verliebt.
>
>Herr Beaujolais,
>Herr Beaujolais de Beaune,
>Er hat gehaßt,
>Gehaßt der Hütte Sohn.
>Der Hütte Tochter doch beschoß
>Mit Blicken heute seinen Sproß,
>Daß er den schönsten Kuß genoß,
>Wofür er sang dies Lied.

Herr Sten wurde vollständig freigesprochen, obwohl die Jungfrauen und die Braut fanden, es müßte mehr Liebe sein, worauf Sten einwandte, das könnte künftighin schon kommen. Aber jetzt trat der gutgelaunte Ratsmann an den Sänger heran, dankte ihm, legte ihm seinen Arm um den Hals und wanderte mit ihm in einen der Seitenräume hinein, wo er ihn auf eine Bank setzte und, sich mit gekreuzten Armen vor ihm hinstellend, mit gespielter Richtermiene sagte:

„Das war das Lied, Junker; jetzt will ich die Worte haben! Ihr habt einen Kummer, Ihr seid nicht auf der rechten Straße, und Ihr schlicht Euch ohne Paß in die Stadt; Ihr seht, daß man auf seine Leute aufpaßt, und es sind nicht mehr, als gezählt werden können."

Sten war vor Schreck außer sich, aber der gutgelaunte Ratsmann beruhigte ihn, bat ihn sich zu setzen und seine Geschichte zu erzählen, dann würde er sein Freund werden.

Als er einsah, daß die Geschichte unter allen Umständen heraus mußte, wählte er die angenehme Gelegenheit, sie privatim einer freundschaftlich gestimmten Person erzählen zu können, dessen freundlicher Sinn vielleicht morgen, wenn der Wein aufgehört hatte zu wirken, verdunstet sein würde. Er erzählte also alles ohne etwas zu verbergen. Als er geendet hatte, sagte der Ratsmann:

„Ihr sucht also eine Beschäftigung, die für Eure Kräfte und Eure Fähigkeit geeignet ist; Ihr könnt schreiben, gut, die Stadt braucht gerade einen Schreiber, denn eine Stelle wurde heut abend frei."

„Im Tuchhaus?" fragte Sten mit einer düsteren Ahnung, daß die Frage eine bejahende Antwort erhalten würde.

„Ebenda!"

„Der arme Mann ist also verabschiedet wegen seiner Unvorsichtigkeit?"

„Natürlich! Die Stadt ist der Schlüssel des Reiches; die, die den Schlüsselschrank bewachen, dürfen nicht von Verrätern umgeben sein."

„Die Stelle kann ich nicht annehmen," erklärte Sten, an die Gastfreundschaft denkend, die er von dem Unglücklichen genossen hatte.

„Des einen Tod, des andern Brot! Ihr schämt Euch, Euren Weg über Leichen zu gehen! Was ist unsere Wanderung hier anders als entweder ein Kampf auf Leben und Tod oder eine Leichenwache, wo man dasitzt und darauf wartet, daß der Tote hinausgetragen wird? Wie wurde ich Ratsmann? Ja, ich wartete auf das Ableben von sechs Ratsmännern. Wie werde ich Bürgermeister werden? Ja, ich muß auf sein Ableben warten. — Und das kann ein langes Warten werden," fügte er seufzend hinzu. — „Was den Verabschiedeten betrifft, so tut es mir herzlich leid um ihn, wie es mich zugleich freut, daß Ihr vom Untergang gerettet werdet."

„Aber er hat Weib und Kind."

„Sehr traurig für sie! Aber wenn der Mann nun einmal auf seine Art die Stelle aufgesagt hat, so ist sie frei; wollt Ihr sie nicht antreten, so tut Ihr weder ihm noch Euch selbst irgendeinen Dienst. Unter uns gesagt, wir dachten wohl alle ein wenig wie er, aber seht Ihr, das darf man nicht sagen. Ich bin ein alter Mann, Herr, und habe das Leben gesehen. Es ist schief und verkehrt, aber da kann selbst der Satan nicht helfen. Noch ist **Eure Sammetjacke** weiß, aber morgen ist sie schmutzig; übermorgen ist sie zerrissen, und dann, wißt Ihr was Ihr dann seid? Nicht Junker länger, sondern Abenteurer, Land= streicher. Hört meinen Rat, junger Mann! Schafft Euch Brot für den Mund, solange der Sammet dauert, und haltet dann die Schnauze! — Beschlaft die Sache und kommt Montag morgen aufs Ratshaus. Gute Nacht, und seid verständig!"

Sten stand auf und ging wieder in den großen Saal hinaus. Aber da war es für ihn öde und leer, nachdem

die Hochzeitsleute verschwunden waren. Müde und ver=
nichtet durch die verschiedenen Gemütsbewegungen des
Abends und des ganzen Tages, beschloß er heimzu=
gehen.

Als er in die Herberge und in die Schlafkammer kam,
zog er die Sammetjacke aus und besichtigte sie. Von Wein
begossen, vom Staub der Landstraße beschmutzt, unter den
Armhöhlen vom Schweiß braun, sah sie recht elend aus.
Er legte sich nieder; schlief bei dem Gedanken ein, wo die
eiserne Wage sein könnte; träumte von Totentänzen und
Tuchschreibern; schlug sich mit Leichen, erwachte, schlief
wieder von neuem ein, mit dem Gedanken an die eiserne
Wage, an einen zärtlichen Abschied von der weißen Sammet=
jacke und an den festen Entschluß Brot zu schaffen, zuerst
für einen Mund und dann für zwei.

Der schöne Monat Mai hielt seine Versprechungen
nicht; es kam Schnee in der Apfelblüte und die Sonne
schien vierzehn Tage nicht. Vierzehn fürchterliche Tage
hat Sten, der letzte Sproß des Geschlechts Ulffot zu Wäringe,
Hoffta und Löffsala unten in dem zugigen und ungeheizten
Tuchhause am Salzseehafen gestanden. Von früh morgens
bis spät abends hat er dagestanden, die Feder in den
blaugefrorenen Fingern, und die Namen der Tuchsorten
aufgeschrieben, die mit der eröffneten Schiffahrt herein=

kamen. Er sieht eigentlich nicht ein, warum sie aufge=
schrieben werden sollen und nicht ebensogut Straßensteine,
Schneeflocken, Wassertropfen; aber er hat den Rat des
Alten befolgt und hält den Mund, sobald er in die Ver=
suchung kommt zu fragen. Der Raum, wo er steht, wird
jeden Augenblick von Trägern und Kaufleuten durch=
wandert, die Schnee und Schmutz hereinbringen und der kalten
Luft freien Zutritt lassen. Der eine Tuchballen nach dem
anderen wird auf einen ungeheuren Tisch geworfen und
erfüllt die Luft mit einem erstickenden Staub. Noch hustet
er nicht, aber er fühlt, wie das Atemholen schwerer wird,
und es wird nicht leichter, wenn er sieht, wie die Kälte
Löcher in seine weißen Hände gebrannt und sie ganz rot
gemacht hat. Er ging eines Tages zum Barbier und sah
sich im Spiegel. Er glaubte einen anderen Menschen zu
sehen, als er ein abgemagertes gelbes Gesicht voller Finnen
und mit unsauberem Bartboden sah. Seine Füße waren
von Schnee und Nässe so verdorben, daß er seine gewöhn=
lichen Stiefel nicht anziehen konnte, sondern in lappländi=
schen Schuhen gehen mußte. Die weiße Jacke war gegen
einen braunen Langrock und das Barett gegen einen
Schlapphut vertauscht. Das knappe Gehalt nötigte ihn,
seine Mahlzeiten an einfachen Orten zu suchen, wo man
nur eingesalzenes Essen bekam, und durch die unge=
wohnte Nahrung hatte er sich Skorbut zugezogen. Als
er sich einmal dem älteren Kameraden gegenüber zu be=
klagen wagte, nahm ihn dieser vor und sagte, es gäbe so

manchen, der mehr als Sten arbeite und überhaupt kein
Essen bekäme, er selbst hätte seit Weihnachten nichts Frisches
gegessen. Dieser Kamerad, es war der, der im Ratskeller
hochzeit gehalten, war auf Sten neidisch, weil dieser bei
so jungen Jahren eine Beschäftigung bekommen, auf die
er selbst zehn Jahre gewartet hatte.

„Manche bekommen alles geschenkt hier im Leben
und sind doch nicht zufrieden," pflegte er Sten zu trösten.

Sten beneidete ihn wegen seiner verhältnismäßig guten
Gesundheit, seiner gesunden Hände und Füße und des
Gleichmutes, mit dem er das Leben hinnahm. Er wieder
erklärte, alle Leiden Stens kämen daher, daß er verwöhnt
sei und nicht arbeiten gelernt habe, und bei der Erklärung
blieb er.

Sten fühlte, daß sein Körper im Kampfe unterlag.
Der Kamerad sagte, es sei ein Fallen im ehrlichen Kampfe,
dessen sich kein Ritter zu schämen brauche. Sten glaubte,
daß seine Seele während der mordenden Arbeit mit dem
Ziffernschreiben Schaden nähme, aber der Kamerad sagte,
das sei nicht Schuld der Arbeit, sondern Sten habe eine
schlechte Erziehung bekommen.

Eine schlechte Erziehung! Er, der zwei Pflegerinnen
und eine Gouvernante gehabt, er, der Lehrer in der römi=
schen und griechischen Sprache gehabt hatte und Laute
spielen und schöne Verse machen konnte! Das konnte er
nicht anerkennen. Aber unglücklich war er, das wußte er.

Jetzt wußte er auch, wo die eiserne Wage war.

Aber was half das? Er hatte die Jungfrau bei einer
Messe in der Stadtkirche getroffen, aber sie hatte sich vor
seinem Aussehen erschrocken, und der Kamerad im Tuch=
hause hatte dann erzählt, sie fände, Sten sähe so verfallen
aus. Der Kamerad hatte auch erzählt, daß der Arbeiter
in der eisernen Wage etwas Geld habe, seiner Tochter
eine Erziehung gebe und hoffe, sie gut verheiraten zu
können, so daß es nicht lohne seine Schuhe abzunutzen,
fügte er hinzu.

Eines Tages war es Sten müde Zahlen zu schreiben,
hatte es satt in dem dunklen Raum zu stehen. Lieber
jede körperliche Arbeit als dieses endlose Schreiben, das
nie vorwärts kam, nie fertig wurde und nie ein Ende
nahm. Er verließ seine Stelle. Es war mitten im heißen
Sommer. Er wanderte die Straßen hinauf und die Straßen
hinab ohne Ziel und ohne Hoffnung. Gedankenlos be=
trachtete er die Häuser und Schilder, als ob er da eine
Lösung seines Lebensrätsels lesen könnte. Seine Blicke
blieben an einem großen Hufeisen haften, das an einer
Stange hing; alte Erinnerungen an einen Klepper und
eine Landstraße fingen an in seinem Gehirn aufzutauchen.
Da hörte er Hammerschläge auf dem Hofe. Er ging hinein
und sah einen Riesen, der dabei war, Hufnägel zu schmieden.
Schnell ging es nicht, und der Riese pustete und schwitzte
bei jedem Schlag. Sten fand, daß es munter aussah, wie
die Funken um den Amboß hüpften, und warm sah es
auch aus. Aber der Schmied schien es nicht munter zu

finden, denn er unterbrach seine Arbeit, setzte sich auf
einen Klotz und sah mit düsteren Blicken zu, wie das
Eisen kalt wurde. Darauf, wie von einem bösen Ge=
wissen gejagt, ging er in die Schmiede hinein nach einem
roten Eisen, kam wieder heraus, aber schien noch nieder=
geschlagener zu sein; denn jetzt legte er das Eisen auf
den Amboß und setzte sich und betrachtete es, als ob er
erwartete, es würde sich in Hufnägel verwandeln. Dabei
wandte er sich um, so daß Sten sein Gesicht sah, und der
erkannte Claus. Er ging auf ihn zu und begrüßte ihn
als Bekannten. Claus betrachtete ihn zuerst bestürzt, und
nachdem er gezwungen war Sten zu erkennen, beobachtete
er eine strenge Kälte. Plötzlich erhellte sich jedoch sein
Antlitz, als ob ein Gedanke den Tag gesehen habe.

„Hör mal, du," sagte er, „bist du noch frei?"

Sten war allerdings frei.

„Du sollst bei Sankt Ansgarius Schmied werden! Jetzt
sehe ich dir an, daß du zum Schmied geboren bist. Sieh
einer an, wie falsch man zuweilen sehen kann. Fäuste
hast du gekriegt, seit wir uns zuletzt trafen, und den
Handgriff lernt man schon!"

„Es ist sicher zu schwer für mich, da ich nicht von
Jugend an damit angefangen habe," wandte Sten ein.

„Schwer? Ach der Taler! Das ist nicht schwerer
als irgend was anderes! Ja, ja, für den nämlich der An=
lage dazu hat! Hör mal, du! Wir wollen gute Freunde
werden! Hier wird es recht lustig sein; der Meister sitzt

den ganzen Tag im Kruge und es werden nur du und ich hier sein.

Sten fand das Angebot so gut wie irgendein anderes, und glaubte eine Stütze an Claus zu haben; darum sagte er ja.

„Dann gehen wir sofort zum Lademeister auf der Gesellenherberge," sagte Claus.

Sten wollte sich erinnern, daß Claus Lademeister sei, aber Claus meinte, er habe das Amt abgegeben, weil er zu viel zu tun gehabt. Sie wanderten also zum Altgesellen, der Claus mit einer so auffallenden Geringschätzung empfing, daß Sten drauf und dran war ein gut Teil der Ehrerbietung zu verlieren, die er für ihn gehegt hatte. Er war indessen jetzt als Lehrling angenommen, welche neue Würde durch eine Menge Bierkannen auf einem Kruge besiegelt und am Abend von dem betrunkenen Meister bestätigt wurde. In der Nacht lag Sten in der Schmiede.

Am folgenden Morgen, als es Ave Maria im Schwarzmönchskloster läutete, wurde Sten von Claus mittels eines heftigen Schüttelns geweckt.

„Jetzt machst du Feuer in der Esse und sagst mir, wenn es brennt. Ich nicke noch ein wenig."

Sten blies und trat den Blasebalg eine halbe Stunde, und als es schließlich brannte, weckte er Claus.

„Jetzt legst du das Eisen hinein und sagst mir, wenn es rot wird. Ich möchte noch ein wenig schlummern," sagte Claus und wandte sich gegen die Wand.

Als das Eisen rot wie Blut wurde, ging Sten hin und weckte Claus.

„Jetzt hämmerst du das Eisen aus, so daß es so schmal wie ein Finger wird, während ich mich ermuntere," sagte Claus und gähnte.

Sten ging in die Schmiede hinein, aber nun war das Eisen schwarz. Er trat den Balg und bekam das Eisen wieder rot. Dann nahm er es mit der Zange und trug es auf den Amboß hinaus. Aber ehe er den Schlägel gefaßt hatte, war es wieder schwarz. Diese Wanderung wurde wiederholt, bis Sten müde wurde. Dann ging er wieder zu Claus hinein. Dieser schnarchte laut und hatte das Schurzfell über den Kopf gezogen, um nicht vom Tageslicht gestört zu werden. Sten beklagte seine Unfähigkeit. Claus wurde ungeduldig.

„So, so, du dummer Teufel, kannst du nicht den Schlägel in die eine Hand nehmen und die Zange in die andere."

Nein, das vermochte Sten nicht.

„Nun, dann kannst du nach einer Kanne Bier gehen, du Teufel!"

Sten schämte sich mit einer zinnernen Kanne auf die Straße zu gehen, aber als Claus in einem Werkzeugkasten nach einem Hammer suchte, machte Sten daß er hinauskam.

Der Morgen war schön, die Sonne glänzte auf den Hausgiebeln, und Frauen und Jungfrauen wanderten zum

Markt. Als Sten mit dem Bier aus dem Krug heraus=
kam und schräg über die Straße wollte, blieb er wie
versteinert dicht vor einem Gesicht stehen, das ihn mit
Bestürzung und Kummer ansah. Er wollte umkehren, aber
das Gedränge hinderte ihn; er wollte die Mütze ziehen,
aber seine schwarzen Hände waren von der Bierkanne in
Anspruch genommen.

Die Jungfrau setzte ihren Weg fort und Sten eilte
weinend auf den Hof des Schmieds.

„Warum heulst du, du Teufel?" sagte Claus, der
sich ermuntert hatte und in den Sonnenschein hinausge=
kommen war, wo er seinen Morgentrunk trank.

Sten antwortete nicht. Claus zog jetzt eine Bohle
hervor, die er über den Klotz legte und so nahe an die
Hauswand stellte, daß er eine Rückenlehne hatte.

„Jetzt wollen wir arbeiten," sagte er, kreuzte die
Arme und machte es sich so bequem wie möglich. „Du
fängst mit dem Kaltschlagen an, damit du den Griff
lernst!"

Sten hob den Schlägel. Der war sehr schwer für ihn.
Er schlug auf den Amboß, während Claus zählte.

„Eins und zwei — und eins und zwei — und eins
und zwei!

„Ja, ja! Da siehst du, wie ein Arbeiter es hat!
Eins und zwei — und eins und zwei — und! Das
ist was anderes, als auf Eiderdaunen liegen und Kalbs=
braten essen! Und zwei — und . . .! Du glaubst, man

kann sich daran gewöhnen, die Sonne im Nacken, die
Esse im Gesicht und den Rauch in der Nase zu haben!
Nein, siehst du, das kann man niemals! — Und was
glaubst du, sagt ein schönes Mädchen, wenn der Schmied
mit seinen schwarzen Fäusten kommt und sie um den Leib
fassen will? — ‚Laß mich sein, Tölpel,' sagt sie. — Sich
verheiraten kann man wohl einmal, wenn man ein Stück
Geld zusammen hat, aber dann muß man eine häßliche
nehmen, die kein anderer haben will! — Und zwei —
und eins ... hörst du! Erinnerst du dich, wie du im
Gasthaus saßest und huhn mit Salbei speistest? Und ich
hatte einen gesalzenen Strömling im Sack! Er hatte auch
ein Pferd, der Teufel, und eine Sammetjacke. Hör mal,
wo ist das Pferd jetzt? Was! Vielleicht steht es im
Stalle auf Schinderhaus oder wie du jenes Schloß nanntest,
in dem dein Vater wohnte. Höre! Erinnerst du dich,
daß ich dir einredete, Herr Vulkanis sei Ratsmann beim
Kaiser in Rom gewesen? Und das glaubtest du! Hahaha!
Nein, du, wer Schmied ist, der ist Schmied! Da hast du's!"

Sten wurde müde.

„Bist du faul, du Teufel?" sagte Claus.

„Laß es sein, mich Teufel zu nennen," sagte Sten.
„Ich bin das nicht gewohnt."

„Vielleicht sind seine Gnaden gewohnt, Engel genannt
zu werden?" höhnte Claus.

Sten war es schon einmal gewohnt, aber er hütete
sich davon zu sprechen. Er schlug wieder seine Schläge.

"Eins und zwei — und eins und zwei — und eins. — Nein," sagte Claus, „jetzt können wir das. Schlag jetzt die Eisenstange aus; wird sie kalt, so geht es weniger leicht; aber es geht doch! — Ich muß zu einem Geschäft in die Stadt, und wenn der Alte kommt, so sag, ich hätte Besuch von meinem Schwager auf dem Lande erhalten. Aber hast du die Stange nicht ausgeschlagen, bis ich zurückkomme, so werde ich dir die Hinterbeine zusammenschweißen, daß du einem Hering gleich sein wirst. Weißt du wie das ist?"

Sten war erschöpft vor Müdigkeit und versicherte, daß er allein nicht mit der Arbeit fertig werden könnte, und er sagte geradezu, er sei nicht hierher gekommen, um Claus' Arbeit zu tun, während er selbst im Kruge säße.

Da wurde Claus wütend.

„Doch, mein Alter! Gerade deshalb bist du hierhergekommen. Gerade deshalb. Siehst du, ich habe fünfunddreißig Jahre gearbeitet, und du hast nichts getan; jetzt bin ich der Edelmann und lasse dich für mich arbeiten. Geht es nicht so in der großen Adelswelt zu?"

Claus streckte sich auf der Planke aus und lehnte sich an die Hauswand, die Arme über der Brust gekreuzt, und fuhr fort:

„Ja, du, ich bin ein verteufelter Edelmann, das kannst du mir glauben! Und du sollst sehen, wie gut ich's mir machen werde. Reich werde ich nicht, aber fett will ich werden! Du siehst mißbilligend aus! Kannst meine An-

sicht nicht billigen! Verstehst sie nicht! Die Herren haben
sie selbst erfunden! Eine höchst vortreffliche Ansicht!"

Sten sprach als seine neueste Ansicht aus, daß Claus
ein Flegel sei.

„Geh nach dem großen Schlägel, du sollst straf=
hammern," war Claus' stolze Antwort.

Stens Blut kochte über und er hob die Eisenstange
gegen Claus. Im selben Augenblick fühlte er etwas in
seinem Körper springen und er fiel bewußtlos zu Boden.

Als Sten zum Bewußtsein erwachte, lag er in einem
Bett auf dem Hospital und war zu einer mehrmonatigen
Ruhe verurteilt; denn ein Gefäß war gesprungen und
die Genesung war zweifelhaft. In dem großen Saale stand
Bett an Bett, und sobald eins leer wurde, war immer
wer da, der darauf wartete es einzunehmen. Hier sah
er täglich, wie die körperlich Arbeitenden Unglücksfällen
ausgesetzt waren, denen die übrigen Gesellschaftsklassen
leichter entgingen. Bald war es ein Zimmermann, der
sich in den Fuß gehauen hatte, bald ein Maurer, der
vom Gerüst gefallen war. Eines Tages kam eine Brauerin,
die sich bei der Würze verbrüht, eines anderen Tages
kam ein Kannengießer, der sich die Knie beim Schmelz=
ofen verbrannt hatte.

Niemals hatte er eine Vorstellung gehabt, daß das

menschliche Leiden eine solche Ausdehnung haben könnte, und als er sein verflossenes Leben mit dem dieser verglich, fing er an zu ahnen, wie die Legende von dem reichen Mann entstanden war, der nicht ins Himmelreich kommen konnte.

Hier lag er indessen den ganzen Sommer, ohne Luft oder etwas Grünes zu sehen. Bitter fühlte er, wie die schöne Jahreszeit verging, und er rechnete aus, wie es auf dem Lande aussah und was man jeden Tag tat. Mönchskutten wimmelten im Zimmer, und das Kreuz wurde beinahe jeden Tag an irgendeinem Bett erhoben, um den Leidenden zu trösten. Sten hatte oft Gespräche mit den Mönchen, und er konnte nicht anders als ihre Ansicht, die Erde sei ein Jammertal, teilen. Und wenn seine Schmerzen groß wurden, empfand er eine Linderung im Betrachten des Gekreuzigten, der sich in Schmerzen am Kreuze wand, und er verstand jetzt, warum der christliche Glaube so viele Anhänger hatte gewinnen können.

Eines Tages, als er am meisten litt, hatte er Besuch von Claus. Dieser hatte ein Gerücht gehört, Sten läge auf den Tod. Er fühlte jetzt ein Bedürfnis, den Kranken zu sehen und zu sprechen und ihm womöglich einen Trost zu geben. Aber um sich zu stärken, ging er erst in einen Krug hinein, mit dem Resultate, daß er in etwas angeheitertem Zustande im Hospital anlangte.

Als er Sten zu sehen bekam, der seine weiße Gesichtsfarbe und seine feinen Hände wiedergewonnen

hatte, erwachte ein altes Gefühl von Achtung, und er
gestand sich selbst, es gäbe doch eine bessere und eine
schlechtere Sorte Menschen. Er nannte Sten Junker, bat
ihn, an seine Seele zu denken und seine Sünden zu be=
reuen; er solle nicht traurig sein, daß er sterben müsse;
denn die Schmiedekompanei würde ihn zu Grabe tragen
und dann ein Grabbier abhalten, dessengleichen man noch
nicht in der Stadt gesehen habe! Darauf brachte er einige
feine Winke vor, daß es schade wäre, daß das Hospital
Stens Kleider bekommen solle, wenn er tot sei, während
er gleichzeitig seine Bewunderung über die vortreffliche
Wolle des Rockes ausdrückte; er glaube übrigens, daß
man alte Hosen ändern könne und bat Sten, um alles
in der Welt nicht zu vergessen nachzusehen, ob etwas in
den Taschen steckte. Das Leben sei sehr kümmerlich, und
Eltern, die ihre Kinder nicht arbeiten lehrten, wären
schlimmer als Mörder, und den Kindern eine Erziehung
geben, hieße sie verwöhnen. Sten würde ein guter Schmied
geworden sein, wenn er von Kindheit an gelernt hätte
den Schlägel zu führen, und er hätte jetzt mit dem Mädchen
von der Eisenwage ins Brautbett gehen können, die sich
nun mit einem Trabanten des Königs verlobt habe; aber
deswegen solle Sten nicht traurig sein, denn er hätte ja
nicht mehr lange zu leben, und Claus würde die Fahne
dem Leichenzuge vorantragen, zum Zeichen, daß er dem
Junker alles Böse, das er getan, verziehen habe.

Bei diesem letzten Gedanken wurde Claus von edlen

Gefühlen so überwältigt, daß er in Weinen ausbrach, wie nur ein betrunkener Mensch weinen kann.

Aber Claus trug die Fahne nie, sowohl aus dem Grunde, weil er nicht Fahnenträger war, wie deshalb, weil Sten sich erholte.

Eines schönen Herbsttages wurde er aus dem Hospital entlassen, mit der Erklärung, daß er nicht mehr krank sei, aber daß er auch nicht mehr so gesund werden könne, daß er arbeiten dürfe. Jetzt fühlte er die ganze fürchterliche Wahrheit, die Claus ausgesprochen hatte: die Erziehung hatte ihn der Mittel beraubt das Leben zu erhalten. Er ging vergebens in dieser bereits geordneten Gesellschaft umher und suchte seinen Platz; es gab keinen Platz für Drohnen in diesem Korb. Nun, dann blieb ihm nur übrig diesen Korb zu fliehen und einen anderen zu suchen, wo man die Arbeitsbienen die Drohnen ernähren ließ. Er dachte an die Klosterstiftungen, wo man nicht arbeitete, aber doch sehr gut lebte und seine Zeit zu solch edlen Vergnügungen wie Künsten und Wissenschaften anwenden konnte, und er wunderte sich, daß er sich nicht früher in die Arme der Kirche geworfen hatte.

Mit leichten Schritten wanderte er zum Schwarzmönchskloster an der östlichen Langgasse und klingelte. Die Torluke wurde geöffnet und ein dienender Bruder fragte Sten nach seinem Namen und Anliegen. Er gab seinen Namen an und bat den Prior sprechen zu können, behufs Eintritt ins Kloster. Das Tor öffnete sich und Sten wurde in den Garten gelassen, wo man ihn zu warten bat.

Inzwischen saß der Prior drinnen im Kapitelsaal und ging die Grund- und Rentenbücher mit dem Hofmeister durch, wobei verschiedene Fehlbeträge beunruhigende Zeichen eines Rückgangs der Klostereinkünfte aufwiesen, und man beriet eben, wie diese wieder zu den höchstmöglichsten aufgetrieben werden könnten, weil das Generalkapitel des Dominikanerordens immerfort Unterstützung zum Kriege gegen die Ungläubigen einforderte, als der Gehilfe des Bruders Torhüter Herrn Sten Ulffots Ankunft, Namen und Anliegen meldete.

„Ulffot zu Wäringe, Hoffta und Löffala?" fragte der Prior sich selbst und machte das Zeichen des Kreuzes. „Er kommt, als wäre er vom heiligen Dominikus selbst geschickt! Ich kenne Löffala auswendig, das prächtige Gut; zwölfhundert Tunnland offener Boden, ohne Wiese und haubaren Wald, Mühl- und Sägefall und ein göttliches Aalfischen. Laß ihn herein, laß ihn herein um alles in der Welt! Heiße den gnädigen Herrn im Namen des Herrn willkommen!"

„Herr Prior," unterbrach ihn der Hofmeister, „wartet einen Augenblick! Löffala ist freilich schön, aber es ist schade, daß der jetzige Besitzer keine Lust zum geistlichen Stande hat!"

„Der jetzige?"

„Ja, das Geschlecht Ulffot," nahm der Hofmeister

wieder auf, „hat alles verlassen müssen, und der letzte soll ein Abenteurer sein, der alles ein wenig versucht, aber nichts vollendet hat und jetzt sehr heruntergekommen ist."

„Was sagst du? Was sagst du? Hm! Ja, was soll man mit so einem machen?"

„Von dem hat man weder Nutzen noch Ehre," sagte der Hofmeister; „Mönche haben wir genug, die unseren Vorrat essen, und hier ist keine Versorgungsanstalt."

„Sehr richtig," sagte der Prior, „sehr richtig. Aber wer soll ihm das sagen? Man muß nie jemanden miß= vergnügt von sich gehen lassen, ist eine der schönsten und klügsten Regeln Sankt Dominici. Will Bruder Franziskus in den Garten hinausgehen und ein wenig mit dem jungen Manne sprechen? Sprecht ein wenig mit ihm, stellt ihm vor, ja, Ihr versteht! Laßt uns fortfahren, Hofmeister!"

Der Bruder Franziskus war eine lange Figur von abschreckendem Aussehen und einer mürrischen Laune, der dazu benutzt wurde, solche Bittsteller zu verscheuchen, welche nicht waren was man unter den arbeitenden Brüdern „eßbare" zu nennen pflegte; denn der Domini= kanerorden war eine mächtige politische Korporation, die in stetem Kampf mit Fürsten um Gewalt und Eigentum lebte, und durchaus keine geistige Stiftung mit Pflanz= schulen für den Himmel.

Als Franziskus Stens unbedeutendes Äußere erblickte, glaubte er den Prozeß kurz machen zu können.

„Was sucht Ihr hier im Kloster?" fragte er ohne irgendwelche Einleitungen.

„Ich suche die Ruhe, die die Welt nicht verleiht," antwortete Sten.

„Dann seid Ihr falsch gegangen," antwortete Franziskus. „Hier ist der Waffensaal der kämpfenden Kirche und hier ist niemals Frieden."

„Nach dem Kampf wird es Frieden," wagte Sten einzuwenden, aber das reizte den Dominikaner, der eine nutzlose Arbeit gern los sein wollte.

„Sagt, was Ihr sucht und sprecht die Wahrheit! So vielleicht! Ich vermag nicht zu graben, und zu betteln schäme ich mich, darum will ich hierher kommen und essen! Sagt das, Ihr, so lügt Ihr nicht!"

Sten fühlte sich in gewisser Weise getroffen und antwortete ungekünstelt:

„Ihr habt leider recht!"

Verwundert über ein unerwartetes Zugeben und von Stens Kindlichkeit angesprochen, führte der Dominikaner Sten tiefer in den Garten hinein und setzte das Gespräch fort:

„Ich kenne Eure Geschichte und verstehe das Rätsel Eures Lebens. Wenn die Natur sich selber überlassen wird, macht sie Meisterwerk; wenn der Mensch dazukommt und helfen will, wird es Pfuschwerk. Ihr glaubt, Veredelung sei Entwickelung; es ist bloß eine krankhafte Aus=

bildung. Seht diesen Birnbaum an! Der ist ein Abkömmling von einem Birnbaum in Santa Lucia in Spanien, wo er seit fünfhundert Jahren angebaut ist. Ihr meint, es sei eine vortreffliche Sache, daß er herrliche Früchte hervorbringen kann, die unserer Zunge gut schmecken. Die Natur ist nicht der Meinung, denn sie hat das Fruchtfleisch der Kerne wegen geschaffen, welche die Art fortpflanzen. Seht diese Birne an, wenn ich sie entzweischneide! Seht Ihr irgendwelche Kerne? Nein! Die Veredelung hat sie fortgebracht! Seht diesen Apfel an, der so prachtvoll in Gold und Rot glänzt! Das ist eine englische Parmäne! Die hat noch Kerne, aber säe ich sie aus, so erhalte ich Holzäpfel! Aber kommt ein strenger Barwinter, dann erfriert die Parmäne, aber der Holzapfel erfriert nicht. Darum soll man es bleiben lassen, Menschen zu veredeln, besonders da es immer auf anderer Kosten geschieht. Unser Land und unser hartes Klima passen nicht für solche Fruchtveredelung! Habe ich mich deutlich ausgedrückt? Ich beklage Euch, junger Mann, aber ich kann Euch nicht helfen! Beati possidentes, glücklich die, die es zu etwas gebracht haben! Eure Eltern haben es einmal zu etwas gebracht, aber sie konnten nicht die Kunst, es zu behalten!"

Er ging darauf zu einem gleichgültigen Gesprächston über, während er Sten zur Pforte leitete.

„Es wird zeitig Winter in diesem Jahre, wenn man nach der Vogelbeere urteilen darf!"

Darauf zog er die Torkette, verbeugte sich artig und sagte:

„Lebt wohl, mein Herr!"

Als die Pforte wieder zuschlug, hatte Sten das Gefühl, daß er für immer von der Gesellschaft ausgeschlossen sei, und er sammelte den kleinen überrest von Seelen- und Körperkraft den er noch hatte, um einen Entschluß zu fassen. Aber sein Wille hatte aufgehört und sein Gedanke ebenfalls. Die Dämmerung war gesunken. Er folgte der abschüssigen Gasse bis an den Strand der Salzsee hinunter, ganz, als würde er nur von dem Gesetz der Schwere geleitet, das ihn abwärts zog. Seine Füße führten ihn in eine enge Gasse, die ganz dunkel und infolge des Abfalls der umherlag, von dem fürchterlichsten Gestank erfüllt war. Aber er ging vorwärts, vorwärts, von einem schwachen Lichtstreifen geführt, der am Ende der Gasse sichtbar war. Er stand vor einem Wassertor, das man angelehnt gelassen hatte, und durch das ein Mondstrahl in die Finsternis drang. Er öffnete das Tor, und offen vor ihm lag die Wasserfläche, vom aufgehenden Mond beleuchtet, der über der Siklainsel stand. Die kleinen Wogen hüpften und spielten draußen in der Mondstraße, und eine leise Brise von der See führte einen frischen Hauch an den Strand. Sten ging über die schmale Schwelle und schlug das Tor hinter sich ins Schloß, ohne eigentlich an das zu denken, was er tat. Im selben Augenblick fingen alle Glocken der Stadt an Vesper zu läuten, und der Trommelschläger

auf der Stadtmauer schlug den Zapfenstreich, um die
Menschen aufzufordern, zur Ruhe zu gehen. Sten nahm
die Mütze ab, fiel auf die Knie und sprach ein Gebet.
Darauf stand er auf, wandte sich mit dem Rücken gegen
die See, legte die Arme über die Brust, und den Blick
auf die Sterne, ließ er sich zurückfallen, wie wenn man
sich zur Ruhe legt.

Der goldglänzende Wasserspiegel öffnete sich wie ein
dunkles Grab, das sich sofort wieder schloß, und ein großer
Kreis, einer Glorie gleich, erschien auf dem Wasser; er
erweiterte sich und bildete mehrere Kreise, die sich ver=
dünnten und fortstarben. Bald sah man die kleinen Wellen
wiederkommen, und sie spielten und hüpften im Mond=
schein so munter, als wenn sie niemals erschreckt worden
wären.

Neubau

Es war ein Maiabend am Genfer See, als die Weinstöcke ihr ersten Triebe machten, als die Nachtigall Tag und Nacht in der Libanonzeder des Beau-Rivage sang, als die Rosen Mauern und Wände bekleideten; als das Bambusgras in dem warmen Südwind wehte und die Feigenbäume sich belaubten. Die frischgestrichenen Lustboote schaukelten in dem kleinen Hafen hinter der Mole und hatten die Flaggen aller Nationen gehißt, die in friedlichem Spiele flatterten, einander schmitzend wie badende Jungen, sich umeinanderschlingend; der bleiche Halbmond an der Seite des glänzenden Sternenbanners, der schwarze Adler die Trikolore liebkosend, Albions blutrote Leinwand mit ihrer blauen Ecke als dem Zeichen der Erinnerung an die blutgetränkten blauen Berge und Seen des Schwesterlandes, Spaniens rotgelbe und Griechenlands blauweiße: alle für den Augenblick von dem Gottesfrieden des weißen Kreuzes auf rotem Grunde der Eidgenossenschaft verklärt, alle von derselben Abendsonne beschienen und sich gegen die heiligen Savoyer Alpen abzeichnend, wo nur die Büchse des Gemsjägers das Schweigen stören darf nach dem Geknall der letzten für immer ausgewiesenen Kanonen und Chassepotgewehre.

Frohe freundliche Menschen strömten hinab in den Park des Beau-Rivage, um die Magnolie blühen zu sehen. Da stand der Wunderbaum mit seinen dunklen geschmeidigen Zweigen ohne ein Blatt, aber von der Spitze bis zur Wurzel in wohl tausend weiße Glocken mit violettem Grunde gekleidet. Der Gärtner hatte zwischen Lorbeern und japanischen Mispeln einen Platz für sie ausgehauen, auf daß sie, die Königin aus fremden sonnigen Ländern, den bewundernden Menschen ihre Schönheit zeigen konnte. Man näherte sich ihr mit Ehrfurcht, das Lachen hörte auf, und die Fremdlinge, die sie das erstemal sahen, blieben mit Ernst und in Bestürzung wie vor einer Offenbarung stehen. Man möchte ihr näherkommen, um sie zu berühren, sie mit seinen Sinnen zu empfinden, aber die wohlgeschorene Grasmatte hält die Profanen entfernt. Die schreienden Tulpen auf der Rabatte wurden von der einfachen weißen Blütenpracht zum Schweigen gebracht, weiß wie der Schmuck einer Braut oder der Leiche, und die schwarze Zeder streckte ihre langen Zweige mit den nach oben gebogenen Jahrestrieben wie Finger aus, die Schönste auf der großen Hochzeit des Frühlings segnend.

Auf einer Bank unten am Seerande saßen zwei alte Damen, beide elegant gekleidet, vielleicht in etwas zu lebhafte Farben und zu modernen Schnitt für ihre fünfzig Jahre. Die eine hatte eine Saturday-Review in der Hand,

deren Lettern sie durch ein goldenes Binokle betrachtete;
ihr Gesicht war verwelkt, weißgelb, streng, und ihre Nase
hatte jene vornehme Form bekommen, die reiche Eltern
und ein edles Gemüt ausdrücken soll. Als sie von dem
Buche aufguckte und auf die schönste Aussicht der Welt
sah, geschah es auch mit einem Rümpfen der Nase, als
sei in der Anordnung der Alpen und der Sonne ein Fehler
gemacht.

Die andere Dame, ihre Schwester, sah wie das Wohl=
wollen, die Nachsicht, die Genügsamkeit selbst aus, und
ihr rundes, freundliches Gesicht nickte allem, was sie sah,
Beifall zu, und sie wich allen Schatten, allen Flecken aus,
und wenn sie ihnen nicht entkommen konnte, schloß sie
die Augen und dachte an etwas Schönes. Wenn jemand
von einem unglücklichen Ereignis, einem Verbrechen,
sprechen wollte, so bat sie, es nicht hören zu brauchen;
das tue ihr nur weh, und sie könne geschehene Dinge
nicht ungeschehen machen. Sie fächelte sich mit einer zu=
sammengefalteten Zeitung.

Zwischen den beiden Damen saß ein junges Mädchen
von dem in der Schweiz für schön angesehenen Typus:
das Oval, die niedrige Stirn, die gerade schmale Nase,
welche die Mütter dadurch hervorzubringen suchen, daß
sie die Stumpfnase des Kindes fleißig zusammendrücken;
hochbusig und mit geraden Schultern, schmaler Taille, wie
die Frauenmode im Mittelalter war. Aber ihr Haar war
weißlich. Sie hatte ein Buch auf den Knien und sah

unruhig aus und um sich, nach allem und allen. Sie sah nach dem Schwan, der am Seeufer mit seinen eben ausgebrüteten Jungen schwamm; sie sah nach den amerikanischen Knaben, die mit ihren Schwimmanzügen in das Badehaus hinuntergingen; sie sah nach den Segelbooten, die draußen auf dem See kreuzten; sie sah nach den Möven, die dahin flogen, wohin sie wollten. Schließlich, als sie alles gesehen, klappte sie das Buch zu und sagte mit einer müden Stimme:

„Wer doch ein Schwan wäre."

„Ein Schwan?" antwortete die strenge, unverheiratete Tante. „Welcher Einfall! Und jeden April fünf Junge bekommen!"

„Was ist denn meiner Blanche heute abend!" sagte die wohlwollende Tante, die Witwe war und ein totes Kind hatte.

„O, es ist nichts," antwortete Blanche und errötete.

Es wurde wieder still.

Jetzt kam ein Trupp Bergsteiger, englische Burschen und Mädchen, mit Alpenstöcken und Ränzeln, an ihnen vorbei. Sie gingen Arm in Arm und sahen froh und glücklich aus. Wie männlich die Mädchen aussahen, dachte Blanche, als sie deren Gamaschen, kurze Röcke und schottischen Wollmützen sah. Und sie würden die Nacht in einer Sennhütte schlafen und bei Sonnenaufgang auf die Alpe steigen, und Käse und Brot essen und weißen Wein trinken. Ohne Eltern, Tanten und Lehrerinnen. Sie fühlte sich

wie eine Gefangene, bewacht von zwei Wächterinnen, die
niemals einschlafen konnten. Wenn sie gebeten hätte, baden
zu dürfen, wären sie ihr mit zwei Thermometern gefolgt;
hätte sie gebeten, auf den See hinausrudern zu dürfen,
hätten sie drei Männer und zwei Gesangbücher mit=
genommen; hätte sie darum gebeten, mit Kameradinnen
ausgehen zu dürfen, wären sie mitgekommen. Dachte sie
einmal einen unbändigen Gedanken, so lasen die beiden
Tanten ihn sofort und ertappten sie; empfand sie Ge=
fühle aufrührerischer Art, wurde sie sofort durchschaut. Sie
haßte sie. Sie wollte ihnen davonlaufen, sich in den
See stürzen, aber dann fühlte ihr wohldressiertes Herz
einen Stich. Sie war undankbar; diese beiden Menschen
lebten nur für sie, und sie war ihre einzige Freude. Sie
war ihre Freude, aber was machten sie ihr für eine Freude.
Ja, sie gaben ihr Lebensunterhalt und Erziehung, aber
ein Kind kann sich nicht für Lebensunterhalt dankbar
fühlen, denn es hat noch nicht entdeckt, daß man für
das bloße Leben dankbar sein muß.

Aber die Erziehung! Das war wahr; sie war dazu
ausersehen, ihr ganzes Geschlecht zu rächen; sie sollte Stu=
dentin werden und der Welt zeigen, daß das Weib dem
Manne nicht untergeordnet sei, was die Welt nie be=
zweifelt hatte, was aber der strengen Tante ganz klar
war. Sie sollte rächen, das Unrecht rächen, das die strenge
Tante von dem ganzen männlichen Geschlecht erlitten hatte,
weil kein einziger von ihren Freiern Leutnant bei der

Kavallerie gewesen war. Sie sollte außerdem der wohlwollenden Tante ihren verlorenen Mann und ihr totes Kind ersetzen. Sie mußte all die Zärtlichkeit erleiden, die diesem im Leben zugedacht war. Das war ihre doppelte Aufgabe, aber die stellte sie nicht zufrieden. Sie hatte kürzlich von den anthropomorphen Affen gelesen, die von einem Männchen tyrannisiert wurden, welches die ganze junge Truppe für sich leben ließ, bis die Jungen heranwuchsen, wo sie regelmäßig revoltierten und sich befreiten. Die Ordnung der Natur schien in der Natur ungleich zu sein.

Jetzt kam eine Schar Studenten unter Gesang und mit Trommeln und Fahnen an den Strand hinunter, wo flaggende Boote ihrer warteten, um sie zu einer Regatta zu führen. Ihre Couleurmützen, ihre bunten Verbindungsbänder über den Westen, ihre freien Bewegungen in den Booten, das aufmunternde Trommelschlagen, alles machte Blanche noch unruhiger.

Die Tante mit der Review besah die Studenten durch ihr Binokle mit einem grauen, boshaften Auge, als ob sie dächte: wartet nur! — Blanche aber dachte: in drei Wochen bin ich auch Student! Doch ein Mann werde ich nie.

Was ist dieser Seufzer des weiblichen Geschlechts, den man durch die Stürme der Zeit hört: wenn ich ein Mann wäre! Ist es die Empörung gegen die männlichen Unterdrücker? Nein, Blanche wurde ja von zwei Frauen unterdrückt, und alle Männer donnern auch gegen die Unterdrückung! Ist es das Urteil der Kultur über sich selbst? Ist es die verstümmelte, unterjochte Natur, die lieber nichts will, Vernichtung des Geschlechts, der Naturgesetze, als halbes Nichts, halbes Etwas! Ist nicht die Sehnsucht des Weibes nach Freiheit dasselbe wie die des Mannes?

Blanche fühlte sich krank. Sie wollte nach Hause gehen. Es fing an kalt zu werden. Die alten Frauen standen auf, und die strenge Tante Berthe, der das Gehen schwer fiel, nahm aus alter Gewohnheit Blanches Arm. Und so gingen sie, Schritt für Schritt. Blanche hörte den Gesang der Studenten draußen auf dem See. Und jetzt mußte sie dem sonnigen Bilde den Rücken kehren und in die graue Stadt zurückgehen. Und ihre Füße wollten laufen, aber der Arm der Tante hielt sie wie eine Krücke; sie fühlte, wie ihr magerer Arm den ihren umfaßte; sie war an das Alter festgeschlossen, an die selbstsüchtige Zärtlichkeit gefesselt, die zu geben glaubte, wo sie doch empfing.

Schritt für Schritt, wie eine Wanderung zum Grabe, ging die Rückkehr zur Eisenbahnstation vor sich, und ab und zu mußte man stehenbleiben, damit Tante Berthe Atem holen konnte.

Und dann krochen sie in das Kupee hinein, saßen da und starrten die Annoncen an der Wand des Bahnhofsgebäudes an, und dann wurden sie durch die Tunnel nach Lausanne hinaufgeschleppt.

Nach beendetem Souper sollte Blanche über die Straße
zu einigen Freundinnen gehen, die Geburtstag feierten,
aber das Kindermädchen sollte sie um zehn Uhr abholen.
Blanche war nicht wohl und zog vor, zu Hause zu bleiben;
denn sie hatte Kopfschmerzen und fror. Sie ging auf ihr
Zimmer, das hinter dem der Tanten lag, und sie bat
allein sein zu dürfen, weil sie lernen wolle. Es war ein
großes schönes Zimmer mit kleinen Luxusartikeln über=
füllt. Die Möbel waren gepolstert und mit Kissen belegt,
der Boden war mit Teppichen bedeckt, die Wände mit
Bildern bekleidet. Aber statt der Toilette stand eine Schreib=
chiffonière da, statt einer Kommode ein kolossaler Maha=
gonitisch mit Kasten und Fächern, und zwei gewaltige
Büchergestelle paradierten an jeder Seite des Fensters. Aus
der Büchersammlung leuchteten die gute Revue Suisse mit
ihren blauen Umschlägen, die Revue des deux Mondes
mit ihren fleischroten hervor; da stand Thomas a Kempis
und Bunyan, Currer Bell, Mrs. Gore und Miß Kavanagh.
Der Schreibtisch war mit Schulbüchern und Aufsatzheften
bedeckt. Blanche setzte sich an den Tisch und blätterte.
Hier lagen also die Befreier, die sie dem Manne gleich=
machen sollten. Wunderlich war es, fand sie, aber sie
hatte von der Befreiung nichts gemerkt. Ihr Kopf war
schwerer, aber ihre Gedanken unfreier. Sie hatte in all
diesen Büchern, die vom Staate gebilligt und garantiert
waren, nicht ein Wort der Befreiung gelesen. Sie handelten
ja nur von Unwirklichkeiten, von dem was gewesen, von

dem was nie mehr werden konnte; aber von dem jetzt
lebenden Leben, von der Zukunft stand da nicht ein Wort.
Es war ja nur eine Verherrlichung der menschlichen Tor=
heit. Da stand der große Reformator Calvin, der, kaum
den Flammen entgangen, weil er nicht an das Mysterium
des Abendmahls glaubte, Michael Servet verbrennen ließ,
weil dieser die Dreieinigkeit für einen Widerspruch in sich
selbst hielt. Da wurde der Meineidige und Arnachist
Wilhelm Tell gepriesen, der, „streng genommen", kein ehr=
licher Mann war, da er seinen Eid brach und das Volk
aufwiegelte. Sie fragte sich, wie sie einem Buchfink so
nahe kommen könne, daß sie die Deckfedern zu zählen
vermöchte, um ihn nicht für einen Graufink zu nehmen.
Sie war ganz sicher, daß sie einen Mistkäfer nicht für
einen Sandjäger halten würde, obgleich sie nicht die Glieder
des Tarsus summierte; und auf dem Markt würde sie
schon ein Rotauge von einem Barsch unterscheiden, ohne
zu wissen, wie viele Schuppen der eine und der andere
an der Seitenlinie hatte. Sie hatte keine Hoffnung, jemals
in ihrem Leben ein rechtwinkliges Dreieck zu treffen und
einen Kleingläubigen überzeugen zu können, daß das
Quadrat der Hypotenuse gleich dem Quadrat der beiden
Katheten sei. Sie wußte nicht, wozu sie die Logarithmen
anwenden sollte, da sie nicht Seekapitän werden wollte,
und Christoph Columbus außerdem Amerika ohne Loga=
rithmen entdeckt hatte, an deren Aufstellung sich erst Leibniz
ein paar hundert Jahre später ergötzte. Sie verstand nicht,

was sie mit den neueren Vermutungen der Astronomie
sollte, da bereits die Ägypter ohne Herschels Teleskop den
Kalender aufgesetzt hatten; begriff nicht, was sie mit Archi=
medes' Sätzen und Mariottes Gesetzen sollte, wo Edison das
Telephon ohne sie erfunden hatte. Worin lag denn das
Freimachende der Bücher? Im Diplom oder der Rache,
von der die Tante stets sprach? Aber an wem sollte sie
sich rächen? Männer hatten sie nie unterdrückt, aber alle
Frauen. Ihre verstorbene Mutter hatte sie bewacht; der
Vater war nie zu Hause gewesen; ihre Lehrerinnen hatten
sie wie eine Gefangene eingeschlossen, Lehrer hatte sie nie
gehabt, nur einmal einen Klavierlehrer, welcher für sie
in den Tod gehen wollte und deshalb verabschiedet wurde;
ihre Tanten hatten sie wie ein Lamm gehütet! Warum?
Um sie vor fallenden Dachziegeln, vor Feuersgefahr und
Erdbeben zu schützen? Nein bewahre! Vor etwas anderem?
Was für anderes? Vor bösen Buben? Die waren stets
freundlich und dienstbeflissen, und sie liebte sie mehr als
die Freundinnen, die nur neidisch und boshaft waren.
Warum sollte sie nun vor ihnen geschützt werden, und
warum sich rächen? Sollte sie einmal zu solcher Macht
gelangen, daß sie ihre Hand gegen Feinde erheben könnte,
so würde es nicht gegen die Männer sein! O, wenn
doch ein Mann käme und sie befreite! Er dürfte lehmige
Stiefel haben, nach Tabak riechen und unrasiert sein, alles
Eigenschaften, die Tante Berthe verabscheute.

Sie sah sich im Zimmer um wie nach einem Ausgang;

es gab keinen; es war ein Sack, eine Mausefalle, und
draußen lagen die Katzen und warteten. Sie stand auf
und begann auf dem Teppich auf und ab zu gehen wie
eine Gefangene. Ihr Kopf schmerzte. Sie holte eine
Flasche Essig hervor aus einem Schrank; denn eine Stu=
dentin dürfe keine Toilette haben, sagte Tante Berthe.
Sie weichte ein Handtuch in Essig ein und legte es um die
Stirn. Darauf guckte sie in den Spiegel; sie war ganz
rot, nur nicht um die Augen. War es die Gesundheit,
die die Bücher nicht ganz hatten zerstören können, oder
Krankheit? Wie es auch sein mochte, die rote Farbe schien
ihr nicht zu gefallen, und sie setzte die Flasche an den
Mund, trank einen Schluck, ohne eine Grimasse zu schneiden,
als wäre sie an den Trank gewöhnt, und stellte darauf
die Flasche fort. Sie machte das Fenster auf und suchte
tief Atem zu holen, aber die Luft war heiß und trocken,
und la bise hatte viel Staub aufgewirbelt, so daß sie
sofort das Fenster schloß und das Rouleau herabließ. Sie
steckte die Lampe auf dem Divantisch an. Auf der Etagere
daneben stand ein Kästchen mit Parfümerien. Blanche warf
die Augen darauf, guckte nach der Tür, schlich mit leisen
Schritten hin, lauschte und schob den Riegel vor. Trat
an den Schrank und nahm einen mit blauer Seide ge=
fütterten Pelz heraus; zog den über die Schultern, kroch
in die Sofaecke hinauf und stellte das Kästchen auf ihre
Knie.

Es lag etwas Unbestimmbares, bastardartiges über

diefem Bilde, das der gedämpfte Schein der Lampe be=
leuchtete. Die Kammer, die Kreuzung von dem Boudoir
eines Mädchens, einer Studentenbude und einem Groß=
händlerkontor. Die Besitzerin auf dem Sofa, mit dem
Gesicht eines Mädchens, dem Nacken eines Knaben, den
tintigen Fingern eines Schreibers und den hochgewölbten
Füßen einer Tänzerin. Der Stehkragen mit dem See=
mannsknoten über dem weiblichen Busen. Der widrige
Geruch des Essigs, der sich jetzt mit dem des Parfüms
vermengte, das sie über sich sprühte. Zuerst kam ein Regen
des Narzissenduftes von Ylangylang, der das Zimmer be=
täubend füllte. Blanche öffnete die Nasenlöcher, und mit
weitgeöffnetem Munde atmete sie die berauschende Luft
ein, während das Blut ihr in die vom Essig gebleichten
Hautgefäße der Backen stieg. Darauf folgte ein Staub=
regen von Muguet, keusch wie der reine Frühlingsduft
der Maiblumen. Jetzt schloß sie die Augen, als ob sie
Gesichte sähe, Vorsommerlandschaften mit ungemähten
Wiesen und blühenden Obstbäumen, spielenden Kindern und
ziehenden Wolken; sie hörte Alpenhörner und Bachrauschen,
Dampferglocken und Jünglingschöre. Ihre ganze triste,
gleichmäßig graue Jugend war vergessen; Gebete und
Schulbücher, Kataplasmen und Kampfer, Bankschlüssel und
Konferenzen, Examensrede mit Dankbarkeitsforderung, Zärt=
lichkeit mit Gequäle und Liebe mit Strafarbeiten. Die
Träume fingen an zu verdunsten, die Bilder zu verblassen,
und die Erinnerungen an die Wirklichkeit stiegen empor.

Sie öffnete wieder das Kästchen, und über den Teppich
rauschte ein neuer Regen, und jetzt war es der Nachsommer
mit frischgehauenem Heu; die Wiesen gemäht, die Blumen
waren wohl getrocknetes Futter geworden, bereit, in Export=
butter verwandelt zu werden; die Sonne geht zeitig zu
Bett wie ein alter Mensch; die Vögel hören auf zu singen,
und die Walnußbäume stehen struppig da, aber voller
Nüsse. Der Sommer ist vorbei und der Herbst ist da. Nein,
noch nicht Herbst! Und Blanche nahm eine neue Flasche
Violette. Und nun sprossen wieder Veilchen und Tazetten
aus den Rauten und Zickzacks des staubigen Teppichs
empor, Tauben gurrten und der Schnee schmolz; die Schwäne
schnäbelten sich und die Fische laichten, die Grillen zirpten
und die harzigen Knospen der Kastanie sprangen auf, damit
die Blüte hervorkomme und im Sonnenlicht ihre Bestimmung
erfülle.

Nun schloß sie die Augen, und der Busen hob sich,
während das Blut flammend ihr in die Backen stieg. Sie
war in der Kathedrale zu Freiburg, an einem Sommer=
abend; die Orgel spielte in der ersten Dämmerung; die
Tür zur Kapelle des heiligen Grabes steht offen; da liegt
der Erlöser tot; daneben stehen die trauernden Frauen;
die Orgel tönt und braust: dies irae, dies illa, dies
irae, dies illa; es sind Menschenstimmen, es sind Engel=
stimmen, es sind Titanenstimmen, die die Gewölbe heben
wollen, aber draußen dunkelt es immer mehr und mehr,
und die gemalten Fenster mit ihren Königen und Heiligen

verlieren die Farbe; die Stämme der Pfeiler rücken näher
aneinander wie eine Pappelallee, die Bänke und Betstühle
rotten sich zusammen wie eine Menschenmasse; da hört
man ein Donnern, als ob man mit Kanonenwagen über
das kupferne Dach führe, ein violetter Blitz schlägt mitten
durch die Gewölbe und erleuchtet das Altarbild in der
Kapelle des heiligen Franziskus, und es wird so hell,
daß man die gemalten Worte lesen kann: Kreuzige das
Fleisch! Aber die Orgel, die vom Donner überstimmt wird,
nimmt den Zweikampf auf, der unsichtbare Organist koppelt
die Register; es entsteht eine Pause, während der die Flöten=
stimme allein einen Ton aushält, einen Ton, der von anderen
in höheren und niedrigen Oktaven ergänzt, der von Terzen
verstärkt wird, der sich an Septimen bricht, sich an Quinten
schneidet; neue Stimmen heben an, Oboe und Fagott, vox
humana und Posaunen; die Pedale fallen mit den Bassen
ein, und nun stürmen Tonmassen dahin wie Titanenchöre,
wie Herausforderungen an neidische Mächte, herzzerreißend
wie das Jammern unseliger Menschen; aber der Donner
wird stärker, und das Krachen verdoppelt sich durch das
Echo in den Freiburger Alpen und den tiefen Flußtälern
der Sarine; die Orgel ahmt seine Stimme nach und schnaubt
und braust, schreit und lärmt, aber da kommt ein Blitz,
dem ein Knall folgt, als ob alles Stangeneisen der Welt
vom Himmel auf die hängende Brücke geschleudert würde,
die Fenster zittern und die Türen schlagen zu. Da ver=
stummt die Orgel; sie kann nicht trotzen, aber sie kann

spotten, und die Flöte begleitet die spielende Obligatarie
der Menschenstimme, die allmählich von der Romanze zu
der weltlichen Weise übergeht, von der Weise zum zügel=
losen Tanz; die blanken Pfeifen der Orgel werden riesen=
große Syrinxe, und die runden Backen der vergoldeten
Engel fallen ein, das Kinn geht in einen Bocksbart über,
und durch die Locken treten die Enden kleiner Hörner
hervor; sie blasen grinsend die Zinnpfeifen, sie blasen die
Hymnen Pans, des Waldgottes, der Natur, des Allbe=
fruchters; die Pfeilerschäfte entfalten Laub, und in der
Luft singen glückliche Vögel. Sankt Franziskus bekommt
rosenrotes Fleisch unter der blaugesprenkelten Haut und
wandert als glücklicher Jüngling mit Maria Magdalena
zur Apsis des Hochchores empor, wo sie einander liebliche
Sünden beichten; aus der Kapelle des heiligen Grabes
steigt Apollo mit schwellenden Schenkeln und gewölbtem
Brustkorb; er sieht sich trotzig und fröhlich nach den weinen=
den Frauen um, und mit ausgestreckter Hand hindeutend,
daß er den Tod abgelegt, spricht er mit einem Sieges=
lächeln auf den Lippen: „Christus ist auferstanden." Und
aus den Gräbern unter dem Boden hört man ein Klopfen,
als wollten Eingesperrte heraus, und sie rufen und ant=
worten: „Das Wort ward Fleisch!"

Blanche erwachte aus ihrem Rausch. Die Lampe
brannte noch auf dem Tische; die Luft im Zimmer war
erstickend. Es klopfte an die Tür. Sie sprang auf, schob
den Riegel zurück und fiel auf einen Stuhl nieder, so

weinend, daß ihr Körper sich schüttelte. Die Tanten brachten sie ins Bett, machten Feuer im Kamin und setzten Kamillen=
tee auf.

Der Examentag war vorüber, und Blanche war am Abend zu Hause bei den Tanten, welche einige Freundinnen zum Tee geladen hatten. Tante Berthe strahlte wie ein Nadelkissen. Blanche war ruhig wie nach einer gut über=
standenen Gefahr. Die Fenster standen offen, denn es war Hitze eingetreten, und von der Straße hörte man fröh=
liches Summen. Blanche wußte, daß die neuen Studenten ein Fest feiern würden, und ein Kamerad hatte sie ge=
beten es mitzumachen, aber sie hatte nicht den Mut gehabt, die Tanten zu bitten, und auch nicht das Herz, sie an einem Abend wie diesem zu verlassen. Sie war froh, daß es mit diesem Gefängnis zu Ende war; denn die Hoff=
nung auf Freiheit war erwacht, obwohl sie wußte, daß die Ketten nur verlängert, nicht zerbrochen werden würden.

„Nun," sagte Tante Berthe, „die Gazette bringt ein hübsches Communiqué über Blanche. Die Befreiung des Weibes scheint eine Wirklichkeit geworden zu sein," las sie; „Jahrhunderte alte Vorurteile, daß die Bestimmung des Weibes darin bestehe, zu gebären und zu säugen, haben das glänzendste Dementi erhalten, da wir heute das Vergnügen haben, mitteilen zu können, daß Made=

moiselle Blanche Chappuis das Examen bestanden hat, um sich an der Universität Zürich zur Ärztin auszubilden."

„Ich bin erstaunt," sagte Blanche, die von der Sorte Befreiung wenig wissen wollte, „daß man es für etwas Merkwürdiges ansieht, wenn ein Mädchen das Studentenexamen macht, das der dümmste Junge machen kann."

„Da hat Blanche sehr recht," fiel eine Pensionslehrerin ein. „Und die Revue macht auch eine sehr richtige Bemerkung. ‚Es ist merkwürdig,' sagt die Revue, ‚daß das Studentenexamen eines jeden Mädchens von unseren konservativen Kollegen als ein Sieg begrüßt wird, während man gleichzeitig darüber jammert, daß sich das literarische Proletariat vermehrt, und wo das Studentenexamen ein Prärogativ der oberen Klassen geworden ist, das nur den Vermögenden zugänglich ist. Unsere Studentinnen sollten sich für die Ehre bedanken, wie ein Wunder gefeiert zu werden, denn es ist eine Beschimpfung ihres Geschlechts, und daß sie von den konservativen Elementen unter die Arme genommen werden, beweist, daß diese eine gute Verstärkung ihrer Reihen erwarten. Wenn der Tag kommt, an dem das Examen der Reife ein anderes und das gleiche für alle Klassen und beide Geschlechter sein wird, dann werden wir in den Lobgesang einstimmen.' "

„Ja, hört nur," brach Tante Berthe aus, „da hört man die Männer des Fortschritts. Ein Examen für alle! Dann wäre es ja keine Kunst mehr."

„Wir wollen auch keine Kunststücke machen," ant=

wortete Blanche, „und ich finde, die Revue hat recht." — „So, so, solche Lehren lehrt man euch jetzt," sagte Tante Berthe.

„Ja, weißt du, Tante, im Euklid oder Julius Caesar finden wir sie nicht, aber wohl trotz dieser," antwortete Blanche, die sich ungewöhnlich mutig fühlte. „Trotz dieser, Tante, denn in den Examenbüchern stehen nur gleichgültige Sachen oder dumme. Bedenke doch, wie gedemütigt sich alle armen Schneiderinnen, Wäscherinnen, Arbeiterfrauen, Bauernfrauen fühlen müßten, die nicht dasselbe Wunder haben verrichten können wie ich, dank eurer Freigebigkeit. Oder meinst du, Tante, daß alle Frauen Studentenexamen machen sollen? Warum nicht alle Jungen, alle Handwerker, Arbeiter, Bauern, Kontoristen? Es ist ja nur eine ökonomische Frage, und wenn es einem gelungen ist, sich etwas Wissen anzueignen, weil man vermögende Freunde oder Angehörige hat, so soll man damit nicht in den Zeitungen prahlen, denn das ist genau dasselbe, als wenn man annoncieren würde, man habe die Mittel gehabt, sich ein neues Samtkleid zu kaufen."

„Die kleine Blanche ist so philosophisch geworden," antwortete Tante Berthe, „so daß ihre alte Tante, die nicht durch Examina so gelehrt geworden ist, ihr kaum antworten kann. Aber die kleine Blanche sollte ihr tiefes Wissen dadurch zeigen, daß sie eine Sprache anwendet, die nicht so voller Mut, um nicht zu sagen Übermut ist. Denn man kann viel Wissen besitzen, ohne darum gebildet zu sein. Die Bildung sitzt nicht in den Büchern, sondern im Herzen. Im Herzen, kleine Blanche!"

Blanche tat es leid, sie verletzt zu haben, aber sie fühlte eine große Versuchung, die verworrenen Argumente der Tante aufzunehmen und zu entwirren. Aber sie stand davon ab, denn sie hatte keine Vorwürfe verdient, im Gegenteil, doch die Tante war so voller Groll und Leidenschaftlichkeit, daß sie nicht hören konnte, wenn sie sich selbst aufs Ohr schlug.

Beim Souper erhob Tante Berthe ihr Glas und trank auf den Sieg des Tages (des Kapitals!): sie hoffe (ganz wie Blanche), daß der Tag kommen würde, wo alle Frauen (aber nicht alle Männer!) Studentenexamen machen würden; sie sei so sicher, daß die Frau eines Tages aus dem Kampfe (gegen die Naturgesetze!) als Siegerin hervorgehen werde, und dann sollten die Männer einmal sehen...

Durch das offene Saalfenster drang der Laut von Hornmusik. Blanche kannte ihn sehr wohl. Das waren die Studenten, die nach Beau=Rivage hinunterzogen, um ihr Fest zu feiern. Sie hörte den Klang ihrer Stiefel gegen die Straßensteine. Und sie konnte sich nicht zwingen stillzusitzen, sondern sie sprang auf und trat ans Fenster. Da gingen sie, der ganze Trupp, mit ihren fliegenden Fahnen und leuchtenden Bändern. Wenn sie hätte dabei sein können! Freie Gedanken aussprechen, aus voller Brust singen, ihren Arm nehmen, vielleicht mit ihnen tanzen. Jetzt sah man sie! Die Fahnen senkten sich, die Mützen wurden geschwenkt, und die Musik schwieg einen Augenblick vor den kräftigen Hurrarufen. Sie wurde von diesem Gruß, als eine Huldigung wollte sie ihn nicht auffassen, so ergriffen, daß ihr die Tränen in die Augen traten, aber zu gleicher Zeit fühlte sie einen Stachel im Herzen, Schraubstöcke an den Händen und einen Block an den Füßen. Der Laut von den Schritten erstarb, aber unten in der Gasse sah sie einen bekannten Studenten seine Mütze schwingen, als winke er ihr, hinaus, fort, fort mit ihnen zur Freude, Freiheit und zum Kampf. Als Blanche das Fenster verlassen wollte, sah sie im Torweg gegenüber einen Schusterjungen mit einem Paar Stiefeln in der Hand hinter der Tür stehen und der verschwindenden Jünglingsschar nachsehen. Er sah mit langen, langen Blicken ihnen nach, er wie sie. Es gibt mehr Menschen, die nach Freiheit seufzen, dachte sie, als uns Frauen. Und der ärmlich gekleidete Jüngling schlich sich aus dem Torweg, um ungesehen seinen Weg fortzusetzen, ungesehen von den Kindern des Glückes, die ihm Leid zufügten, ohne es zu wollen, ohne es zu wissen.

Das Souper war zu Ende, und die Gäste gingen. Blanche schützte Müdigkeit vor, nach den Aufregungen des Tages und schloß sich in ihrem Zimmer ein. Das erste was sie tat war, alle Schulbücher fortzuräumen und in einen Winkel zu werfen. Darauf setzte sie sich an den Schreibtisch und dachte nach. Welches Wunder, dachte sie, daß es überstanden ist. Wenn nun der Lehrer nach dem

spanischen Erbfolgekrieg, nach dem dritten Buch Livius,
nach der Proportionslehre, nach den Riedgräsern, nach der
Osteologie, nach den deutschen Präpositionen, nach den hypo=
thetischen Urteilen gefragt hätte — dann wäre dieser Tag
ein Tag der Schande gewesen! Welches Glück, durchge=
kommen zu sein, und wie klein das Verdienst! Und nun
war sie für das Wunder in der Zeitung gelobt worden.
Für das Wunder durften nur die artigen Examinatoren
gelobt werden! Für das Glück — niemand! — Aber
die Befreiung! Die würde nun wohl kommen! In welcher
Form? Chemie, Anatomie, noch mehr Latein, Physik. Wie
war sie bisher befreit worden? Von dem Unbehagen
weniger zu wissen als andere! Das war allerdings eine
Erleichterung, aber eine geringe, und ganz etwas anderes
als sie geträumt. Ihre frischesten Gedanken hatte sie in
freien Stunden ohne die Bücher gedacht. Und ebenso ge=
fangen saß sie hier bei den Wächterinnen, und ebenso ge=
fangen jetzt! Wenn der lange sechsjährige Kursus zu Ende
war, und sie als Ärztin in die Praxis hinaus mußte, dann
war sie wohl frei? Aber sechs Jahre! Das war lange,
aber doch eine Hoffnung! Jetzt nahte der Sommer. Eine
Pension in Interlaken mit den Tanten. Dort würde sie
wenigstens Menschen treffen, etwas, was sie in den Büchern
nie getroffen hatte; denn die waren so vorsichtig geschrieben,
daß die Wirklichkeiten des Lebens gewissenhaft verborgen
wurden. Mit dieser Hoffnung ging sie und legte sich, und
sie schlief bald ein.

Sie hatte nicht lange geschlafen, vielleicht einige Stunden, als sie erwachte. Der Mond schien ins Zimmer hinein und malte gelbe Striche und Rauten auf den Boden. Sie hörte Gesang; eine klingende, fröhliche Männerstimme, die bei Gitarrebegleitung eine italienische Romanze sang, und am Schluß jeder Strophe fiel der Chor ein. Sie lag da und lauschte eine Weile. Warum sang man so spät auf der Straße? Und wer konnte das sein? — Sie zog ihre Pantoffel an und ging an die Gardine. Unten stand eine Gruppe Studenten, die sie an der Mütze wiedererkannte. Und sie kehrten alle das Gesicht ihrem Fenster zu. Das war eine Serenade! Für sie? Ohne Zweifel.

Im selben Augenblick kam Tante Mathilde im Morgenrock herein.

„Laß das Rouleau herunter, Kind, und steck Licht an! Es ist eine Serenade für dich!"

„Aber Tante Berthe?" fragte Blanche unruhig.

„Sie stellt sich schlafend," flüsterte die Tante. „So beeile dich doch, sie haben bereits eine ganze Weile gesungen!"

Das Rouleau wurde herabgelassen und Licht angezündet.

Als es wieder still wurde, lag Blanche in ihrem Bett und dachte nach. Diese fröhlichen Burschen hatten sich heute abend amüsiert, und nun luden sie sie zum Dessert ein, das jetzt vorüber war. Wohin gingen sie nun mit ihrer Gitarre und ihren halbheiseren Stimmen? Und warum hatten sie sie gefeiert? Den anderen Studenten

brachten sie keine Serenade? Nein, sie wurde als Weib
gefeiert! Als Weib! Darin lag es! Es war also etwas
Besonderes, etwas Vornehmeres, Weib zu sein? Wahr=
scheinlich! Aber das war nur langweilig! Vielleicht war
es ein Vorteil oder ein Gewinn? Das konnte es sein.
Sie erinnerte sich, vor einigen Tagen in der Zeitung ge=
lesen zu haben, daß ein Ehemann von seiner Frau ge=
schlagen wurde; aber es war in Form einer scherzhaften
Anekdote unter „Vermischtes" dargestellt. Warum, da sie
unter Gerichtliches mit der Rubrik „Unnatürliche Gewalt"
Geschichten von Männern gesehen, die ihre Frauen geschlagen
hatten. Schützte denn das Gesetz einen Mann nicht, wenn
er der schwächere war; wo das Gesetz das Weib schützte,
ohne Rücksicht darauf, ob sie die Stärkere war; was ja
die lustige Anekdote als möglich bewiesen hatte. Das
Gesetz war also ungerecht! Es war also in gewissen Fällen
ein Vorteil, Weib zu sein, in gewissen Fällen nicht. War
es ein Vorteil in den wichtigeren Fällen? Vielleicht!
Warum war Tante Berthe so wütend auf die Männer
und nannte sie Tyrannen, die gestürzt werden müßten?
Ja, warum?

Und damit schlief sie wieder ein!

Es war wieder Herbst, als Blanche in das chemische
Laboratorium des Polytechnikums von Zürich eintrat. Sie
wurde vom Assistenten in den großen Saal geführt, wo

ihr ein Tisch mit Kasten, Fächern, Flaschen und Töpfen, die Reagentien in allen Farben enthielten, angewiesen wurde. Ein Gasschlauch mit einer Lampe und ein Wasserschlauch mit einer Spülschüssel. Eine Reihe Probierröhren, Kolben, Vorlagen, Retorten, Trichter, Stäbe, Filter, Blaserohre, Pinzetten. Mitten im Saal stand ein kolossaler Schornstein, mit Kapelle, Schiebefenstern und angesteckten Gasflammen, die den Luftzug fördern sollten zur Entfernung der schädlichen Dämpfe. Alles war neu und geheimnisvoll. Alles hatte hier ein Äußeres, das sich draußen im Alltagsleben nicht wiederfand. Die ältliche Form der Retorte erinnerte an die Goldmacherei des Mittelalters, die Probierröhren an die dunkle Kammer des Arztes, und die Reagentien in den Töpfen an die Mysterien des Apothekers. Das chromsaure Kali leuchtete wie ein Sonnenuntergang; das schwefelsaure Kupferoxyd war blau wie der Genfer See, und die Arsenikfäure glänzte wie der Reif auf Birkenzweigen.

Mit einer langen blauen Schürze bekleidet ging sie ans Werk, die Geheimnisse der Natur zu erforschen und zu sehen, wie die Schöpfung inwendig aussah. Der Assistent, der sie am ersten Tage anleiten sollte, kam zu ihr und begann ohne weiteres seine Instruktionen. Er sprach mit ruhiger, trockener Stimme, ohne höflich oder unhöflich zu sein. Er ergriff ihre Hand wie eine Zange und lehrte sie das Probierrohr richtig halten. Ermahnte sie, den Gashahn wohl geschlossen zu halten, wenn sie die Flamme nicht benutzte, und erinnerte sie, die Spülschüssel gut zu reinigen, wenn die Lektion zu Ende sei. Darauf ging er in die anderen Säle.

Es war der erste Mann, der nicht höflich gegen sie gewesen, und Blanche fühlte sich beinahe gedemütigt. Aber es geschah ja möglicherweise infolge seiner Überlegenheit im Wissen und nicht aus einem anderen Grunde.

Um sie herum an den anderen Tischen standen Studenten und arbeiteten. Bei ihrem Eintritt hatten sie gelacht, geschwatzt und gesungen, nun aber waren sie still und flüsterten untereinander. Aber Blanche hörte, was sie sagten, denn ihre Nerven waren durch die neue Situation stark gespannt.

„Wie sieht sie aus?" flüsterte wer hinter einem Tisch.

„Häßlich!" wurde von einem anderen Tische geantwortet.

Blanche fühlte sich unangenehm berührt. Wer fragte danach ob sie, die Herren, häßlich oder hübsch waren, wenn sie Chemie studieren wollten. War sie indessen wirklich häßlich? Sie guckte in den großen Glaskolben, der über der Spiritusflamme kochte. Sie sah ihr längliches Gesicht mit der kräftigen Nase, aber infolge der konvexen Form des Glases in einer solchen Verzerrung, daß sie kein richtiges Urteil fassen konnte. Aber diese Herren fanden sie häßlich. Nun, das würde sie sich nicht allzusehr zu Herzen nehmen.

Als ihr die erste Reaktion gelungen war, wollte sie

die dem Assistenten zeigen, um seine Billigung zu hören. Er war nicht im Zimmer. Sollte sie ihn aufsuchen? Nein, sie wollte nicht an all diesen Herren vorbeigehen. Sie wollte warten bis er wiederkam. Während der Zeit beschäftigte sie sich damit, alle Flaschen und Töpfe zu öffnen, um daran zu riechen. Dann spülte sie ein paar Probierröhren aus und bekam dabei Schwefelsäure an die Finger, die sofort schwarz wurden.

Dann kam der Assistent. Blanche nahm ihre Probierröhre und zeigte sie, als wolle sie ein Lob haben. Er sah sie an, wie man ein Kind ansieht, und sagte: „Es ist nett. Fahren sie nun mit der nächsten fort!" — und dann ging er. Blanche war damit nicht zufrieden. Er behandelte sie überlegen. „Es ist nett." Er hätte sagen sollen: sehr gut, mein Fräulein! Sie war ja Studentin und kein Schulmädchen.

Bei der Heimkehr mußte Blanche detailliert erzählen, wie der Vormittag verlaufen war. Tante Berthe biß sich in die Lippe, aber sagte nur: „Neid!"

Am Abend hatte der „Äskulap", der Verein der Mediziner, Kommers, und Blanche hatte nach langen Diskussionen Erlaubnis bekommen hinzugehen, aber um zehn Uhr sollte sie zu Hause sein.

Um sieben Uhr betrat sie die Brasserie Nuß. Sie mußte durch den großen Saal gehen, um in das Privatzimmer zu gelangen, in dem der Kommers abgehalten wurde. Der Saal war mit Rauchenden und Trinkenden

angefüllt, der Boden war feucht, und es sah nicht ein=
ladend aus. Anders hatte sie sich den fröhlichen Aufent=
haltsort vorgestellt, wo, wie sie wußte, die Herren so
gern ihre Abende zubrachten. Sie kam in das Versamm=
lungszimmer. Niemand empfing sie, niemand half ihr aus
den Überkleidern wie früher, wenn sie zu einem Ball ge=
kommen. Das Zimmer sah ungemütlich aus. Herren saßen
hier und da und rauchten verstohlen Zigarrenstummel, die
sie widerwillig in die Ecke warfen als sie eintrat. Das
Lachen verstummte, und das Gespräch stockte. Hinter der
Tür wurde sie von zwei Studenten durch das Pincenez be=
trachtet. Dasselbe Flüstern wie früher im Laboratorium.
„Ist sie hübsch?" Antwort: „Häßlich wie der Teufel!"

Der Wortführende war noch nicht gekommen. Nie=
mand stand darum auf und empfing sie, und sie kannte
niemand. Sie ging schließlich hinein. Man verbeugte sich
leicht im Sitzen. Es wurde ganz still. Blanche sah sich
um und bemerkte, daß sie die einzige Dame war. Sie
nahm Platz auf einem Stuhl, der frei war, aber niemand
verließ seinen Platz.

Schließlich kam der Wortführende. Er grüßte wirk=
lich, aber ohne etwas Artiges zu sagen. Darauf kamen
fünf Mädchen. Sie wurden sofort gemustert und eine für
hübsch befunden. Blanche suchte sich ihnen zu nähern,
aber sie waren nicht zugänglich.

Die Verhandlungen begannen. Wahlen wurden voll=
zogen; Paragraphen vorgelesen. Unerträglich, dachte

Blanche. Darauf wurde ein Vortrag gehalten über die
Deszendenztheorie. Das war neu für Blanche, aber es
war ungeschliffen. Er verglich die Menschen mit den Tieren,
und Gott hatte doch den Menschen sich zum Ebenbilde ge=
schaffen und die Tiere zum Nutzen des Menschen. Der
Vortragende behauptete, das Pferd sei nicht zum Reit=
oder Zugtier geschaffen; denn Noah sei weder geritten noch
gefahren. Das Kamel scheine mit einem Sattel geboren
zu sein, aber es sei nicht so; es sei kein Sattel, und das
einhöckerige Kamel scheine im Gegenteil dazu geschaffen
zu sein, einen Reiter nicht aufzunehmen. Das Ganze war
„abscheulich", meinte Blanche.

Darauf wurde das Wort für frei erklärt. Man stand
auf und promenierte im Zimmer umher. Die Herren sogen
an unangebrannten Zigarren und requirierten Bier. Der
Kellner lief mit Seideln aus und ein. Die eine und die
andere Lachsalve hörte man in einer isolierten Gruppe,
aber immer von listigen Blicken nach rechts und links be=
gleitet. Die fünf Mädchen saßen da wie sitzengebliebene
Damen auf einem Ball, und Blanche war unbehaglich zu=
mute. Es war langweilig. Sie fand, daß die Herren geniert
waren; fühlte sich von feindlichen Elementen umgeben.
Die Herren witterten Konkurrenten, und die Frauen lagen
auf der Lauer nach Rivalen. Die Herren glaubten ihrer=
seits keine galante Annäherung wagen zu dürfen, weil
das als Kurmachen aufgefaßt werden konnte, und sie
wußten, daß die emanzipierten Damen nichts davon wissen

wollen, daß sie Frauen sind. Sie waren nur unter der Bedingung hierhergekommen, daß sie als Jhresgleichen behandelt würden. Ja, aber es lag etwas Demütigendes in dieser Gleichheit; Blanche empfand, daß die Unterordnung mit der Gleichheit eintrat; und es war sicher angenehmer, wie es früher gewesen. So war sie erstaunt, daß keiner von den Herren den Damen etwas servierte. Doch jeder requirierte ja sein Bier selbst, das war wahr, und es wäre ja höchst unpassend von fremden Herren gewesen, fremden Damen etwas anzubieten.

Blanche, die sich immer mehr geniert fühlte, faßte sich schließlich ein Herz und fragte die anderen Mädchen, ob sie etwas trinken wollten. Sie erhielt bestürzte Blicke und eine scharfe Antwort: „Trinken? Bier? Pfui!" Es wurde immer steifer und steifer. Der Wortführende, der mit den Damen über Chemie gesprochen hatte, schickte nun den einen Herrn nach dem andern zum Sprechen vor; über Physik, Latein, alles mögliche, das nicht an Kurmachen streifte. Die Mädchen merkten, daß die Herren „Dienst taten", und sie wurden immer einsilbiger. Das schöne Mädchen jedoch hatte eine geschwinde Volte im Gespräch gemacht und es mit ihrem Kavalier auf menschlichere Gebiete geführt. Sie war darum bald von drei Herren umgeben, die lachend ein munteres Gespräch führten. Aber da zogen sich die anderen Mädchen zurück und verfolgten den unwürdigen Auftritt aus der Entfernung mit bitteren Mienen. Die Schöne vergaß sich schließlich so weit, daß sie ein großes Seidel Bier requirierte. Da wurde die Gruppe um sie immer dichter, und die Opposition am Ofen, wohin sich die anderen Mädchen zurückgezogen hatten, immer schärfer. Sie wurden auf einmal gute Freunde und waren in einer sehr lebhaften Diskussion begriffen, die jedoch jedesmal, wenn ein Herr sich näherte, stockte.

Man hatte das Gefühl, als sei ein Gewitter in der Luft, und die Batterie, die am Ofen geladen wurde, ward beunruhigend; denn jeder Herr, der die Elektrizität durch ein Gespräch abzuleiten versuchte, wurde von einem Schlag getroffen, der ihn zurückwarf. Die Schöne hatte den Kampf auf einen anderen, eben den gefürchteten und verbotenen Boden gelenkt, und darum hatte sie gesiegt.

Um die Entladung zustandezubringen, nahm der Wort=führende sein Seidel, klopfte auf den Tisch und räusperte sich, um eine humoristische Rede zu halten.

„Kameraden," fing er an. Es wurde still, und die Damen spitzten die Ohren bei diesem für sie neuen Appell, der dem „meine Damen und Herren" so unähnlich war.

„In unserer Jugend lernten wir, das Weib sei aus der Rippe des Mannes geschaffen, und der Mann also vor dem Weibe dagewesen; darum konnte auch der un=bekannte Verfasser der Bücher Mose (der, wenn er jetzt gelebt, sich wahrscheinlich eine Anklage auf den Hals ge=laden hätte, weil er den Mormonismus befürwortet) mit Recht dem Weibe auferlegen, dem Manne untertan zu

sein; denn Adam war ja Evas Vater, und Eva also nach
Moses' Code civil § 4 verpflichtet, ihren Vater zu ehren.
Jetzt hat indessen die Wissenschaft uns gelehrt, daß das
Weib vor dem Manne da war. Die erste Zelle war Weib;
denn sie allein erhielt die Gattung aufrecht. Ich übergehe
die unregelmäßige Lebensart der schönen Blumen und werfe
mich auf die Tiere, indem ich mit den niedrigsten beginne,
um mit dem höchsten — dem Menschen — zu schließen.
Bei den Mollusken finden wir Hermes und Aphrodite, um
mich so auszudrücken, noch unindividualisiert, und den
Mann gibt es noch nicht. Das erstemal tritt Adam nicht
im Lustgarten des Paradieses auf, sondern in der Tiefe
des Meeres bei den uns altbekannten Cirripeden, wo er
ein Parasitenleben führt, als ein kleines armseliges Tier=
chen, mit unlöslichen, aber ehelichen Fesseln an der viel
größeren und stärkeren Eva festgekettet, so daß er eher
als eine klassische Rippe erscheint, die aus dem — ver=
zeihen Sie den Ausdruck — Weibchen entsprungen ist,
um die ganze Theorie der britischen Bibelgesellschaft von
der Erschaffung des Weibes über den Haufen zu werfen.
Aber wir verlassen die niedrigen Tiere, um uns hoch und
höher zu erheben. Noch bei den Insekten ist die Mutter
in ihrer natürlichen hohen Stellung; sie ist die Königin
bei der Ameise und der Biene. Sie ist die Herrscherin, die
Urmutter, und nur durch sie ist der Bienenkorb ein Korb
und der Ameisenhaufen ein Haufen, die Gesellschaft eine Ge=
sellschaft. Aber die arbeitenden Mitglieder sind nicht Männ=

chen; d i e Ehre, arbeiten und ein selbständiges individuelles Leben führen zu dürfen, kommt ihnen erst viel später zugute. Die Arbeitsameise ist ein verkrüppeltes, unfruchtbares Weibchen, das Essen anschafft, das Nest baut, Krieg führt und die Jungen erzieht. Es ist also das Weib, das zuerst Krieger war! Die Männchen — verzeihen Sie den Ausdruck — haben sich noch nicht emanzipiert. Sie sind unselbständige Tröpfe, die nur die traurige Aufgabe haben, Väter von Kindern zu werden, die sie niemals zu sehen bekommen — und zu sterben! Einen großen Schritt höher hinauf, und wir sind bei den Fischen. Das Männchen hat seine Freiheit erlangt und führt ein individuelles Leben. Es ist bereits zum Kindererzieher geadelt, und damit ist es Sklave. Einen Schritt höher — dem Ideal entgegen — und wir sind oben in der Luft bei den Vögeln. Das Männchen ist Arbeiter, Krieger und Gatte. Das Weibchen hat ihn emanzipiert und in die Fesseln der Liebe geschlagen. Die Arbeit ist geteilt, und bei den Säugetieren geht die Arbeitsteilung weiter, etwas variierend, denn die Entwickelung geht nicht gerade wie eine Schnur, nicht schnell wie ein Blitz, sondern im Zickzack wie dieser. Und dann sind wir oben bei den Engeln, ich wollte sagen bei den Menschen. Bei den wilden Völkern ist die untergeordnete Stellung des Mannes, wie sie genannt wird, noch in Blüte. Das Weib sitzt zu Hause beim Feuer und beschäftigt sich mit den Kindern, macht sich mit dem Geschirr zu tun, wenn welches vorhanden ist, und bereitet das Essen, wenn welches be-

reitet wird. Der Mann wird in die Wälder hinausgetrieben, um Tiere zu töten, Essen herbeizuschaffen. Und darein finden sie sich. Aber bei einigen Stämmen merkt man noch Spuren, Rückfälle oder Atavismen, wie wir Gelehrte sie nennen, von älteren anzestralen Verhältnissen. Die Sagen und Geschichtsschreiber erzählen von Amazonenreichen in verflossenen Zeiten. Das sind Reminiszenzen an den Ameisenhaufen. Die Frauen sind sich selbst genug, führen Krieg, ernähren sich und die Kinder, und die Männer werden nur einmal im Jahr einberufen. Solche Verhältnisse herrschen noch bei den Afghanen, wo der Mann das Eigentum der Frau ist, und bei den Dahomeys, wo die Frauen regieren und kriegen. Bei den zivilisierten Völkern, um zu uns zu kommen, ist die Verteilung der Arbeit zwischen den Geschlechtern so ziemlich ungleich gewesen, meist von den sozialen Verhältnissen abhängig. Bei den Armen arbeiten beide, wenn auch der Mann am schwersten; denn die Frauen haben noch nicht darauf gedrungen, in Kohlen=
gruben und zum Holzhauen gehen zu dürfen. Die Familie war ursprünglich eine Kommunität mit Eigentumsgemein=
schaft. Das Eigentum gehörte der Familie, und da der Mann allein verpflichtet war, Weib und Kind zu ver=
sorgen, brauchte das Weib nicht zu erben und durfte es auch nicht, weil das Eigentum, als der Familie gehörig, durch die Heirat der Tochter nicht an einen anderen über=
gehen durfte. Hier ist in der Beweisführung eine Lücke, aber diese Lücke werfe ich zu, sonst müßten wir in die

Mysterien des Eigentums, des heiligen Besitzrechts hinein=
gucken, und die spare ich mir für ein andermal auf.

Für die Kommunität, die Familie genannt wird,
brauchte die Gesellschaft einen Vormund. Das Weib hatte
seine Beschäftigung innerhalb des Hauses mit den Kindern,
und die Kinder waren zu unverständig, darum übernahm
der Mann den lästigen Auftrag, und so kam der Mann
scheinbar ans Ruder. Aber in den höheren, will sagen nicht
arbeitenden Klassen, wo die Degeneration allmählich um
sich zu greifen angefangen hat, sind gewisse Symptome
eingetreten. Das Weib hat sich dadurch erniedrigt gefühlt,
daß es Königin war, und will wieder Arbeitsameise werden:
will sagen zum Ameisenhaufen zurückkehren. Hierauf folgt
natürlich der Niedergang des Mannes zum Herrn wieder.
Jetzt frage ich: gehen wir vorwärts, wenn wir zur Eman=
zipation gehen, oder gehen wir rückwärts? Hat das Weib
recht, wenn sie die Macht an sich reißen will, die ihr ur=
sprünglich gehörte, und hat der Mann recht, wenn er
Widerstand leistet? Ich glaube, die Emanzipation ist eine
Antizipation, etwas, das zu früh kam, denn wir stehen
vor einer neuen Epoche in der Entwicklung der Gesellschaft:
etwas, das weder dem Bienenkorb noch den Dahomeys,
weder der Auerhahnbalz noch der Schafherde gleichen wird,
aber von allen Lehren annimmt. Wie weit die Arbeits=
teilung in der neuen Gesellschaft gehen wird, wissen wir
nicht, aber daß sie sich nicht über die natürlichen Grenzen
jedes Geschlechts erstrecken wird, das nehmen wir für selbst=

verständlich an; denn jetzt hat die Menschheit, scheint es, ihre gesunde Vernunft wiederbekommen, und Vernunft ist Natur.

Meine Damen, wenn ich mich an Sie wende, so geschieht es in ihrer Eigenschaft als Frauen, und mit der Ehrerbietung, mit der ich immer zum Weibe aufgesehen habe, einer Ehrerbietung, die nicht vermindert wird, wenn ich Ihre Versuche sehe, das schwere Joch von den Schultern des Mannes zu nehmen und die Arbeit mit ihm zu teilen; Sie, meine Damen, haben den ersten Schritt zur Befreiung des Mannes getan, und darum bringe ich Ihnen im Namen meines Geschlechts einen herzlichen Dank dar!"

Die Schöne lachte und die Herren auch, aber am Ofen blieb es still, so unangenehm still. Und bald fingen die Damen an, sich zu erheben, um die Überkleider anzulegen. Wie auf ein gegebenes Zeichen stürzten die Herren herbei, um den Damen zu helfen, aber diese dankten mit deutlichen Gebärden, daß sie keiner Hilfe bedürften. Als sie angekleidet waren, zogen sie die Handschuhe an und warfen lange Blicke in den Saal hinein, wo die Schöne saß. Aber die verstand nichts, sondern trank ihr Bier und lachte. Blanche, die sie kannte, glaubte aus Artigkeit ihr sagen zu müssen, daß die anderen Mädchen gingen. „Ja, geht nur," antwortete sie, — und sie gingen. Sie gingen durch das rauchige Restaurant und wurden mit frechen Blicken betrachtet, und sie kamen auf die Straße hinaus. Da blieben sie stehen, um auf die Tramway zu warten. Zufällig sah sich Blanche um. Da hörte sie von innen Gesang und Klavierspiel. Sie trat ans Fenster und sah nun neben dem Rouleau direkt ins Zimmer hinein: Zigarren und Streichhölzchen in allen Händen, frohe Mienen, Gesang und Spiel, und mitten in einer Gruppe stand Luise (so hieß die Schöne) und rauchte. Sie fühlte einen Stich in der Brust. Jetzt amüsierten sie sich! Jetzt! Und Luise war allein mit allen Herren. Welche Unmoralität. Welch schlechtes Mädchen! Aber sie amüsierten sich jedenfalls!

Als Blanche nach Hause kam, saß Tante Berthe da und wartete auf Rapport. — Ist es nett gewesen! — Nett! Schrecklich langweilig! Und unhöflich seien die Herren gewesen. — Hatten sie geraucht? — Nein, aber sie hatten Bier getrunken und unmoralische Reden gehalten. Der Wortführende hatte die Frauen mit Zellen und Krebsen und allem möglichen verglichen! — Hatten sie sie mit Tieren verglichen? — Ja, und dann hatte er von Dingen gesprochen, die man in Büchern lesen kann, aber von denen man nicht spricht, ausgenommen in Vorlesungen. — Was hatte er gesagt? Etwas Unpassendes? — Ja, beinahe. Und dann sind sie ihrer Wege gegangen, aber Luise, die blieb. — Allein? — Allein, und dann rauchte sie! — Rauchte allein! Das wollen wir uns doch merken, — sagte Tante Berthe. Und dann fragte sie nach allen Details.

Blanche ging spät zu Bett. Sie hatte über so vieles nachzudenken. Warum war es heute abend langweilig gewesen? Warum waren die Herren so steif, unhöflich und feindselig gewesen? Was meinte er mit seiner Rede? Das war die erträumte Freiheit, die artigen Kavaliere in der Nähe zu sehen, ohne Bewachung! Vielleicht waren sie nicht so nett, wie sie sich den Anschein geben wollten. Aber gegen Luise waren sie ganz so gewesen, wie sie auf Bällen zu sein pflegten. Wie anders alles draußen in der Wirklichkeit war im Vergleich zu den Vorstellungen. Wie anders! Aber jedenfalls, Luise, d i e hatte sich amüsiert!

Am folgenden Morgen kleidete sich Tante Berthe an, um zum Vorstand der Fakultät zu gehen und sich zu beklagen. Der Professor war unglücklicherweise ein Grobian, der die häßliche Angewohnheit hatte, zu sagen, was er dachte, und die Tante hatte unglücklicherweise die Vorstellung, ein Professor müsse ein gebildeter Mensch sein, der wissen mußte, was er sagen könne.

Die Tante kam natürlich zu einer Zeit, wo der Professor nicht empfing. Was kümmerte sie das. Er mußte, da es sich um die Ehre der Akademie und das Wohl der Jugend handelte. Schließlich wurde sie vorgelassen, trug ihr Anliegen vor und referierte über die Rede. Der Professor sah sie wie eine neue Spezies an und antwortete schließlich:

„Was geht das mich an?"

„Was das Sie angeht?"

„Was geht es denn Sie an?"

„Was? Was? Die Moralität der Jugend war doch in Gefahr?"

„Wieso? Erzählen Sie! Was ist geschehen? Er hat die Frauen mit Zellen verglichen (das war selbstverständlich eine Lüge). Es wäre schlimmer gewesen, wenn er sie mit Engeln verglichen hätte! Glauben Sie an Gottes heiliges Wort? Natürlich. Nun. Er hat gesagt, das Weib sei die Herrscherin und der Mann der Sklave. Das war doch artig gesprochen! Wollen Sie hören, was die Bibel sagt: Dein Wille soll deinem Manne untertan sein, und er soll dein Herr sein! Ist das nicht richtig?"

„Das ist nicht richtig!"

„Was? Dann sind Sie ja eine Freidenkerin und leugnen Gottes heiliges Wort? Tun Sie das nicht?"

Der Tante war zumute wie in einem Fuchseisen. Sie schüttelte den Kopf und war nahe daran, in Ohnmacht zu fallen. Aber der Professor fuhr fort: Mit Schmerzen sollst du Kinder gebären! Habe die Dame dieses Gebot Gottes erfüllt? — Nein, das wolle sie nicht! — So, so, sie lehne sich gegen Gottes heiliges Gesetz auf! Doch zur Sache! Die Herren hätten nicht geraucht, sich nicht unpassend be=
tragen, sie hätten die Ansicht der Dame geteilt, daß die Lehren der Bibel unsinnig sind, und übrigens — was sie innerhalb ihrer Vereinigungen tun, gehe niemand etwas an. Was schere es die Dame, ob Mademoiselle Luise Bier liebt oder raucht. Tabak sei weder im Code civil noch im Code moral verboten. Es gebe alte Weiber, die schnupfen. Und alle alten Weiber seien auf junge Mädchen eifersüchtig, die sich amüsieren — besonders in Herren=

geſellſchaft. Wer dort nicht gedeihe, der ſei nicht gezwungen,
hinzugehen, und wer ausplappere, was man da tut —
ja, der könnte ganz einfach hinausgeworfen werden! So
ſei es beſtellt! Man habe kein Recht in eine geſchloſſene
Geſellſchaft einzubrechen! Was habe man da zu tun?
„Die Achtung, die man dem Weibe ſchuldig iſt?" Welche
Achtung ſei man den Männern ſchuldig? Gar keine? Das
ſähe man! Sonſt würde man ſich nicht zu unrechter Zeit
eindrängen und einen mit Klatſchereien überlaufen! Übri=
gens! Warum bildeten die Mädchen nicht ſelbſt einen
Verein? Was! Das ſei nicht ſo amüſant, nein! Bäte
um Entſchuldigung, aber müſſe zur Vorleſung! Sei Lehrer
an der Univerſität, aber nicht Poliziſt.

Das Reſultat der Begegnung war, daß die Tante
einen Verein für die Frauenfrage ſtiftete, und daß Blanche
nie mehr zu einem Kommers gehen durfte. In den Damen=
verein durfte ſie dagegen gehen, und da verbrachte ſie
entſetzliche Abende. Das Leben in Zürich, von dem ſie
ſich ſoviel verſprochen hatte, wurde immer unerträglicher.
Unaufhörliche Bewachung, endloſe Lektionen: noch mehr
römiſche Kaiſer, noch mehr Könige und Königinnen, noch
mehr Philoſophie. Wann würde das ein Ende nehmen?
Und würde es je ein Ende nehmen? Was für ein Neues
begann für ſie nach abgelegtem Examen? Die Freiheit?
Nein, dann begann eine neue Sklaverei. Wie ein Miets=
kutſcher mußte man bereit ſein für den erſten beſten, der
einen anrief; von Haus zu Haus, wie ein Wundertäter

begrüßt, wo man felbft wußte, wie wenig man tun konnte.
Und die Freiheit? Würde fie es wagen mit einem Manne
zu verkehren, wenn fie deffen Gefellfchaft der eines Weibes
vorzöge (was fie entfchieden tun würde)? Keineswegs,
denn dann wäre ihr Anfehen erfchüttert; die Klienten würden
fie fliehen, und fie würde aus der Gefellfchaft ausgeftoßen
werden. Kein Ausweg! Doch einen! Sich verheiraten!
Die Frauen hatten ein Recht, mit einem Mann zufammen=
zuwohnen, an demfelben Tifch zu effen, im felben Bett
zu fchlafen, mit fo viel Männern, wie fie wollten, zu ver=
kehren, allein auf der Straße zu gehen! Aber, es gab
ein Aber. Die Frauen aßen fremdes Brot, überwachten
einen fremden Haushalt, überwachten fremde Wäfche und
behaupteten im allgemeinen, daß fie Sklavinnen feien. Das
wollte Blanche nicht werden. Alfo auch dort keine Freiheit.

  Sie ftand eines Tages im Laboratorium und follte
eine Synthefe machen. Die war fehr fchwierig und erforderte
große Aufmerkfamkeit. Zu diefem Zwecke war ihr der
Platz in einer abgelegenen Küche angewiefen, damit fie fich
beffer behelfen könne. Sie hatte eine Maske vors Gefecht
genommen und in der Kapelle, wo ihr Apparat ftand,
ftarken Zug gemacht, denn es war gefährlich, Chlorgas
einzuatmen. Sie bog Glasröhren auf dem Gebläfe, be=
reitete Sandbäder für Kolben und machte Leitungen und
Vorlagen in Unendlichkeit.

  Der Affiftent, mit welchem fie feit dem berüchtigten
Kommerfe nicht gefprochen hatte, ging durchs Zimmer. Das

Gesicht hinter der Maske verborgen, fühlte sie ein trotziges
Verlangen, ihn anzureden. Blanche war nämlich seit dem
Auftritt zwischen der Tante und dem Professor als Klatsch=
base behandelt worden, und niemand hatte sich ihr ge=
nähert. Deshalb fühlte sie das Bedürfnis, sich zu recht=
fertigen. Aber auch der Assistent war auf dieselbe Idee
wie sie gekommen, daß ein Gespräch am Platze sei.

„Ist es amüsant, in der Küche zu stehen?" fragte
er spitzig.

„In dieser Küche ist es erträglich, aber in der der
Ehemänner soll es nicht so amüsant sein," antwortete
Blanche.

„Ich glaube auch nicht, daß es die Köchinnen so lustig
finden, die in der Küche der Ehefrauen stehen," antwortete
der Assistent. „Die Frauen sollen sehr diffizil sein!"

Blanche errötete unter der Maske. Die klichierte
Phrase der Tante, daß die Frauen Köchinnen seien, war in
einer Lösung der scharfen Säure des Antagonisten ver=
wandelt.

„Sie kommen nie mehr zum Kommers?" fing er
wieder an.

Blanche schwieg.

„Sie fanden es langweilig?" fuhr er fort. „Wollen
Sie in einen anderen Verein gehen, wo man sich nicht
langweilt! Wollen Sie mit zu den Russen gehen?"

Blanche hatte soviel von den Russen gehört, daß ihre
Neugierde geweckt wurde.

„Ich glaube nicht, daß ich darf, wegen Tante," sagte sie ganz kindlich.

Der Assistent lächelte.

„Warum sollte es die Tante nicht wollen? Sollte eine Gefahr dabei sein? Sollte es gefährlich sein, frische neue Gedanken zu hören?"

„Nein," antwortete Blanche. „Aber die Russinnen sollen so frei sein!"

Er lächelte wieder und sah ihr in die Augen.

„Möchten Sie nicht auch frei sein?"

Blanche fühlte ihr ganzes Verlangen, ihre ganze Sehnsucht ausgesprochen. Und der zu ihr sprach, sah aus wie einer, der ihr helfen konnte, eine Kette zu brechen.

„Doch," sagte sie, „ich möchte frei sein. O, frei!"

„Sehen Sie, sehen Sie! Kommen Sie morgen mit!"

„Ja! Aber Tante!"

„Lügen Sie ihr etwas vor!"

Blanche fuhr zusammen. Er, der wie die Ehrlichkeit und Wahrheit selbst aussah, er riet ihr, zu lügen!

„Ist es nicht unehrlich, zu lügen?"

„Nicht immer! Wenn mich ein Mörder, dessen Absichten ich kenne, nach dem Weg zu seinem Opfer fragt, so zeige ich ihm den falschen und lüge mit frohem Gemüt!"

„Aber Tante ist kein Mörder!"

„Nein, aber eine Mörderin! Fühlen Sie nicht, wie ihr Gift im Begriffe ist, Ihr Blut zum Gerinnen zu bringen? Ihr Haß, ihre Rache, die Sie befriedigen sollen, fließen

in Ihre Adern, werden von Ihren Lungen absorbiert, para=
lysieren Ihr Nervensystem! Sind Sie frei? Sie essen das
Brot dieses Vampyrs, das Sie nicht durch ihre Arbeit ver=
dienen, Sie sind von ihr bezahlt, um ihre Rache aus=
zuführen, Sie haben Ihre Seele verkauft, wie andere
Frauen ihren Körper verkaufen. Was treibt Sie zu dieser
Laufbahn? Ist es das Pflichtgefühl gegen Mitmenschen,
ist es die Lust, mit Unsauberkeiten zu hantieren, Kranken=
zimmerluft zu atmen, Jammergeschrei zu hören, aus dem
Schlaf gerissen zu werden, bei den Mahlzeiten gestört zu
werden? Nein, es ist die Rache! An wem? An den ver=
abschiedeten Liebhabern Ihrer Tante? Sind Sie als Arzt
nötig? Sind fünfzig Prozent nötig von denen, die es bereits
gibt? Glauben Sie, es fehlt an Rezeptschreibern? O, sie
treten einander auf die Füße und können nichts helfen.
Warum werden die Russinnen Ärzte? fragen Sie! Ja,
nicht um Rezepte zu schreiben, nicht um nicht heiraten
zu brauchen, sondern aus demselben Grunde, weshalb sich
die Propagandisten in Werkstätten stellen, reiche Mädchen
Dienst annehmen; es geschieht, damit die Menschheit von
den größeren Schäden geheilt wird, so daß einmal keine
Ärzte mehr nötig sind, weil die gleichmäßige Verteilung
des Wissens alle zu Pflegern der Gesundheit macht.

Blanche stand da wie der Rezipient einer Elektrisier=
maschine; sie fing alles auf, was der sprühende Mann um
sich warf, zu gleicher Zeit aber fühlte sie eine Tension, ihn
von sich zurückzustoßen. Sie war leer gewesen, und nun

wollte er sie mit dem Überschuß seiner Seele anfüllen. Seine Augen flammten, und sein kräftiges männliches Antlitz sah wie die Wahrheit selbst aus, als er sagte: lüg! Sie suchte nach einem Punkte, wo sie ihn verwunden und entwaffnen konnte, und das konnte sie gerade in diesem Punkte. Er stand so hoch und klar vor ihr, höher als sie anerkennen wollte, und sie mußte ihn herunterhaben. Und doch wollte sie ihn groß sehen, stark, als die Stütze die sie suchte, als den Befreier. Sie fühlte unbewußt, daß der Befreier Herrscher werden konnte; sie suchte ihn und stieß ihn von sich. Schließlich sagte sie: „Sie predigen Jesuitenmoral."

Er aber, der alle Klischees kannte, war sogleich mit der Antwort fertig:

„Nein, das tue ich nicht. Das Geheimnis der Jesuiten liegt in der falschen Schlußfolgerung; er macht ein Kartenkunststück mit Worten, und Sie werden düpiert. Er sagt: der Zweck (gut oder böse) heiligt die Mittel. Ich sage, der heilige, große, schöne Zweck heiligt das Mittel. Ein niedriger Zweck entheiligt alle Mittel. Sie sind ein Korallenwesen, das sich auf einem alten Stamm niedergelassen hat: hüten Sie sich, daß Sie nicht festwachsen und versteinern! So lautet die neue Moral, die bereits neu war, als Montesquieu sie aussprach: ‚Wenn ich etwas weiß, das nützlich für mich, aber schädlich für meine Familie ist, verbanne ich es aus meinem Herzen; wenn ich etwas weiß, das für meine Familie nützlich, aber für mein Vaterland schädlich ist, suche ich es zu vergessen; wenn ich etwas weiß, das für mein Vaterland nützlich, aber schädlich für Europa oder die Menschheit ist, sehe ich es für ein Verbrechen an!' Der Egoismus, dieses herrliche Geschenk, das unter dem Namen Selbsterhaltungstrieb alles Lebendige leben läßt, wird sich auch entwickeln, und der ist nun im Begriffe, einen großen Schritt vorwärts zu tun zum Altruismus oder der Liebe zu anderen. Diese Liebe hat sich zuerst in der Liebe zum Kinde gezeigt, daher die Familie. Aber die Familie ist ein Stadium geworden, das wir hinter uns legen müssen und entwickelt sich zur Gesellschaft, der werdenden Gesellschaft. Sie sitzen noch in den Ketten der Familie gefangen, die nur eine ökonomische Institution war, reißen Sie sich aus den engen Bienenzellen der Familie los, schwärmen Sie, und bauen Sie sich selbst einen Korb; verlassen Sie Ihr Geschlecht mit seinem Agglomerat kleiner Interessen und isolierten Egoistenleben, und leben Sie für das Geschlecht."

Blanche sah die Wände zurückweichen, Türen sich in unendlicher Flucht öffnen; seine Rede wirkte wie Feuchtigkeit und Wärme auf alten Samen, der in einem kalten Raum gelegen hatte. Sie fühlte ihr Wesen keimen, und daß es nicht mehr weit sei bis zum Aufspringen der Schale! Aber dann wurde sie von einer wunderlichen Lust ergriffen, mit dieser Seele zu ringen, die die ihre befruchten wollte. Sie flatterte wie der Schmetterling davon, davon, vor dem Gatten, der sie verfolgte, in dem Gefühl, daß der Tod in seinen Küssen lag, der Tod für sie als Individuum, im selben Augenblick, wo sie dem Geschlecht Leben gab.

„Warum sagen Sie mir das alles? Warum ver=
schwenden Sie alle diese Worte an mich? Ein unbe=
deutendes fremdes Mädchen!" fragte sie.

„Das haben Sie bereits erraten!" antwortete er;
„aber wollen Sie, das ich es ausspreche, so kommen Sie
morgen abend mit mir zu den Russen!"

Er ergriff ihre Hand. „Sie kommen? Nicht wahr?"

„Ich komme sicher," antwortete Blanche, als könnte
sie nicht anders.

Als Blanche wieder zu Hause am Mittagstisch saß,
hatte sie das Gefühl, daß das Geheimnis, mit dem sie
sich trug, gleichsam wie eine Mauer sich zwischen ihr und
den Tanten erhob. Das Band war abgenagt. Sie glaubte
etwas zu besitzen, was sie nicht von ihnen empfangen hatte.
Das war ihr Eigentum, und es waren ihre neuen Ge=
danken, ihr Geheimnis. Sie dachte daran, wie schwach
dieses Band gewesen. Es war kein Band der Liebe, denn
sie liebte sie nicht, diese Gefangenwärterinnen, es war das
Band des rohen Interesses. Sie brauchte sie, wie die Mistel
ihre Pappel, wie der Parasit seinen Wirt. Sie erwartete,
das Blut sprechen zu hören, aber es schwieg. Kein Ge=
wissensbiß, keine warnende Stimme. Alles Alte stürzte
nieder wie schlecht angeklebte Tapeten, und sie fühlte,
wie sie wuchs. Jetzt erst empfand sie die ersten erfrischen=
den Flügelschläge der Freiheit um ihre hektischen Wangen;
nicht bloß der Körper war gefangen gewesen, auch der Geist!

Blanche kam zeitig zum Treffpunkt in den Bauschänzli=
park. Der Schnee fiel so leicht, so still, und schwarz lag
draußen der See. Sie war sehr erregt, und als ihr Fuß
trockenes Laub berührte, fuhr sie zusammen, aber der
Schnee fiel dicht, daß der Laut ihrer Schritte bald nicht
mehr zu hören war. Der Sand knirschte noch hier und
da, aber der Schnee brachte auch ihn bald zum Schweigen.
Sie fühlte, jeder Schritt den sie tat, führte sie auf eine
neue Bahn, hinaus zu unbekannten Geschicken, aber er
führte sie hinaus. Wohin? Sie fühlte, daß sie ein Über=
einkommen brach! Sie hatte ihre Freiheit diesen alten
Frauen verkauft, und die gaben ihr die Mittel zum Leben,
dafür, daß sie ihre Freiheit gab. Jetzt stellte sie ihre
Zahlung ein, konnte sie da fortfahren, von ihnen zu nehmen!
Es war also im Grunde ein ökonomisches Problem. Nur
wer die Mittel zum Unterhalt hatte, war frei, alle anderen
Sklaven. Ein verborgener Haß gegen die Alten begann
zu wachsen. Wenn Blanche selbst Zinsen hätte, ja, dann
wäre sie frei. Was schrien da die Völker nach Freiheit,
wenn sie keine Zinsen hatten! Freiheit ohne Zinsen war
ja unmöglich. Sie lief von Hause fort, aus dem Gefängnis
der Schule, in das Gefängnis der Universität, in das Ge=
fängnis der Praxis, der Gunst des Publikums. Überall
Gefängnisse. Und käme der Befreier, der starke Mann,
und zerrisse ihre Ketten, wäre das nur, um sie in ein
neues, wohlgemauertes Gefängnis zu führen, das letzte,
das nur der Tod öffnen konnte. Sie konnte das Problem

nicht löfen. Würde er, der auf alle Fragen antworten konnte, es tun können?

Der Schnee wirbelte um ein Paar kräftige Füße, und die Luft bewegte sich von seinen keuchenden Atemzügen; er stand an ihrer Seite und legte ihren Arm in seinen!

„Böses Gewissen?" sagte er. „Das gibt sich. Der Korse, der es unterlassen hat, den Feind seiner Familie zu ermorden, geht auch nicht mit einem bösen Gewissen herum. Es ist ein konventionelles Gewissen, das einen wegen eines unterlassenen Mordes anklagt. Fort damit!"

Und er führte sie mit sich. Sie gingen in gleichem Schritt und Tritt, und ihr Arm lag so gut in seinem.

„Ist es weit?" fragte Blanche.

„Vor der Stadt," sagte Emilie; „die Russen lieben Städte nicht!"

Und sie gingen zwischen weißen Feldern dahin, Höhen hinauf, zwischen Weinbergen hindurch und kamen zum Café des Alpes, einem kleinen, von Lärchen und Fichten umgebenen Holzchalet. Es sah idyllisch und gemütlich aus, nicht wie ein Restaurant oder ein Café, wo beschäftigungslose Menschen die Zeit töten, sondern wie eine Herberge am Wege, wo der müde Reisende Ruhe und Erquickung sucht.

Sie gingen eine Holztreppe an der Außenwand des Hauses hinauf und kamen auf einen Balkon, der von den Lichtern im großen Saale erleuchtet wurde. Während sie noch den Schnee von Füßen und Kleidern schüttelten, kam

ein Herr aus dem Saale heraus und bewillkommnete sie
wie alte Freunde. Es war ein großer dunkler Mann mit
einem Kosakenkopf über breiten Schultern. Er ergriff
Blanches Hand, drückte sie warm wie die einer Schwester,
nahm ihr den Überwurf ab und führte sie in den Saal.
Es war ein altväterischer Raum mit niedrigem Holzdach,
bei dem die Balken sichtbar waren. Über den hohen Holz=
paneelen waren Alpenlandschaften mit Bärenjagden zu sehen,
und hier und dort hingen angezündete Wandlampen, deren
blanke Messingschilder den Lichtschein zurückwarfen. Mitten
im Saal stand ein langer Tisch, um welchen zwanzig Herren
und Damen, die Tee tranken und Zigaretten rauchten,
saßen, während ein gewaltiger Samowar aus frischgeputztem
Kupfer in der Mitte brodelte. In dem großen, schrank=
ähnlichen, grünen Kachelofen, um den Bänke liefen, brannte
ein gewaltiges Buchenfeuer.

Als Blanche und ihr Begleiter eintraten, erhoben sich
alle und drückten ihnen die Hände. Die Mädchen küßten
Blanche auf die Backe und machten ihr Platz. Wie die
warme Luft aus einem Heim schlug es ihr entgegen, und
der Eindruck hier war nicht der kalte, düstere der Kneipe
wie in der Brasserie Nuß. Keine Feindseligkeit, keine
Rivalität, kein Konkurrenzneid herrschte hier, und Blanche
fühlte sich sofort zu Hause. Die Herren waren gegen die
Damen artig ohne Galanterie, und die Damen nahmen
ihre Achtungsbezeigungen mit Dankbarkeit und Freund=
lichkeit entgegen. Sie rauchten Zigaretten, hatten aber

weder kurzes Haar noch blaue Brillen; sie waren anmutig in ihren Bewegungen und suchten nicht durch derbe Gesten und Worte den Mann zu imitieren. Sie sprachen ernsthaft und ohne Furcht, mißverstanden zu werden; denn sie befanden sich alle auf gleicher Bildungsstufe und teilten sich einander mit, ohne sich belehren zu wollen.

Blanche wurde Tee serviert, trotzdem die Zeche gemeinsam war. Das fand sie angenehmer, als daß jeder selbst bestellte und ein Kellner jeden Augenblick durchs Zimmer rannte. Man bot ihr Zigaretten an; aber sie dankte. Sie fand nichts Anstößiges darin, daß die Damen rauchten; denn es war ja „Sitte" bei ihnen, also „sittlich", wenn auch in Westeuropa nicht Sitte, also unsittlich.

„Paul Bestuchew," begann ein olivenfarbiges Mädchen, welches für den Abend das Wort führte. „Bestuchew hat gebeten, heute abend sprechen zu dürfen. Aber nicht mehr als dreißig Minuten, Väterchen!"

Der mit Bestuchew Angeredete schob seinen Stuhl vom Tisch zurück, blieb sitzen und holte ein Stück Papier hervor, auf welchem er Aufzeichnungen gemacht hatte.

„Ich will über Das Allerheiligste sprechen," begann Paul und trank seine Teetasse aus.

„Das ist doch wohl nicht die Religion?" fragte ein Rotbart.

„Pfui," sagte Paul. „Über dergleichen spricht man nicht! Nein, ich will über das sprechen, was heiliger ist als das Heilige, über

Das Allerheiligste.

In der Kindheit der Gesellschaft, ehe die Arbeitsteilung eine Ober- und eine Unterklasse geschaffen hatte, war die Erde die Mutter aller. Der Stamm besaß sein Territorium ungeteilt, oder teilte es in Lose, wie bei den Landwirten, zur Benutzung auf gewisse Zeit, ohne das Eigentumsrecht aufzugeben. Solchen Kommunismus haben wir in dem russischen Mir oder der Dorfschaft, und unser Vaterland besitzt ungefähr vierzig Millionen legalisierte Kommunisten. Daß das Glück trotzdem bei unserem armen Muschik nicht gedeiht, das beruht auf etwas anderem, dem gerade jetzt abgeholfen werden soll. Wie nun die siegende Oberklasse ursprünglichen Kommunalgrund und -boden in Beschlag nahm, will sagen Diebstahl beging, wurde im selben Augenblick der Diebstahl für heilig erklärt. Das gestohlene Eigentum wurde für die Oberklasse heilig; aber die Unterklasse, die dem Beispiel folgen und das Gestohlene zurücknehmen wollte, mußte neue Steuern an Gefängnisse zahlen. Es war also nichts Rechtes mit der Entstehung der Heiligkeit.

Inzwischen wurde das entwendete Eigentum immer mehr und mehr Ansprüchen auf Heimzahlung ausgesetzt. Die Heiligkeit wuchs. Jetzt kann man den Kaiser vor die Stirn schießen, Gott leugnen, das moralische Gesetz angreifen und doch unter Staatsschutz stehen wie in der Schweiz; aber wegen eines Angriffs auf das Eigentum werden wir ausgeliefert. Das Eigentum ist also heiliger geworden als der Zar, als die Moral, als Gott.

Aber die Zeit ist vorwärtsgegangen, und die Schlinge um den Hals der Oberklasse ist zugezogen worden. Unsere Zeit hat die Legalisierung dreier großer Angriffe gesehen: konstitutionelle, kaiserlich=königliche und kongreßliche An= griffe auf das Eigentum. Der erste war bekanntlich die Aufhebung der Leibeigenschaft in Rußland (die Leibeigenen waren Eigentum); der zweite die Befreiung der Neger in Amerika (die Neger waren Eigentum und also heilig); der dritte, den wir jeden Tag vor Augen sehen, wird die Expropriation genannt. Mein Vater hatte eine Besitzung und einen sehr schönen Garten, den er liebte. Er hatte jeden Baum selbst aufgezogen, jeder Strauch war ihm wie ein Freund. Er wollte ihn nie verkaufen, denn er liebte ihn, wie man ein lebendes Wesen liebt. Eines Tages kommt der Ingenieur einer Eisenbahngesellschaft und haut alle Bäume nieder, reißt alle Sträucher aus. Vater weinte und fluchte. Der Ingenieur sagte, der Grund und Boden sei expropriiert, und Vater werde ihn vom Semstwo be= zahlt bekommen. Vater wollte seinen Garten nicht ver= kaufen, wollte ihn nicht bezahlt haben. Da nahm man.

Diese großen Beispiele haben die Heiligkeit des Eigen= tums erschüttert. Nicht als ob die Menschen der Zukunft es wie der Staat machen und nehmen werden; sie werden im Gegenteil geben. Aber das werden wir erst dann sehen, wenn alle die Vorteile davon eingesehen haben, daß niemand

besitzt, was er morgen verlieren kann, und daß alle be=
sitzen, was sie nicht verlieren können.

Aber ich will jetzt nur die „moralische Seite" des
Eigentums betrachten, die vielleicht am meisten von
allem zu dem unmoralischen Zustand der Gesellschaft bei=
getragen hat.

Der Begriff und das Gefühl des Besitzes hat unser
ganzes Seelenleben durchdrungen, hat unseren Egoismus
vergrößert. Selbst unsere Gedanken sind Gegenstand un=
seres Geizes geworden. Der Gelehrte brütet auf seiner Ent=
deckung, weil sie ihm Ehre, nicht weil sie der Menschheit
Nutzen bringt; der Erfinder beeilt sich, ein Patent zu
nehmen, um die Menschheit daran zu hindern, Nutzen aus
seinem Werk zu ziehen; der Priester, der Diener des Herrn,
reißt sich um Brot und hohe Ämter, ja einige gehen wie
Café-chantant-Sängerinnen mit einem Teller in der Kirche
umher, was sie nicht hindert, zu sagen, Ingersoll tue sein
Wunder des Geldes wegen. Der Volksvertreter, der im
Reichstage die Wahrheit sagen soll, zögert zweimal, ehe
er das Wort ausspricht, denn hinter ihm grinsen seine
Gläubiger; der Zeitungsmann, der das Beil an die Wurzel
des morschen Baumes setzen soll, windet sich wie ein Wurm,
ehe er zuhaut, denn er sieht Weib und Kind die Köpfe
darunterlegen. Wegen Weib und Kind! Wie mancher Wille
ist ihretwegen nicht gebrochen, wie manche Seele nicht ver=
blutet! Der Mann ist das Eigentum, der Leibeigene, der
Wirt der Familienkommunität, und darum — wie listig —

hat die Oberklasse ihm das Stimmrecht und die scheinbare Leitung in die Hand gegeben, denn sie wissen, daß er die Kette ums Bein hat. Um wieviel freier würde sich nicht das Weib in der Öffentlichkeit bewegen, sie, die die öko=nomische Stütze hinter sich hat. Was ihre Stärke ist, ist des Mannes Schwäche. Darum ist die Stellung des Weibes freier als die des Mannes, und darum ist sie kühner. Wenn der Mann sich vom Ladenbesitzer mit der Ware prellen läßt und es vermeidet Lärm zu schlagen, um sich keinen Feind zu schaffen, so wirft das Weib ohne Umstände dem Schelm die Ware ins Gesicht.

Aber der Eigentumsbegriff hat sich auch in unsere heiligsten Gebiete eingeschlichen, heiligste, weil die Natur sie abgesteckt hat. Der Jüngling wirft seine Augen auf ein Mädchen; er gefällt ihr, ihre Seelen lieben sich, aber es ist eine kleine Hauptsache übrig, die die Hauptsache ist: hat er Geld? Nein! Dann muß er gehen! Die Kinder, die das Eigentum der Gesellschaft sein sollten, werden als Privateigentum der Eltern behandelt, mit der Aufgabe, wenn sie klein sind, die Eltern mit ihrem Geplauder, ihren Liebkosungen zu unterhalten, und wenn sie älter werden, ihnen ‚Ehre' zu machen, und warum nicht, auch Geld ein=zubringen. Die Gatten, die geschworen haben, einander ‚anzugehören', fangen bald durch die Macht der Gewohn=heit an, sich gegenseitig als Angehörigkeiten zu betrachten.

Schließlich einige Worte über das schlechte, aber darum gefährliche Symbol des Eigentums, das Geld.

Das Geld ist ein Gedicht, schön für den Eigentümer, aber trügerisch wie alles schöne! Es ist ein schlechter Wertmesser; denn es mißt nicht den Wert. Heute bekommt man eine Tonne Weizen für einen Louisdor, morgen bekommt man nur eine halbe. Es mißt weder den Nutzen noch den Wert; denn eine Flasche Kapwein, die einen Louisdor kostet, kommt an Wert einer Tonne Weizen nicht gleich. Denn während ich eine Tonne Weizen verzehre, ist meine Seele frei, frei von Nahrungssorgen, vielleicht für einen Monat, währenddessen meine Seele arbeiten kann, wohingegen eine Flasche Kapwein mich einige Stunden einschläfert und dann in Sklaverei schlägt.

Das Geld ist als Wertmesser gefährlich, weil es in einer solch konzentrierten Form auftritt, daß das Auge den ihm innewohnenden Nutzen nicht sehen kann. Tausend Franken in Gold auf einem Tische geben keinen wahren Begriff vom Wert, aber für tausend Franken Getreide in Säcken sehe ich. Darum war die erste Münze Vieh, pecus, pecunia. Ein Kind, das zum ersten Male ein Geldstück erhält, erhält es, um Bonbons zu kaufen! Das ist ein jämmerlicher Mißgriff; denn das Kind sieht dann im Gelde ein Genußmittel.

Das schlimmste am Gelde ist, daß es falsch ist. Es behauptet, ein Repräsentant vorhandener Nützlichkeiten zu sein. Das ist unwahr. Es gibt nicht so viel Nützlichkeiten wie Gold. Und Gold ist unnützlich. Man hat Banken stürzen sehen, die mehr Papiere ausgegeben hatten, als

Gold vorhanden war, aber sich hielten, so lange der Glaube aus Papier dauerte. Wenn nun der Tag kommt, an dem der Glaube an das Gold erschüttert wird, an dem man für das unnütze Gold nicht Nützliches mehr erhalten kann! Man sah das bei der Belagerung von Paris. Die Stadt war voll von Gold, aber niemand wollte Gold haben, alle wollten Essen haben, das es nicht gab; darum war der Wert des Goldes für den Augenblick annulliert. Der Araber, der einen Sack Perlen in der Wüste fand, war ebenso arm wie der belagerte Pariser.

Aber es sind viel Nützlichkeiten in Bewegung, ungeachtet so wenige sie hervorbringen. Der Markt ist mit Getreide überschwemmt, während eine halbe Million Menschen hungern. Das ist ein Fehler in der Verteilung der Produkte. Und diese ist der Fehler des Geldes und der falschen Münze, des Wertpapiers, sowie der ausgedehnten Arbeitsteilung. Wenn Selbsthilfe Prinzip wird, wenn Privateigentum Kollektiveigentum wird, wenn die Arme benutzt werden, um Essen zu schaffen statt Industrie (= Luxus), dann ist die Not fort! Darum laßt uns alle daran arbeiten, die Menschen den Vorteil der Aufhebung des Privateigentums zu lehren!

Jetzt sind gewiß dreißig Minuten vergangen, Schwesterchen!"

Hierauf wurde in die Diskussion eingetreten. Da mehrere Neulinge da waren, wurden die aufgefordert, Einwendungen zu machen.

„Ich möchte einwenden," begann Anna, „wenn man alle Schätze der Welt verteilte, so würde jeder Mensch 50 Centimes bekommen, und damit wäre niemandem geholfen."

„Dieser Einwand," antwortete Bestuchew, „ist Nr. 1 unserer sogenannten registrierten ‚Klischees'. Schwester mag sich die Antwort notieren: Wenn die 3 Milliarden Dollars der Vanderbilts, Stewarts und Astors unter die 1½ Milliarde Einwohner der Erde verteilt würden, bekäme jeder zwei Dollars oder 10 Franken. Wenn wir nun annehmen, Europa und Amerika wären allein beteiligt, so würde die ½ Milliarde 12 Dollar per Mann oder 60 Franken erhalten. Mit 60 Franken kann ein Tischler sich Werkzeug anschaffen, ein Fischer ein Netz, ein Ruderer ein Boot, ein Krämer Waren, ein Dienstsuchender neue Kleider usw. Diese Teilung wäre also nicht so uneben, und dabei kommen nur drei Vermögen in Betracht: bedenke: wenn es alle wären! — Aber jetzt will ich selbst, da ich die Einwände kenne, fortfahren, dann kommen sie der Reihe nach. Also: Klischee Nr. 2. Wenn man die Erde um 8 Uhr morgens verteilen würde, so hätten die Listigsten und Stärksten um 12 Uhr die ganze Erde in Besitz. Antwort: sehr wahrscheinlich. Es ist auch kein Sozialist, nur ein kleines konservatives Gehirn auf diese Stupidität gekommen. Es ist nämlich überhaupt nicht die Rede von irgendwelcher Teilung; denn gerade die gegenwärtige ‚Teilung' (bei der zwanzig Personen den Grund und Boden Englands teilen) soll aufgehoben werden. **Der Staat soll so allmählich alles Eigentum, das ja dem Staate gehört, enteignen, da der Staat Staatsschulden machen kann.** Und dann wird der Staat sich wohl hüten, noch eine Teilung durchzuführen! Ist das klar? — Klischee Nr. 3. Die Sozialisten, die Darwinisten sind, sollten das Erbrecht nicht angreifen; denn Erblichkeit von Lebensmitteln wäre ja ein gutes Erbe für die Veredlung der Rasse. Halt! Das Gefühl, zu besitzen, was man nicht erworben, bringt eine Rasse zur Entartung. Siehe die alten Königs- und Adelsgeschlechter. Alle, die nicht arbeiten, werden sterben, eines natürlichen Todes, wenn die Krisis über die Welt dahingeht. Das schlechteste Erbe, das du deinem Kinde geben kannst, ist Eigentum, wenn Eigentum aufgehört hat, Mittel zur Arbeit zu sein und Genußmittel geworden ist. — Klischee Nr. 4 (wir haben sie alle, wie Schwester hört!). Der Mensch wird, wenn das Erbrecht aufhört, es unterlassen, mehr zu produzieren als er braucht. Antwort: das ist gerade die Absicht. Dadurch hört das Sammeln des Kapitals in einer Hand auf und Überproduktion, die Krisen veranlaßt. Und, um das übrige für das nächstemal zu lassen, wenn niemand seinen Kindern eine Erbschaft geben kann, Erbschaften, die so oft von Vormündern, von den Erben verschwendet werden, Erbschaften, die ihren Wert verlieren, verbrennen, durch ein Erdbeben zerstört werden können, dann wird jeder seinem Kinde dafür das Beste geben: Erziehung! Ja, mit starken Armen und einer gesunden Seele. Dann

werden die heiligen Gefühle des Sohnes am Totenbette
des Vaters nicht durch schändliche Gedanken an das Erbe,
an den Nutzen, den er vom Hingange des Geliebten hat,
entweiht, und der Sterbende wird das süße Gefühl haben,
der Nachwelt einen starken, nützlichen und guten Bürger
zu hinterlassen, während gleichzeitig sein Eigentum allen
zugute kommt, also auch dem Sohne, der sich dadurch
solidarisch mit der Generation fühlen wird, die in Eintracht
genießen wird, was jeder einzelne für sie erarbeitet hat."

Die Verhandlungen waren zu Ende. Die Teemaschine
brodelte, und man leerte neue Tassen des duftenden Ge=
tränkes. Der ernste Teil war vorüber, und man wollte
sich jetzt durch Spiel erfrischen. Emile holte eine Gitarre
und sang. Dann wurden die Tische beiseitegeschoben und
man tanzte, worauf ein leichtes Souper serviert wurde.
Die Stunden schwanden unter herzlicher Freude und Munter=
keit dahin. Man vergnügte sich wie ausgelassene Kinder,
in dem Bewußtsein, daß man ernst genug sei, auch ohne
daß man für nichts der Freude zu entsagen brauchte.

Es wurde spät, und Blanche mußte gehen. Emile
folgte ihr.

Draußen hatte es sich aufgeklärt, und der Mond
leuchtete über dem See und den Alpen. Blanche nahm
Emiles Arm, und sie gingen still nebeneinander her.

„Haben Sie sich heute abend amüsiert?" fragte
Emile.

„Wie noch nie," antwortete Blanche. „Aber sagen

Sie mir eins. Sind sie verheiratet, heimlich verheiratet, diese jungen Leute?"

„Wie so?"

„Hm! Ich fand, sie waren so, wie soll ich sagen, intim!"

„Ja, sie sind verheiratet, heimlich."

„Getraut?"

Es entstand eine Pause.

„Nein, nicht getraut," sagte Emile.

Blanche fuhr zusammen.

„In welche Gesellschaft haben Sie mich geführt!"

„In die Gesellschaft verheirateter Leute."

„Aber nicht getrauter?"

„Ihre Tante war verheiratet, aber nicht getraut."

„Meine Tante?"

„Ja, denn sie war eine Zivilehe eingegangen. Die Trauung ist eine späte Erfindung, die erst im vierten Jahrhundert in Brauch kam, obligatorisch im vierzehnten wurde und freiwillig nach der Revolution."

Blanche überlegte.

„Wohnen sie denn zusammen?"

„Nein," sagte Emile. „Die einander lieben, brauchen nicht in derselben Wohnung zu wohnen, nicht dieselben Möbel abzunutzen und an denselben Tischen zu essen. Auch das Zivilgesetz gebietet das nicht."

„Das Laster verteidigen Sie?"

„Das Laster, meine Freundin, das Sie, mich und uns

alle zur Welt gebracht hat; d a s Laster, auf das der Priester
bei der Trauung den Segen Gottes herabruft; d a s Laster,
dessen Folgen die Eltern des jungen Paares mit Sehn=
sucht entgegensehen, und dessen Folgen die höchste Freude
des Menschen sind, ja!"

„Sie sprechen so sonderbar!" sagte Blanche, „aber Sie
haben ja recht!"

Sie wanderten still dahin und waren bald in der Stadt.

„Was wird Tante sagen?" sagte Blanche. „Ich kann
nicht davon loskommen, daß es unehrenhaft ist, ihr Brot
zu essen und die Verpflichtung nicht zu erfüllen.

„Ihr Brot? Wo hat sie das her? Hat sie sich das
erarbeitet? Nein, sie hat nie gearbeitet. Sie hat es von
ihrem Vater, der Kaufmann war, geerbt, und der ver=
diente es an Vorrat und Nachfrage, das heißt an
fremder Not."

„An fremder Not?"

„Ja, gewiß. Wenn das Getreide gut geraten ist,
das heißt, keine Not herrscht, dann fällt der Preis; wenn
Not eintritt, das heißt, wenn die Nachfrage groß ist, dann
steigt der Preis. Von selbst? Nein, der Kaufmann stellt
den Preis auf und nutzt die Not der Menschen aus. Das
ist ein schönes Gesetz, ein ökonomisches Gesetz! Ein Groß=
händler veranschlagt 1200 Franken für einen Kommis.
Er annonciert die Stelle. Bewirbt sich nur einer darum,
so gibt er seine 1200 Franken; denn er fürchtet sonst keinen
zu bekommen und selbst in Not zu geraten. Bewerben sich

zwanzig um die Stellung, so bietet er 1000 Franken, bewerben sich fünfzig, gibt er 500 Franken. Das heißt, er nutzt die Notlage anderer aus. Wer hat dieses Gesetz gemacht? Nun, mit Hilfe dieses Gesetzes ist ihre Tante zu Renten gekommen! Wie vieler Menschen Tod haben diese Renten nicht gekostet, wieviel Hunger und Leiden! Jetzt sollen Sie diese Missetaten der Väter gutmachen und der leidenden Menschheit dienen — gegen Honorar natürlich. Sie werden Enzian gegen Gastritis verordnen, die durch unregelmäßige Mahlzeiten entstanden ist, und Sie werden 4 Franken für den Krankenbesuch nehmen, und der Apotheker, ihr Kompagnon, wird 1 Franken für den Enzian nehmen, der auf den Bergen gratis wächst, und ½ Franken für die Flasche; denn die Glashütte will auch leben. Welche schöne Aufgabe da vor ihnen liegt! Statt dem Armen 6 Franken zu Fleisch zu geben, nehmen Sie 6 Franken, damit er den privilegierten Enzian des Apothekers kauft, der nicht sättigt, und den der Arme mit einiger Kenntnis in Gesundheitspflege selbst pflücken könnte. Welch edle Aufgabe — gesetzlichen Humbug zu treiben!"

„Aber Sie reißen ja alles vor mir nieder! Sagen Sie mir doch, warum werden die Russinnen Ärzte!"

„Um das Elend zu entlarven; um die falschen Karten zu lesen, um nachzusehen, ob nicht die Ursachen der Krankheiten in der Armut liegen oder dem Wohlleben, der Tugend oder dem Laster; um die Möglichkeiten zu studieren, den Krankheiten zuvorzukommen, statt sie zu heilen! Ver=

schreiben Sie den Blutarmen Filet und starkes Ale statt
Enzian, und hören Sie dann, was man Ihnen antworten
wird! — Aber nun sind wir zu Hause! Leben Sie wohl!
Treffen wir uns morgen im Schänzli? Um weiter zu
sprechen?"

„Ja," sagte Blanche. „Warum können Sie nicht mit
mir hinaufkommen, neben mir stehen und für mich sprechen,
wenn ich jetzt Tante was vorlügen werde?"

„Ja, warum nicht?" sagte Emile und ging.

Am nächsten Abend, als der Mond über dem See
schien, waren Blanche und Emile wieder im Bauschänzli.

„Was ist die Liebe?" fragte Blanche und stützte sich
auf Emiles Arm.

„Es ist ein Mysterium, dessen prosaische Lösung Sie
noch nicht anzuhören vermögen! Wir sind nämlich so mit
Lüge gesättigt, daß die Wahrheit uns widrig ist."

„Aber sagen Sie es dennoch, sagen Sie es, ohne von
Zellen zu sprechen!"

„Das kann ich nicht!"

„Sagen Sie es dennoch! Sagen Sie, was sie
nicht ist."

„Sie ist nicht Schönheit, denn Sie sind nicht hübsch;
sie ist nicht Genie, denn Sie sind kaum scharfsinnig; sie
ist nicht Tugend, denn die Begriffe davon sind so schwankend;
sie ist nicht Festigkeit des Willens, denn Sie sind schwach;

sie ist nicht eine Reihe guter Eigenschaften; sie ist eine Erscheinung, nichts weiter. Ich liebe Sie, obwohl Sie nicht schön, nicht geistreich, nicht stark sind. Ich liebe Sie, ungeachtet mein Verstand mich vor Ihnen warnt; ich liebe Sie, ungeachtet ich Sie nicht bewundere. Ich kann Ihnen zuweilen eine Menge Eigenschaften beilegen, die Sie nicht besitzen, aber — aber dann kommt mein scharfer Verstand und streicht alles durch, aber das Faktum bleibt gleichwohl bestehen — ich liebe dich, weil ich — dich liebe! Dein Bild ist auf dem Grunde meines Auges photographiert, so daß ich keinen Gegenstand sehen kann, ohne ihn durch dein Bild zu sehen; wenn ich die Fällung auf meinem Filter betrachte, sehe ich dich; wenn ich nach der Uhr sehe, sehe ich dich zwischen den Zeigern; wenn ich eine Dame auf der Straße sehe, wird sie du! Wenn ich dich selbst sehe, sehe ich das Vollkommenste, deine Linien bekommen Töne und setzen meine Nerven (verzeih, die Saiten meiner Seele!) in Harmonie; deinen Gang betrachten macht mich glücklich, und dein Bild macht mich trunken! Ich bin beinahe sicher, wenn man mich jetzt totschlüge und mich gleich obduzierte, könnte ein Mikroskop dein Bild auf der Netzhaut sehen, in jeder Lungenzelle, in jedem Gewebe des Herzens, im Rückenmark; jeder Blutkörper würde dich spiegeln und jede Gehirnzelle (verzeih den Ausdruck) würde wie ein Mikrophon deine liebe Stimme wiedergeben, du, Geliebte!"

Er umfaßte sie und drückte sie fest an sich. Ihr

Pelzkragen mit seinem weichen Fell berührte seinen Mund und er küßte ihre Stirn.

„Wir müssen uns verloben," sagte Blanche hastig und stieß ihn zurück.

„Wir sind verlobt," sagte er.

„Ja, aber Tante ..."

„Was geht die das an? Sie ist nicht dein Braut= werber."

„Aber sie gibt mir das Brot."

„Das ist wahr! Und darum!! Es liegt sonst in der Natur der Liebe, sich zu verbergen. Das nennt man Keuschheit. Es kommt mir unkeusch vor, zu zeigen, was nicht gesehen werden soll, was nur uns beide angeht! Liebst du mich, Blanche?"

„Ich liebe dich! Aber weil du stärker bist als ich, weil du mir neue Gedanken gibst, weil du mich tragen kannst, wenn ich müde werde, weil du alle Eigenschaften besitzest, die mir fehlen."

„Dann bist du ja eine Egoistin, Blanche! Du ver= leumdest dich! Du liebst mich aus Berechnung, weil du etwas von mir empfängst, Nutzen von mir, eine Stütze an mir hast? Glücklicherweise bin ich arm, sonst müßte ich glauben, du liebtest mich des Geldes wegen."

Blanche war schlecht zumut.

„Pfui, wie du scherzest," sagte sie.

Und dann trennten sie sich.

Am nächsten Abend waren sie wieder im Schänzli. Und der Mond war im Abnehmen.

„Hast du gehört, daß die Deputiertenkammer im Begriffe ist, ein Gesetz über das Erbrecht unehelicher Kinder zu votieren?" begann Emile.

„Nein, aber es ist nicht zu früh."

„Zu früh und zu spät, wie alle Halbreformen. Wie viele Thronfolger hervorkriechen werden, wie viele Prinzen und Prinzessinnen! Übrigens ist es mehr gut gemeint als scharfsinnig. Die Vaterschaft kann nie bewiesen werden; die Mutterschaft ist das einzige, dessen man sicher sein kann. Aber das Weib hat nicht die Erwerbsmittel zu seiner Disposition bekommen, darum muß sie einen Mann zum Sklaven machen, daß er für sie arbeite. So hat sie es seit undenklichen Zeiten gemacht; aber Sklaverei hat immer den Sklavenhalter demoralisiert, darum ist das Weib entartet, egoistisch, und nahezu unmöglich für die Gesellschaft. Sie ist auf dem Entwickelungsstadium der Familie stehengeblieben. Durch den Versuch, den Mann dadurch freizumachen, daß sie selbst arbeitet, ist sie als Konkurrentin aufgetreten, und der überfüllte Arbeitsmarkt wird ein blutiger Wahlplatz für den Kampf ums Brot werden, auf dem die beiden Geschlechter sich als Feinde gegenüberstehen. Das wird die Gesellschaft sprengen und den Eintritt einer neuen Gesellschaftsordnung vielleicht beschleunigen, aber auch vielleicht verspäten. Mit neuen Erbschaftsgesetzen kommen, wo die Erbschaft aufgehoben

werden soll, das ist kein Fortschritt. Den Unterschied
zwischen ehelichen und unehelichen Kindern kann nur die
neue Gesellschaft auslöschen, wenn der Staat alle in seine
Hand nimmt."

Blanche wurde unaufmerksam und wollte von etwas
anderem sprechen. Der Schnee war geschmolzen, und die
Promenade war naß und unangenehm; vom See wehte
ein rauher, feuchter Wind.

„Es ist nicht angenehm, hier zu gehen," sagte sie.

„Nein, es wäre behaglicher, in einem warmen mit
Teppichen belegten Zimmer zu sitzen," sagte er. „Wie
sollen wir dazu kommen?"

„Wir müssen uns verloben," sagte Blanche.

„Und zu Hause bei Tante sitzen und schlecht von
den Männern sprechen. Nie mehr sprechen, was wir denken,
nie mehr für uns sprechen, sondern aus Höflichkeit mit
ihr sprechen."

„Dann müssen wir uns verheiraten!"

Emile wurde still.

„Ja, natürlich," sagte er. „Wir müssen uns ver=
heiraten. Wir können nicht unser ganzes Leben im
Dunkeln auf der Straße herumlaufen! Aber deine Lauf=
bahn?"

„Die wird doch wohl dadurch nicht gehindert werden."

„Vielleicht doch? Oder wir werden auch durch deine
Laufbahn gehindert. Der Mann geht des Morgens aus.
Kommt zu Mittag nach Hause. Ist die Frau zu Hause?

Nein, sie ist ausgegangen. Die Frau kommt am Nach=
mittage nach Hause. Ist der Mann zu Hause? Der Mann
ist ausgegangen. Sie treffen sich möglicherweise am Abend.
Das Feuer brennt, die Lampe ist angesteckt. Jetzt wollen
sie plaudern. Da klingelt die Tür, die Frau muß zu
einem Besuche fort. Und so sehen sie sich nicht mehr;
denn der Herr schläft, wenn die Frau nach Hause kommt.
Man spielt Verstecken, ohne sich jemals zu erhaschen."

„Aber wenn ich meine Laufbahn aufgebe? Ich habe,
aufrichtig gesagt, gar keine Lust dazu!"

„Ja, dann mußt du allein zu Hause sitzen, und mich
triffst du nur bei den Mahlzeiten! Wie sollen wir es
denn einrichten?"

„Du fragst mich? Du solltest antworten, wenn ich
frage."

„Nur die Zukunft kann antworten! Nur die Zukunft
kann Freiheit geben; wir sind jetzt alle Sklaven, und
jeder Versuch, die Kette durchzufeilen, straft sich selbst durch
verschärftes Gefängnis. Lebwohl! Die Uhr schlägt! Die
Gefangenwärter warten!"

Es war große Aufregung in Zürich. Vorm Poly=
technikum standen Truppen von Studenten und sprachen
miteinander. Auf den Straßen standen Scharen von Stu=
denten, und in den Restaurants saßen Knäuel von Stu=
denten und diskutierten. Ein Schreiben von der russischen

Regierung war an den Rektor der Universität gelangt, in dem um die Bekanntmachung ersucht wurde, daß diejenigen Studierenden beiderlei Geschlechts, welche durch ihr regelloses Leben der Nation Schande gemacht, welche aber russisches Bürgerrecht behalten wollten, sofort in ihr Land zurückzukehren hätten. Hierauf war eine Untersuchung vorgenommen, und viele nichtrussische Studierende waren kompromittiert und relegiert worden.

Der Assistent am chemischen Laboratorium, Emile Suchard, wurde unter den Ausgewiesenen genannt. Das machte einen um so peinlicheren Eindruck, als der Mann allgemein beliebt war, und man wußte, daß er seine Studien allein von dem kleinen Gehalt bestritt, den er als Assistent hatte.

Emile saß des Morgens daheim auf seinem Zimmer und schrieb Briefe. Nicht an Angehörige; denn die besaß er nicht.

Sein Boot war gescheitert. Es galt ein neues zu bauen. Mit einem unvollendeten Examen blieb ihm nur übrig, bei einer technischen Fabrik anzukommen zu suchen. Aber wo?

Es klopfte an die Tür. Blanche trat ein. Rot, verweint.

„Jetzt hast du mich! Tante weiß alles!" sagte sie und warf sich weinend aufs Sofa nieder.

„Was weiß Tante?" antwortete Emile.

„Alles!"

„Daß du bei den Russen warst?"

„Ja!"

„Daß wir uns im Parke getroffen haben?"

„Ja!"

„Mehr kann sie nicht wissen, denn mehr ist nicht geschehen. Was sollen wir tun?"

„Reisen!"

„Wohin?"

„Irgendwohin."

„Und dann?"

„Uns verheiraten!"

Emile schwieg einen Augenblick.

„Wie die andern," sagte er schließlich.

„Nicht wie die andern," antwortete Blanche, „sondern wie wir."

„Wie wir! Wie ist das, wie wir? Unter allen Verhältnissen können zwei Fälle eintreffen: wir bekommen Kinder, dann wirst du die Magd der Kinder; wir bekommen keine Kinder, und du wirst meine Magd."

„Wir werden keine Kinder und keinen Haushalt haben; ich werde Ärztin werden."

„Wovon?"

Blanche schlug die Augen nieder und suchte auf dem Boden.

„Es ist war," fing sie wieder an, „meine Ressourcen sind zu Ende."

„Und meine auch," sagte Emile.

Blanche, die über Emiles Vermögensverhältnisse nie etwas gehört hatte, schien unangenehm überrascht. Sie hatte als ganz selbstverständlich angenommen, daß er Mittel besaß. Es war ja peinlich, jetzt die Vermögensverhältnisse zu berühren, aber das ganze Dasein hing ja in diesem Augenblick davon ab. Sie sah zu Emile auf, ihn mit den Blicken bittend, die Frage zu lösen. Er sah unablässig auf die Erde nieder. Gerade jetzt, wo die Hindernisse gefallen, wo die Bande zerrissen waren und sie einander in die Arme fallen sollten, da trat ein Ungebetener dazwischen.

Blanche war gekommen, großherzig, stolz über sich selbst, um ihm zu zeigen, daß sie für ihn das Opfer gebracht, und nun, wo ihre Seelen sich in himmelstürmenden Gedanken begegnen sollten, nun saßen sie verlegen, beschämt einander gegenüber; sie war zerknirscht, als ob man ihr ein Darlehen abgeschlagen hätte.

Und er, ihre Gedanken lesend, litt ihretwegen, war gedemütigt ihretwegen, aber sah keinen Ausweg. Aber er mußte sie aus dem fürchterlichen Schweigen retten, das deutlicher sprach, als Worte es gekonnt hätten.

„Jedenfalls," sagte er, „wenn wir auch beide unsere Laufbahn verfolgen, glaube ich nicht an eine Ehe zwischen zwei Ärzten, ebensowenig wie zwischen zwei Tischlern oder Schuhmachern. Was geschehen ist, geschah ohne unser Verschulden. Blanche, unsere Wege trennen sich; geh du zu den Deinen zurück. Verfolge deine Laufbahn."

„Zurückgehen! Unmöglich! Das ist das Gefängnis."

„Mit der Freiheit im Hintergrunde! Mit mir aber gehst du auf Lebenszeit hinein!"

„Was hast du denn mit mir gewollt? Du hast mich bis an den Abgrund gelockt, und nun sagst du: kehre um."

„Weil ich sehe, daß du den Sprung nicht wagst."

„Welchen?"

„Über die alten Gedanken! Geh hin und arbeite; du kannst Lehrerin werden, du kannst nähen, du kannst verkaufen..."

„Nähen soll ich?"

„Was weiß ich? Ich werde Seife sieden oder Knochen= mehl mahlen. Wir müssen doch leben. Was du auch tust, mach dich frei, frei von mir, denn nur wenn du frei bist, kann ich zu dir aufsehen; als meine Frau würde ich dich treten!"

„Ich sollte also deine Geliebte werden?"

„Und ich dein Geliebter! Das ist etwas anderes, als Mann und Frau sein!"

„Und du schämst dich nicht, mir mit solchen Zumutungen zu kommen. Ich Näherin und deine Geliebte werden! Ist das dein Ernst? Emile, Emile!"

„Das ist mir ebenso ernst, wie daß ich Seifensieder und dein Geliebter werden soll! Ist das nicht gleiches Spiel?"

„Ich verstehe dich nicht."

„Ich fange an, es einzusehen! Darum bat ich dich, nach Hause zu deiner Tante zu gehen!"

„Und du verhöhnst mich noch?"

„Nein, mich selbst. O, die alten Lügenideale, die alten Gehirnentzündungen, die unser Gesicht verkehren und unseren Verstand abstumpfen! Du hast meine Vorschläge verworfen; du hast also selbst andere. Was dachtest du, als du hierher kamst?"

Blanche war aufgestanden und hatte die Handschuhe zugeknöpft.

„Ich muß Ihnen sagen, mein Herr," sprach sie mit bebender Stimme, „ein Mann, der ein Weib an sich lockt, hat eine gewisse Verantwortung..."

„Ja! Ich weiß. Schadenersatz, Entschädigung... Nein, nein, Blanche, nicht diesen Buchabschluß zwischen uns. Willst du auch die Rechnung für deine Liebe präsentieren, den Waschzettel für zerknüllte Kragen und Manschetten, o, pfui! Nein, laß uns aufhören! Was willst du! Daß wir uns verheiraten! Zwei Betten, ein Eßtisch, sechs Rohrstühle. Sich im selben Zimmer entkleiden, am selben Tische zanken, sich mit demselben Kamm kämmen! O! Ich wollte, ich wäre tot!"

Blanche stand an der Tür und hatte das Schloß in der Hand.

„Du glaubst keine Pflichten zu haben für die Opfer, die ich gebracht."

„Opfer? Du hast mir deine Liebe geopfert, und ich

dir meine! Wenn wir ein Kind zusammen hätten, dann wäre es meine Pflicht, für dies Kind und für dich zu sorgen; denn das Weib hat keine Pflichten gegen ihre Kinder, und sie kann sie nicht haben, da sie auf dem Markt des Erwerbes nicht volle Freiheit hat oder nicht hat haben wollen! Aber jetzt! Deine Laufbahn ist noch nicht unterbrochen; kehr um! Ich biete dir die Freiheit, und du verlangst Gefängnis."

„Ich werde umkehren!" sagte Blanche mit fester Stimme. „Und nie wieder wird mich ein Mann verlocken. Lebwohl!"

Sie ging.

Er hörte ihre kleinen Stiefel auf die Stufen auftreten; hinab, hinab, die langen Treppen hinunter, bis sie aufhörten. Darauf schlug die Haustür zu, dumpf, schwer wie ein Seufzer.

Er lief ans Fenster, riß es auf und lehnte sich hinaus. Da sah er sie wieder; aber aus der Höhe sah er sie in Verkürzung. Ihre Figur wurde durch die Perspektive entstellt, und sie sah wie die groteske Figur aus, die eine Gartenkugel wiedergibt. Alle ihre feinen Linien waren verzerrt und das ganze Bild war entstellt.

Und dort ging sein schöner Traum seiner Wege, sich in ein Monstrum auflösend und nur die Erinnerung an etwas Häßliches hinterlassend.

„Ist die Doktorin zu Hause?" fragte der Patient, an eine Tür klopfend, die mit einem Messingschild versehen war, auf dem ‚Docteur Medecin Blanche Chappuis' stand.

„Die Doktorin ist krank," antwortete Tante Berthe, „aber ich will fragen, ob sie empfängt."

Mademoiselle Berthe, die in den kummervollen Jahren, die dem Verluste ihres Vermögens folgten, bedeutend gealtert war, ging in Blanches Zimmer hinein, um zu fragen, ob sie empfangen könne. Da war alles dunkel, und auf dem Sofa lag Blanche mit Binden um den Kopf. Und sie hatte wie gewöhnlich ihre zwei Tage gelegen, ohne etwas verzehren zu können, in brennendem Kopfschmerz, unfähig, sich zu bewegen und zu sprechen. Einmal im Monat war sie eine Leiche, wie sie es nannte; und ein Heilmittel gab es nicht.

„Es ist ein Klient," sagte Tante, so mild wie möglich.

„Laß mich in Ruhe," brauste das arme Weib auf und wand sich auf dem Sofa.

„Aber lieber Blanche, du weißt doch, wie schwer wir es haben."

„Ich weiß, ich weiß! Ist es der Krämer oder der Schlächter? Ich ertrage das nicht."

„Aber, liebes Kind, wir müssen doch leben, und du darfst die Klienten nicht fortgehen lassen. Du mußt rechnen!"

„Die Wohltäter der Menschheit sollen vom Elend der

Menschheit leben," stöhnte Blanche. „Welche Widersprüche, welche falsche Stellung."

„Aber, liebes Kind, alle, die geboren sind, müssen doch auch leben, und wenn du nicht so brüsk wärest und deine Patienten verscheuchtest, so könntest du es gut haben."

„Ja, wenn ich jener reichen Frau nicht gesagt hätte, ihre Hysterie sei Ziererei, hätte ich die Damenpraxis gehabt. Aber ich heilte sie ja mit einer Karaffe kalten Wassers, und ihr Mann ist mir wohl ewig dankbar für diese Kur, wenn es auch seine Frau nicht ist! O! — Gib mir mein Notizbuch. Sieh nach meinen Geschäften, ich kann heute nicht lesen. Ein Nervenfieber Rue de Mont=Blanc, zehn Besuche à drei Franken: wird wahrscheinlich bezahlt. Masern beim Portier Route de Carouge: bezahlt nicht. O! Nein, das mußt du besorgen, Tante, das ist zu demütigend. Was will der Mensch draußen? Sag ihm, daß ich heute nicht empfangen kann! Unmöglich, hörst du! Und geh jetzt fort! Ich muß allein sein!"

Tante Berthe ging hinaus und verabschiedete den Besuch.

Blanche hatte seit der schweren Krisis in Zürich bittere Tage verlebt und viele Illusionen verloren. Sie hatte die beiden letzten Studienjahre unter vollständiger Bewachung und scharfen Kämpfen zugebracht. Sie arbeitete und arbeitete, um die eiserne Kette durchzufeilen, mit der die Vermögensverhältnisse sie an die Alten banden;

und als sie schließlich mit ihrem Examen fertig war und die Freiheit kommen sollte, da saß sie wie früher mit den Alten da, die jetzt aber eine Last waren, die zu tragen sie nun an der Reihe war, wo jene sie so lange getragen hatten und nach dem Verlust ihrer Renten sie nicht mehr selbst tragen konnten.

In Genf, wo sie sich niederließ, um zu praktizieren, gab es bereits mehrere weibliche Ärzte, so daß die Ehre, die erste zu sein, nicht mehr existierte. Außerdem konnte sie weder auf Hilfe, Rat oder Freundschaft rechnen, sei es von männlichen oder weiblichen Kameraden. Der Kampf ums Dasein war hart, und überall stieß sie auf ein: hilf dir selbst. Die männlichen Ärzte behandelten sie nicht mehr mit Höflichkeit wie eine Dame, sondern mit der Kälte, die einem Konkurrenten zukommt.

Worauf sie sicher gerechnet hatte, war natürlich Frauenpraxis. Aber da hatte sie sich sehr verrechnet; denn die Damen hatten zu einem männlichen Arzte mehr Vertrauen oder fanden mehr Gefallen an diesen kleinen intimen, allerdings für die Schamhaftigkeit kostspieligen, aber doch so herzstärkenden Tete=a=tete. An die Wissenschaft zu denken, blieb ihr keine Zeit; denn die Existenz nahm alle in Anspruch, und nach zweijähriger Praxis, unter unendlichen Kämpfen mit ihrem Zartgefühl, zwischen ihren Rollen als Wohltäter und Geschäftsmann umhergeworfen, war Blanche schließlich zu einem dürftigen Praktikus herabgesunken, der nehmen mußte, was er bekam. Sie hatte viele Arme und wurde zuweilen bei schwereren Fällen als Hilfe der Hebammen gerufen. Den Reiz, ihr eigenes Brot zu essen, fühlte sie kaum, da dessen Erwerbung mit so viel Demütigungen verbunden war, und die Freiheit, die Freiheit, niemals einen Augenblick für sich zu haben, nie eine Nacht ruhig schlafen zu können, der schöne Traum war vorüber. Aber wenn sie wenigstens die Freiheit gehabt hätte, immer ihrem Gewissen folgen zu können, dem Patienten die ganze Wahrheit sagen zu dürfen; doch die harte Hand der Not zwang sie bald den Kampf aufzugeben. Sie hatte mit den Damen einen schlechten Anfang gemacht durch die Verordnung, Schnürleib und hohe Absätze abzulegen; solche Verordnungen, meinte man, könne man sich selbst geben, ein Arzt müßte etwas „verschreiben", wenn er Vertrauen und Bezahlung verlange. Dann kam der Kampf gegen ihr eigenes Fleisch. Sie stand nun in der Blüte ihres Alters, wo sie auch als Geschlecht leben sollte, aber, nach dem Bruch mit dem ersten Manne, den sie geliebt, sah sie nie mehr nach dem andern Geschlecht, und das andere Geschlecht floh sie.

Es war ein trauriges Dasein, an dem die Unruhe um Brot nagte. Alle ihre menschenfreundlichen Gefühle wurden durch diese Gedanken, deren sie sich unmöglich ganz entschlagen konnte, verunreinigt.

Wäre es in der Ehe besser gewesen, fragte sie sich zuweilen, war jetzt aber, nach allem, was sie vom Familienleben gesehen hatte, sicher, daß es mindestens ebenso elend

gewesen wäre. Sie hatte also in die Sackgasse der halben
Maßregeln hineingesehen, die man zur Befreiung des
Weibes ergriffen hatte. Es erforderte ganz andere Re=
formen, um alles auf den rechten Fuß zu stellen. Aber
welche?

Eines Tages kam sie auf Besuch zu einer Hebamme,
die verheiratet war und die ihr in der Praxis zu helfen
pflegte. Sie fand weder Mutter noch Vater zu Hause.
Der Vater war Schuhmacher. Im Zimmer hinter der
Küche schrien vier Kinder, die allein waren. Das älteste
war ein Mädchen von sieben Jahren, das nach den andern
Geschwistern „sehen" sollte. Sie sollte Milch wärmen und
die Saugflaschen gefüllt halten; sie sollte die kleinen Ge=
schwister tragen und wiegen, und sie hatte von der schweren
Last bereits einen krummen Rücken und einen hervor=
tretenden Unterleib. Sie mußte die ganze Schwere des
Lebens und der Mutterschaft tragen, ehe sie noch daran
denken konnte, Mutter zu werden.

„Aber, liebe Frau, wie konnten Sie sich verheiraten,"
sagte Blanche vorwurfsvoll, als die Mutter schließlich
heimkam.

„Man muß doch einen Mann haben, wissen Sie,"
antwortete die Hebamme, die eine wohlgesinnte und tüchtige
Mutter war, wenn sie zu Hause war.

Blanche sah nicht die Notwendigkeit ein, einen Mann
zu haben. Aber die Hebamme erklärte, ihre Kinder hätten

es nicht schlimmer als andrer armer Leute Kinder, deren Eltern auf Arbeit gehen müßten.

Und das ist, dachte Blanche, die ideale reformierte Ehe, wo beide Gatten arbeiten und das Weib davon befreit ist, der Sklave des Mannes zu sein! Hier war ja die angebliche Freiheit der Mutter mit der Sklaverei der Siebenjährigen erkauft. Sklaverei durchweg! Und würde die Siebenjährige ihrerseits durch Erhöhung der Einkünfte der Eltern befreit werden, ja so wäre das auf Kosten einer neuen Sklavenarbeit — der einer Magd!

Unter den weiblichen Ärzten war nur eine die Ehe eingegangen. Die Ehe war kinderlos und endete mit Schlägerei und Scheidung. Eine Russin, die sich nicht verheiratet hatte, aber ein Verhältnis mit einem Mann unterhielt, verlor ihren „Ruf" und damit ihre Praxis und mußte die Stadt verlassen.

Wäre Blanche allein im Leben gewesen, hätte sie vielleicht gewagt, ihre eigenen Wege zu gehen, aber jetzt hatte sie sich mit den beiden Alten zu schleppen. Sie fühlte sich zuweilen tief undankbar gegen sie. Sie hatten ja, fand sie, ihre Forderungen in Dankbarkeit, Gehorsam und dem Vergnügen, das sie ihnen gemacht, eingezogen; jetzt verlangten sie obendrein noch bare Bezahlung. Und jetzt sollte sie ihr Leben, ihr Verlangen, in ihrem Berufe ehrlich sein zu können, diesen beiden unproduktiven Wesen opfern, ohne welche die Welt ebensogut bestanden hätte.

Dann kamen noch bitterere Tage. Blanche hatte das

Unglück gehabt, daß ihr eine Operation mißlang. Ebenso wie sie zusammenhielten, wenn es die Dogmen und Interessen der Zunft, des neuen Priesterstandes, galt, ebenso pünktlich waren sie bei der Hand, einen Konkurrenten zu töten. Die Praxis war vernichtet, und die Not stand vor der Tür. Der Kredit war geschädigt, und Blanche sah zum ersten Male ein, daß es tatsächlich lebensgefährlich war, ohne s i c h e r e Zinsen zu leben. Vor dem Hunger wurde der Mensch all seines angehängten Putzes als Geisteswesen entkleidet, und er stand Angesicht gegen Angesicht sich selbst gegenüber als einem immer fressenden Tiere, welches ohne Speise und Trank bald aufhören würde den chemischen Kräften Widerstand zu leisten, und seiner Verwandlung zu Humus entgegengehen würde. Sie schlief nachts nicht aus Unruhe ums Dasein. Es war die Armut ganz einfach! Ohne Essen, leidend und tot, ohne Essen keine Seele, keine „hohen" Gedanken, keine „Ideale". Und doch predigten die Idealisten immer gegen den „rohen Nutzen", gegen die materiellen Bestrebungen, sicherlich, weil sie nicht danach zu streben brauchten, was sie bereits in Beschlag genommen hatten.

Tante Berthe, die gute und stolze Tage gesehen, und deren ganze Menschenwürde auf ihren Zinsen beruht hatte, war ganz verzweifelt. Sie fluchte den Kapitalisten und fing an Sozialismus zu predigen, natürlich ohne es zu wissen. Zu einer Existenz geboren zu werden, in der man nicht die Existenzmittel für alle vorrätig habe (nun-

mehr rechnete sie sich zu den Unglücklichen allen), das
sei ja ein gefährlicher Zustand der Dinge, der so schnell
wie möglich geändert werden müsse. Einen Augenblick
kam sie wirklich auf die Idee, daß sie arbeiten könne,
und suchte auch etwas zum Nähen zu bekommen, aber der
Arbeitsmarkt war so von Näherinnen überlaufen, daß kein
Platz für sie da war. Dabei konnte sie beim besten Willen
nicht die Männer beschuldigen, sie hätten den Markt in
Beschlag genommen.

Die Not schrie immer lauter, und die Seelen waren
drauf und dran, aus Mangel an Essen zur ewigen Ruhe
einzugehen, und nun mußten alle zugeben, daß es ohne
Essen keine Seele gäbe, als es Blanche schließlich nach
einem Monat Suchen von Haus zu Haus gelang, im
nördlichen Frankreich eine Anstellung als Fabrikarzt zu
bekommen.

An einem schönen Frühlingsmorgen langte Doktor
Blanche Chappius in der kleinen Stadt Guise im Depar=
tement Aisne an, von wo sie sofort an ihren neuen Be=
stimmungsort, die große Eisengießerei des Deputierten
Godin, gebracht wurde. Nachdem sie auf ihr Zimmer ge=
führt worden und Toilette gemacht hatte, wurde sie aufs
Bureau geleitet, um ihren Prinzipal zu begrüßen. In
einem kleinen Gebäude, unweit der Gießerei, hatte Frank=
reichs edelster, wenn nicht berühmtester Mann sein Arbeits=

zimmer, und dort stand nun Blanche, nicht ohne eine gewisse Unruhe, einem Hausherrn zu begegnen, von dessen gutem Willen ihr Dasein abhing. Aber das wohlwollende Äußere, wie die einfache Freundlichkeit des Alten beruhigten sie sofort.

„Doktor Chappuis," begann er, „ich kenne Sie, aber Sie kennen wahrscheinlich mich nicht und den Ort, wo Sie nun Ihre Wirksamkeit suchen. Wie wäre es, wenn wir deshalb damit anfingen, Sie in diese kleine Gemeinde einzuführen, ehe Sie Verpflichtungen für sie eingehen."

„Mit Vergnügen, mein Prinzipal," antwortete Blanche.

„Ich bin weder Ihr Prinzipal noch Ihr Hausherr," antwortete der Alte; „denn hier sind wir alle Prinzipale, und Sie sollen auch einer werden, aber wir sind arbeitende Prinzipale."

Er nahm seinen Hut und seinen Stock und geleitete seinen Gast auf den Hof hinaus.

„Nehmen Sie zuerst einen schnellen Überblick über das Ganze," sagte er, „über das Exterieur. Hier rechts der nervus rerum, die Gießereien; dort im Hintergrunde der Palast der Gesellschaft oder der Familistère: drei rechtwinklige Gebäude mit glasbedeckten Höfen, Wohnungen für zweitausend Personen enthaltend."

„Souriers und Owens Utopie," sagte Blanche.

„Eine realisierte Utopie! Eine der vielen realisierten Utopien, deren Dasein die alten Menschen leugnen. Ebenso wie sie die Möglichkeit leugnen, daß internationale Schiedsgerichte den Krieg ersetzen können, trotzdem sie die Lösung der Alabamafrage gesehen haben. Das Hindernis der Unbußfertigen, die falsche Logik des bösen Willens. Ferner: das Kinderhaus, wo alle Kinder der Gesellschaft gepflegt und erzogen werden; die Schulsäle, das Theater, die Restauration, das Café, das Billardzimmer, die Bibliothek, das Badehaus, der Pferdestall, der Viehstall und die Gärten. Es ist, wie Sie sehen, ein ganzes Gemeinwesen. Dieses Gemeinwesen ist basiert auf: Arbeit. Ist das nicht richtig?"

„Doch," antwortete Blanche, „aber Arbeit ohne Kapital?"

„Richtig, ja! Arbeit ohne Kapital kann Kapital schaffen; denn so sind alle Kapitalien entstanden, aber das Kapital ohne Arbeit ist nichts. Das mußte ich lernen, aber sehr spät. Mein Vater legte diese Gießerei an und gelangte zu einem Vermögen, das ich erbte. Ich setzte den Betrieb fort und wurde sehr reich. Ich hatte mich auf große Lieferungsunternehmungen geworfen und sollte zu Anfang der sechziger Jahre Eisenbahnmaterial für die Staatsbahnen liefern. Die Arbeiter streikten, und das ganze Vermögen stand auf dem Spiel; denn ein Konkurrent lockte mir die Arbeiter fort. Da sah ich die Ohnmacht des Kapitals ein und erkannte in der Arbeit die dauernde Triebkraft, die dem Kapital seine Macht gibt. In den kummervollen Tagen, die ich damals durchlebte, wurden mir die Augen für die Wahrheit geöffnet, nun, wo ich selbst auf dem Wege war, ärmer zu werden als einer meiner Arbeiter, und ich fand, daß ich ein Dieb sei. Diese Maschinen und Gebäude, die ich von meinem Vater ererbt, hatten ja die Väter dieser Arbeiter ihm erarbeitet; was war natürlicher, als daß sie alle Erben und Teilhaber des Kapitals wurden, das sie geschaffen. Ich erkannte das, rief die Arbeiter zusammen und erklärte sie als Teilhaber der Gießerei, die sie mit all ihrem beweglichen und festen Eigentum geschaffen hätten. Wir hatten die Assoziation realisiert, und wir haben zwanzig Jahre lang geblüht."

„Jetzt, wo Sie es mir sagen," antwortete Blanche, „finde ich es ganz in der Ordnung, wie ich früher das Gegenteil für richtig hielt."

„Ja," sagte der Fabrikant, „so ist es, und Sie sehen darum, wie sehr die Wahrheit in Irrtümer eingewickelt ist, wenn es ihr so schwer fällt, an den Tag zu kommen. Aber machen Sie nun Ihre Einwendungen, damit ich auf alles antworten kann."

„Ja, ich bin ein wenig erstaunt, daß alle diese Menschen in einer Kaserne wohnen wollen, da sonst ein jeder nach etwas Eigenem strebt."

„Wir alten Menschen strebten nach unserem eigenen Herd, bis wir fanden, wie unsicher unser eigener Herd ist, wie feindlich das ‚mein' Eigen dem ‚anderer' gegenübersteht, und wie zuletzt unser ‚gemeinsames' das sicherste sei."

„Aber der Zwang," wandte Blanche ein.

„Es gibt keinen Zwang! Wir haben sechshundert Haushalte. Bedenken Sie, sechshundert Küchen, sechshundert arme Hausfrauen, die am Herde stehen; wieviel fortgeworfene Kraft. Jetzt haben sie eine Küche gemeinsam, und wer Gesellschaft wünscht, einen Speisesaal; wer Einsamkeit wünscht, ißt auf seinem Zimmer. Da haben Sie die Befreiung des Weibes von der Küche. Aber jetzt essen alle lieber in Gesellschaft; denn ein Tete-a-tete wird auf die Dauer langweilig, auch zwischen Gatten. Es hat sich gezeigt, daß die Verheirateten den Speisesaal früher aufsuchen als die Unverheirateten!"

„Aber die Kinder!"

„Ja! Die härteste von allen Nüssen ist uns auch gelungen zu knacken. Wir haben das Kinderhaus."

„O, welche Mütter wollen ihre Kinder auf dem Kinderhause haben?"

„Alle! Ja! Allesamt! Hören Sie! Wenn wir von Kinderhaus sprechen, so dürfen Sie nicht an die Kinderhäuser denken, die die Kommunen unterhalten, wo die Eltern ihre Kinder nie zu sehen bekommen. Hier ist die ganze Sache die: statt sechshundert Kinderstuben zu haben, haben wir nur eine, die immer zugänglich, immer überwacht ist. Wie war es früher? Früher sage ich, als ob es mit der alten Gesellschaft zu Ende wäre! Wie haben es die Armen im kapitalistischen Staat? Die Kinder werden allein in einem kleinen Zimmer eingeschlossen, während die Eltern auf Arbeit gehen."

„Ja, aber die Mutter hatte sie wenigstens in der Nacht."

„Ganz wie hier; denn jedes Kind hat zwei Wiegen oder Betten; eine im Kinderhause, eine im Zimmer der Mutter. Aber ich will Ihnen eine Beobachtung mitteilen: die Mutterliebe scheint sehr viel auf der Furcht für das Wohlbefinden des Kindes zu beruhen. Hier, wo diese Furcht beseitigt ist, scheint mir diese Liebe im Abnehmen begriffen zu sein, wenn sie je so übertrieben gewesen ist. Nur eine geringe Anzahl Mütter behalten die Kinder nachts bei sich. Sie sehen also, die schwerste aller Fragen ist gelöst."

„Aber das Familienleben?"

„Früher, hm, draußen in der alten Welt, wie ist das Familienleben? Die Häuslichkeit dumpfig, infolge des Zusammenwohnens vieler und der Unsauberkeit der Kinder. Der Mann flieht zuerst, in die Kneipe. Was ist die Kneipe? Das Heim des Lasters? Nein, bewahre! Es ist der Gesellschaftsraum, wo man seinem sozialen Instinkt das rechtmäßige Opfer bringt. Aber der Mann wird dort nie recht froh. Er weiß, daß ihn wer zu Hause erwartet und sich langweilt. Macht er es, wie es viele machen, und nimmt die Frau mit, so sind sie beide unruhig wegen der Kinder und langweilen sich beide. Wie ist es hier. Abends gehen Mann und Frau in die Vorlesung, ins Theater, ins Café. Sind sie unruhig, so fragen sie durch das Sprachrohr, wie sich das Kleine befindet, und sie brauchen nicht unruhig zu sein. Oft läuft die Mutter einen Augenblick davon und sieht nach, wenn das Kind gestillt werden oder einschlafen soll."

„Aber hier ist eine Lücke," wandte Blanche ein.

„Öffnen Sie die Luke, daß ich sehe," sagte der Fabrikant.

„Die Mütter werfen ihre Last auf eine Fremde."

„Zugegeben, das ist eine Lücke! Denn hier ist nicht die Vollkommenheit, sondern nur das Bessere. Indessen, diese Last übernimmt niemand, der keine Lust dazu hat, und da es Menschen gibt, die eine ausgesprochene Neigung zu Kindern haben, so wird die Last nicht schwer."

„Wer hat Lust sich mit fremden Kindern abzugeben?" fragte Blanche.

„Wer keine eigenen hat und keine eigenen bekommen kann, pflegt seine Liebe auf fremde zu übertragen! Wer eine Neigung befriedigen kann, fühlt nicht, daß die Arbeit schwer ist. Aber um zu Ihnen zu kommen: glauben Sie in diesem Gemeinwesen gedeihen zu können? Es gibt in unseren Tagen starke Individualitäten, die es nicht vertragen, sich an fremden zu reiben; Hypernervöse, die leiden, wenn sie fremde Elektrizität fühlen; wenn Sie zu diesen gehören, wird Ihnen zuerst nicht wohl zumute sein; aber daraus können Sie nicht schließen, daß Sie immer so empfinden werden. Unser Anpassungsvermögen ist ungeheuer."

„Darüber kann ich noch nicht urteilen," antwortete Blanche, „aber nachdem ich mein ganzes Lebenlang an

zwei Perjonen angeschlossen war, deren Denkart von der
meinen verschieden war, hoffe ich, daß ein freier Umgang
mit Gleichdenkenden mir nicht peinlich werden kann. Es
ist ja hier keine Kaserne, keine Mauern, kein Trommel=
schlag, kein Reglement."

„Dann wollen wir den Versuch machen," sagte der
Fabrikant. „Was Ihre Bedingungen betrifft, so sind die
nur vorläufige, bis Sie sich entschieden haben in das Ge=
meinwesen als Mitglied einzutreten. Sie haben keinen
Gehalt, aber können für alle Ihre Bedürfnisse auf die
Gemeinde ziehen, essen, was Sie wollen, wo Sie wollen,
trinken, was Sie wollen, sich kleiden nach Geschmack und
Gewissen, sich nach Kräften amüsieren und Bücher und
Instrumente auf unseren Kredit nehmen. Daneben sind
Sie gegen Unfall, Krankheit und Alter versichert. Ihre
Existenz ist also garantiert, so weit man hier im Leben
etwas garantieren kann, aber Geld bekommen Sie nicht
in die Hände: denn wir haben das Geld abgeschafft, so=
wohl, weil es ein falscher Wertmesser ist, wie, weil schwer
damit umzugehen ist."

„Gerade dahin zu kommen, habe ich geträumt," ant=
wortete Blanche, „und das Geld, so notwendig es unter
den jetzigen Verhältnissen ist, hat für mich immer etwas
Unsicheres und etwas Unreines an sich gehabt. Ich nehme
also Ihr Angebot mit Dankbarkeit an."

„Nicht Dankbarkeit; denn wenn Sie sich auch in
Not befinden, so ist unsere Not nach einem Arzte ebenso

groß. Von Ihren Pflichten will ich nicht sprechen: sie
sind, wie Sie verstehen, die Kranken zu pflegen und so
weit wie möglich zu verhindern, daß die Gesunden krank
werden. Keine Ronden, keine Musterungen. — Mit einem
Wort: Sie haben volle Freiheit, nach Gewissen zu handeln.
Und jetzt gebe ich Ihnen die Freiheit. Mich sehen Sie nur,
wenn Sie es wünschen. Leben Sie wohl!"

Und Herr Godin verließ Blanche vorm Eingang des
Palastes.

Jetzt begann für Blanche ein neues Leben. Von jedem
Gedanken an Ausgaben und Einkünfte befreit, ein garan=
tiertes Dasein ohne die Furcht vor dem morgenden Tag
lebend, konnte sie sich ungeteilt ihrem Berufe widmen, ohne
sich um die Launen oder die Eitelkeit des Patienten zu
kümmern. Sie lebte für andere, besaß aber die Freiheit
ihres Gedankens, Willens und Gewissens. Nie brauchte
sie feige zu sein, um ihre Meinung zu sagen, und ihre
Patienten konnte sie ausschließlich als Leidende betrachten,
ohne daran denken zu müssen, ob sie auch bezahlten. Keine
Konkurrenten und keine gelehrten Berichte an die Fakultät.

Es war ein Leben voller Ruhe. Und ihre ganze
Umgebung bestand aus ruhigen, stillen Menschen. Ihre
Gesichter hatten einen Zug von Frieden bekommen, den
sie draußen in der Welt nicht gesehen hatte, und sie be=
wegten sich ohne diese fieberhafte Unruhe, die draußen

so gewöhnlich ist. Sie schliefen ohne böse Träume von
Nahrungsmangel, von Arbeitslosigkeit, von einem Alter
in Not und Demütigungen. Im Palast herrschte Ordnung
ohne Reglement; man schlief bei offenen Türen, denn man
fürchtete keine Diebe; wer stahl, bestahl sich ja selbst.
Kein Streit und kein Neid; denn alle hatten das Höchste,
zu dem sie kommen konnten: alles, was sie brauchten. In
dem großen Rat, der über die Finanzen der Gesellschaft
beschloß, saßen alle, Männer und Frauen, Diener und
Herren. Und die Diener waren auch Mitglieder der Ge=
sellschaft, welche aus Neigung das Leben im Hause gewählt
hatten, und in der Küche gab es auch Männer, ebenso
in der Waschstube und im Kinderhause.

Man sah nie wen berauscht, obwohl es in der Restau=
ration starke Getränke gab. Allerdings hatte man die
ersten zehn Jahre starke Getränke verboten, aber das
wurde nur als eine Übergangsmaßregel angesehen, die
bald fortfiel; und da man sich die Ware leicht verschaffen
konnte, verlor sie ihren Reiz, auch dadurch, daß man sie
nun nicht als Trost in der Verzweiflung nötig hatte, da
man nicht mehr verzweifelt war.

Die schönen Künste hatten auch ihren Platz, aber als
freies Spiel in ledigen Stunden. Man gab Theaterstücke,
die von Mitgliedern der Gesellschaft geschrieben waren und
Stoffe aus der neuen Gesellschaft behandelten. Man be=
malte die Wände im Speisesaal und in den Zimmern, um

sie zu schmücken und damit den Aufenthalt für alle ange=
nehm zu machen.

Eine Kirche gab es nicht. Die Religion, die früher
ein Surrogat für das gewesen war, was das Leben nicht
zu bieten hatte, und bisweilen dazu gedient hatte, die
begründet Mißvergnügten zu erschrecken, war ins Leben
eingedrungen, und jeder hatte seine Religion für sich und
verehrte und anbetete auf seinem Zimmer.

Die Ehen waren im allgemeinen dauerhaft. Die meisten
Anlässe zu Zwist hatten aufgehört. Jeder Mann und
jede Frau hatten ihr eigenes Zimmer. Die Frau war nicht
mehr vom Manne abhängig, und der Mann nicht mehr
das Lasttier der Frau. Die wenigen Mißhelligkeiten, die
zwischen Gatten entstanden, leiteten sich aus abkühlender
Neigung oder dem Stehenbleiben des einen Teiles auf
einem älteren Entwickelungsstadium her. Die Scheidung
war unter solchen Verhältnissen leicht und ging ohne
Bitterkeit vor sich; man hörte ganz einfach auf, als Gatten
zu leben, und das Geschick der Kinder blieb unverändert,
da die Gesellschaft die Kinder übernahm. Das Erbrecht
gab auch keine Veranlassung zu Schererei; denn die Ge=
sellschaft war der einzige Erbe.

Die einzige Sorge, die Blanche hatte, war die um die
Tanten. Sie hatte Erlaubnis erhalten, ihnen eine Stellung
als Vorsteherinnen in der Plättanstalt anzubieten, doch
mit der Verpflichtung, an der Arbeit teilzunehmen; denn
Drohnen wurden nicht geduldet. Tante Berthe wurde

rasend, als ihr so der Eintritt ins „Arbeitshaus" angeboten wurde, aber die Not zwang sie so allmählich. Sie wurden schließlich in ihre Stellungen eingeführt, aber konnten sich niemals darein finden. Sie waren zu alt, um anzuerkennen, daß der Arbeiter mit dem Körper ein Ebenbürtiger ist, aber es blieb ihnen keine andere Wahl. Tante Berthe sah immer das Alte für besser an, wenn sie nur ihre Renten hätte behalten dürfen, welche ihr Vater „ehrlich" — durch fremde Not — erworben hatte.

Man unterhielt sich gut innerhalb des Palastes; denn man hatte wieder Veranlassung dazu und wagte jetzt, fröhlich zu sein. Vorlesungen wurden allerdings gehalten, aber nicht zu oft; denn die Schule vermittelte das Notwendige für das Leben der Gegenwart und kümmerte sich nicht um das Vergangene, das man am besten vergaß. Zu leeren Spekulationen über das Kommende war keine Zeit; denn darüber war man einig, daß das ganze zeitliche Dasein genug Sorgen habe, und die Ungewißheit, ob es ein Leben nach diesem gibt, veranlaßte alle, das gegenwärtige so nützlich und angenehm wie möglich zu benutzen. Die Ordnung wurde von dem wohlverstandenen Interesse aufrechterhalten. Niemand machte auf seinem Zimmer Lärm, wenn die Nacht kam, aus dem einfachen Grunde, weil er damit beim Nachbar die Lust, auf seinem Lärm zu machen, hervorrufen konnte.

Da das ganze Etablissement von Parks und Gärten umgeben war, mit Ballspiel, Turnplatz, Schaukeln und dergleichen, unterhielt man sich meist im Freien, aber in dem bedeckten Hofe des Palastes wurden oft Feste gefeiert, Feste, die dem Vergnügen gewidmet waren und nicht der Feier eines großen Mannes oder einer großen Frau; denn von Menschenverehrung hielt man sich ebenso fern wie von aller Theorieverehrung; nicht einmal die neuen naturwissenschaftlichen Theorien verehrte man, die nahe daran waren, ebenso gefährliche Dogmen zu werden wie die alten religiösen. Man hütete sich auch, irgendein Bekenntnis zu fixieren; denn jedes Bekenntnis von heute würde nach den Gesetzen der Entwickelung morgen kassiert werden, und dann hätte man Mühe, das alte auszurotten.

❦

Es war wieder Frühling. Blanche ging am Abend im Park spazieren. Die Bewohner des Palastes hatten entdeckt, daß ein ständiges Zusammensein leicht einen Zwang zum Verkehr mit sich bringen konnte, und darum war es ganz von selbst Sitte geworden, niemanden anzusprechen, bis man sah, daß der Angesprochene zur Mitteilsamkeit geneigt war. Blanche konnte also in der großen Allee mitten unter den Promenierenden spazierengehen, ohne grüßen oder sich aus Höflichkeit in ein Gespräch einlassen zu müssen, wenn sie mit ihren Gedanken allein sein wollte.

Die großen Kastanien hatten gerade ausgeschlagen und fingen an, die dunklen Baumskelette in das schönste Grün zu kleiden; der Boden war trocken, und die Luft koste die haut wie laues Wasser; aber auf die Lungen und das Blut wirkte sie stark wie ein edler Wein. Blanche dachte an die Frühlinge am Genfer See, an die Träume, die sie von einem vergangenen, fieberkranken Geschlecht geerbt, das die Wirklichkeit umdichtete, und dessen Gehirne mit ihrer hohen Temperatur alle festen Körper in gasförmigen Zustand versetzten, daß sie den Sinnen unzugänglich wurden. Durch intime Berührung mit der wirklichen Wirklichkeit, durch Studien der Lehre vom Leben oder der Biologie waren ihre Gedanken auf die Erde hinuntergekommen und fühlten sich dort ruhiger als oben in der Luft. Aber jene Träume? Worum hatten sie sich gedreht? Um unerreichte Wirklichkeiten. Den Traum vom Manne hatte sie der Verwirklichung entgegengehen sehen, aber sie hatte ihn aus Furcht fahren lassen.

Sie ging aus der Allee heraus und kam in den Garten. Da blühten Kirschbäume, weiß und grün wie Bräute; aber sie hatte die Blicke aus Gewohnheit auf die Erde gerichtet und gewahrte sie nicht.

Sie setzte sich auf eine Bank und sah, wie der Gärtner mit seinem Spaten die Erde umwandte, damit sie besser der auflösenden Einwirkung der Luft ausgesetzt sei, und durch ihre Auflösung und ihren Tod als Mineral den höheren Pflanzenexistenzen Leben gebe. Neben dem Gärtner stand eine Karre mit Dünger, von dem er dann und wann einen Spaten voll nahm, um ihn mit der Erde zu mischen.

Der kleine Sohn des Gärtners spielte neben ihm und blieb zuweilen stehen, um der Arbeit zuzusehen.

„Hör' mal, Vater," sagte er, „was hast du da in der Karre?"

„Ja, Jean," antwortete der Vater, „das sollen Erdbeeren werden."

„Das ist ja Schmutz," sagte Jean. „Macht man Erdbeeren aus Schmutz?"

„Ja, mein Freund, das tut man. Aus Schmutz macht man Weizen, und aus Weizen Brot, und aus Brot macht man Menschen. Du mußt nicht verächtlich vom Schmutz sprechen; denn, wenn du stirbst und in die Erde kommst, wirst du auch zu Schmutz. Unverständige Menschen haben das von Gott geschaffene Werk herabgezogen und Geringschätzung auf die Arbeit mit der Erde geworfen, weil sie durch Nichtarbeiten zu höherem Ansehen zu kommen glauben."

„Ja, aber die Seele, macht man die auch aus Weizen?"

„Ja, mein Freund. Denn der Weizen hat auch eine Seele. Es erfordert viel Nachdenken beim Weizenkorn, ehe es den besten Platz für seine Wurzeln wählen, den Säuren in der Erde ausweichen und die fettesten Partikel aufsuchen kann; es erfordert viel Verstand beim Weizen, der ein Südländer ist, sich allmählich gegen unsere Kälte dadurch schützen zu lernen, daß er die Bedeckung dichter macht; es erforderte viel Gedankenkraft bei der Ähre, bis sie dahinterkam, daß der Frühling die dienlichste Zeit für die Blüte sei. Der Weizen hat schon eine Seele!"

„Hm," sagte der Junge, der keinen Religionsunterricht genossen hatte. „Aber stirbt die Seele denn, wenn der Weizen stirbt?"

„Nein, das tut sie nicht; denn nichts stirbt. Es sieht nur so aus!"

„So so! Aber wenn wir sterben?"

„Ja, dann hört unser Leben auf, aber einem neuen Leben geben wir Leben, siehst du! Nur unsere Hoffart ist darauf gekommen, wir lebten ein egoistisches Leben weiter; darum hat uns die neue Gesellschaft vor allem gelehrt, in und für andere zu leben, während wir zugleich für uns selbst leben, und das ist auch die einzige Art, das Leben erträglich zu machen! Ja! Nun werde ich hier Melonen machen, und hier werde ich Blumen machen, aus Schmutz, wie du es nennst!"

Blanche stand von der Bank auf und ging davon. Das war die Frucht ihrer Vorlesungen über organische Chemie, die der Gärtner zu besuchen pflegte. Er hatte den Mut gehabt, die Schlußfolgerungen zu ziehen, aber sie hatte ihn nicht! — Er hat recht, — dachte sie, — aber, aber ... die Träume, die Träume saßen noch bei ihr fest. Unerfüllte Träume! Da drückte der Schuh! Sie fühlte, daß ihr einziges Leben dabei war, zu verrinnen, und der

Harm, daß es verrann, ohne daß sie ihre Bestimmung in
dem wichtigsten, dem herrlichsten Fall erfüllt hatte, zwang
sie, den Notanker auszuwerfen: den Glauben an ein an=
deres Dasein!

Sie ging nach dem Karpfenteiche und setzte sich hin
— um zu träumen. Das Leben lag jetzt ruhig und klar
vor ihr. Sie besaß ihre Gedanken und ihr Gewissen. Sie
hatte den relativen Wert ihres Berufes als eines Not=
behelfs durchschaut, der fortfallen würde, wenn die Ur=
sachen der Krankheiten aufgehoben wären. Dies hatte
den Ehrgeiz aus ihrer Seele gestrichen, und das Leben
selbst, zu leben, war ja an sich auch etwas, vielleicht das
einzige, aber sie lebte nur ein halbes Leben. Sie lebte
d i e Hälfte, die die anderen ein Recht hatten, von ihr zu
bekommen, aber d i e Hälfte, die ihr selbst gehörte und
die auch zu leben eine Pflicht für sie war, die fehlte.

Die Sonne senkte sich und entfachte hinter den Kronen
der Bäume ein ungeheures rotes Feuer; die Schwarzdrosseln
sangen, und die Laubsänger schnäbelten sich zum letzten
Male vor der Nacht. Der Klang froher Lieder war aus
dem Parke zu hören, und abgerissene Akkorde aus der
Probe des Musikvereins strömten aus den Fenstern des
Festsaales. Es war die Ouverture zu Wilhelm Tell. Die
Introduktion der Violincelli, die von einer Tenorposaune
begleitet wurden, war undeutlich zu hören und wogte leise
durch die warme dampfende Luft. Blanche lauschte nicht
auf die Musik, aber sie spürte schwache Wallungen im

Blute, das nach der Brust zu strömen und ihr Herz in eine wunderbare Unruhe zu versetzen begann, die noch gegen den Lauf der Gedanken auf ihrem eingeschlagenen Wege kämpfte. Aber dann drang die klare Stimme der Flöte mit ihren Alphornklängen durch, und auf einmal ließen die Zähne im Rade der Gedanken nach, und sie lauschte. Liebe altbekannte Töne aus dem Oberland, ja gewiß, aus den Alpen, den weißen Bergen, die von Lausanne und Zürich zu sehen waren. Die Berge, dahin die Jugend zog an dem Frühlingsabend am Genfersee, dem Abend am Züricher See, wohin sie aber niemals kam. Sie würde dahin gekommen sein, wenn er ihr gefolgt wäre, aber er verließ sie ja. Hatte er das getan? Nein, sie wurden getrennt, durch eine starke Hand getrennt, die sie damals nicht hatten zur Seite schlagen können, die sie nun aber nicht mehr trennte. Wo war er? Da er nicht bei ihr war? Wie hatte er von ihr gehen können? Es war ja, als habe er ihr halbes Wesen genommen und sei damit seiner Wege gegangen! Dazu hatte er kein Recht! O, sie war so unglücklich, so unglücklich.

Und sie fing an zu weinen, als habe sie an der Leiche des Geliebten gesessen; die Tränen strömten so, daß ihr Kleid auf der Brust feucht wurde! Plötzlich stand sie auf, als wäre sie fest entschlossen, ihn zu suchen, als brauchte sie ihm nur entgegenzugehen, ihn zu holen und sich ihm in die Arme zu werfen, gleich als ob sie wüßte, daß sie ihn hier dicht bei sich habe.

Indem läutete die Mittagsglocke. Blanche wischte sich mit dem Taschentuche, das sie in den Teich tauchte, das Gesicht ab und ging nach Hause in den Palast.

⋘⋙

Blanche setzte sich in dem großen Restaurant zu Tische; denn sie war nun so gewöhnt, Menschen um sich zu sehen, daß sie nicht allein sein konnte, und den Tanten, die auf ihren Zimmern aßen, wollte sie nicht Gesellschaft leisten, um ihre Seufzer nicht hören zu müssen, wenn sie „ihr Brot (Fleisch, Gemüse und Dessert) mit Tränen der Demütigung netzten."

Sie hatte ihren gewöhnlichen Platz an dem großen Kamin eingenommen, wo sie einen Überblick über den hellen Saal mit seiner schön gemalten Decke, die eine Weinlaube vorstellte, und seinen mit großen sonnigen Landschaften geschmückten Wänden hatte. Um sie herum murmelten Männer und Frauen, die in friedlichem Gespräch begriffen waren, und wo Mann und Weib zusammensaßen, zankte der eine nicht über das Essen und hieb der andere nicht zurück im Gefühl seines Unrechts. Hier war dazu keine Veranlassung, und die Kinder störten niemandes Eßruhe durch ihr Schreien, wozu sie in ihren Sälen volle Freiheit besaßen.

Blanche saß für sich da und hatte keine große Eßlust. Ihre Gedanken setzten den eingeschlagenen Weg fort, ruhig, gleichmäßig, als ob sie sicher wären, den zu treffen,

dem sie galten. Plötzlich sah sie vom Teller auf, sah in
den Saal hinaus, sah Gesicht an Gesicht wie eine be=
wegliche dunkle Masse sich gegenüber; aber ihr Auge drang
hier ein und verweilte dort, bis ganz in der Nähe der Blick
haften blieb, gleich als hätte er gefunden, was er suchte.
Sie betrachtete mit einer Ruhe, die sie lange nicht ge=
kannt hatte, ein Gesicht, das dem ihrigen zugewandt war
und dessen beide Augen tief und fest in ihre hineinsahen.
Ihre Kehle wurde zusammengeschnürt, und der Atem stockte.
War er es, oder war es eine Person, die ihm äußerlich
glich? Dieselbe Art, das Haar zu tragen, derselbe Aus=
druck in den tiefliegenden Augen; der Bart, der in weichen
Wellenlinien die etwas rauhen Züge verbarg, war seiner.
Als sie bei der plötzlichen Gemütsbewegung ihre Miene
veränderte, änderte sein Gesicht seine Miene, sie sah alle
ihre Gefühle darauf abgespiegelt: es konnte kein anderer
sein.

Da stand er auf, ging achtungsvoll auf ihren Tisch
zu und blieb einige Schritte davon stehen, um mit dem
Blick zu fragen, ob sie erlaube, daß er störe. Wahrscheinlich
antwortete der Blick bejahend; denn in der nächsten
Minute war er bei ihr und ergriff ihre Hand.

„Sie erkennen mich wieder, und Sie fragen, warum
ich hier bin?" sagte er. „Ich bin auf einer Geschäftsreise
gewesen und bin sonst hier als chemischer Ingenieur an=
gestellt. Wie geht es Ihnen?"

„Danke, mir geht es gut, antwortete Blanche, „aber

hätte ich gewußt, daß Sie hier sind, wäre ich nicht so un=
feinfühlend gewesen, mich hier niederzulassen." Und dann
fügte sie hinzu, um ihn, der verletzt zu sein schien, zu ver=
söhnen: „Sie fliehen mich doch nicht, ich verscheuche Sie
doch wohl nicht?"

„Nein, das tun Sie nicht. Aber verscheuche ich Sie,
wenn ich nach beendigter Mahlzeit zufällig im Parke
spazieren gehe, wo Sie spazieren gehen?"

„Sie haben mich nie verscheucht," antwortete Blanche,
„und hier kann eine Dame mit einem Herrn im Mond=
schein spazierengehen. Ich erwarte Sie am Ausgang."

Er entfernte sich und ging wieder an seinen Tisch
zurück.

„Was steht jetzt zwischen uns?" sagte Emile, als sie
am Abend zum achten Male in der großen Allee umkehrten.
„Vorigesmal war es eine Stellung, sechs Rohrstühle . . ."

„Ein Eßtisch und die Küchengeräte," fuhr Blanche
fort. „Jetzt haben wir nicht einmal an die Wohnung zu
denken."

„Und die Kinder setzen wir ins Kinderhaus wie
Rousseau," sagte Emile.

„Ja, mit dem größten Vergnügen; denn da habe ich
sie unter den Augen, in meinem Zimmer dagegen nicht,"
antwortete Blanche.

„Welches Monstrum von Mutter, die ihre Kinder ins
Kinderhaus setzen will!"

„Ja, unter den alten Verhältnissen! Oder richtiger,

welche unglückliche Mutter, die ihre Kinder fortgeben muß. War es nicht unheimlich, draußen in der alten Welt herumzureisen? Ich bin ein Jahr lang nicht aus dem Palast herausgekommen!"

„Es war, als wäre man in Pompeji und Herkulanum. O, ich will nicht daran denken. Leidende Kinder, Kranke, Ausgehungerte am Rinnstein; die blutlosen, angemalten Leichen reicher Leute in den Wagen mitten auf der Straße. Aller Gesichter entstellt, die der Armen von Haß und Sorge, die der Reichen von der Furcht, zu verlieren! Das konnten wir nicht sehen, als wir mitten unter ihnen waren, aber jetzt konnte ich es sehen."

„Und doch sind wir weit von der Vollkommenheit entfernt," sagte Blanche.

„Ja, weit! Denn unser stolzes Gebäude steht unsicher auf dem alten. Bedenken Sie, daß wir Luxus produzieren: unsere Schirmständer, Spucknäpfe, Fontänenfiguren, Kandelaber und andere Schmuckgegenstände werden einmal bei der großen Krisis nicht mehr verlangt werden — und dann stehen wir da!"

„Was tun wir dann?"

„Dann haben wir ein neues, hartes Leben zu beginnen; aber wir werden doch leben, denn wir haben große Fonds in der Erde, und von Erde sind wir gekommen und von Erde können wir leben. Aber die Krisis wird doch schwer werden. Daran denkt man, wenn man alle Kinder den Ackerbau lehrt; denn wir werden vielleicht den letzten großen Krach nicht mehr erleben! Laß uns darum leben, Blanche, solange wir leben! Wir leben ganz sicher dieses Leben nur einmal! Willst du mit mir leben oder ohne mich?"

„Mit dir, Emile, denn sonst lebe ich nicht!"

„Als meine Gattin frei, als Mensch frei, dein eigenes Brot essend, da haben wir ja unsere Utopie verwirklicht, und die bösen Menschen, die sagten, daß sie nie verwirklicht werden könne."

„Weil sie es nicht wollten!"

„Oder es vielleicht nicht wußten!"

Gewissensqual

Es war vierzehn Tage nach Sedan, also Mitte September 1870. Der Kopist im preußischen geologischen Bureau, zurzeit Leutnant der Reserve, Herr von Bleichroden, saß im Café du Cercle, dem vornehmsten Wirtshaus des kleinen Dorfes Marlotte, in Hemdärmeln vor dem Schreibtisch. Den Waffenrock mit dem steifen Kragen hatte er über eine Stuhllehne geworfen, und er hing nun da, schlaff und zusammengefallen wie eine Leiche, mit den leeren Ärmeln gleichsam krampfhaft die Stuhlbeine umfassend, um sich vor einem Vornüberfallen zu schützen. In der Taille sah man die Spur der Säbelkoppel, und der linke Schoß war von der Scheide ganz blank poliert. Der Rücken war bestäubt wie eine Landstraße; — der Herr Leutnant-Geolog konnte auch abends am Saume seiner abgenutzten Hosen die tertiären Ablagerungen des Terrains studieren, und wenn die Ordonnanz mit ihren schmutzigen Stiefeln ins Zimmer kam, sah er sofort an der Spur am Boden, ob sie durch Eozän- oder Pliozänformationen gegangen war.

Er war tatsächlich mehr Geologe als Militär, doch augenblicklich war er Briefschreiber. Er hatte die Brille

auf die Stirn geschoben, saß, Feder in Ruhe, da und sah zum Fenster hinaus. Der Garten lag in all seiner Herbst=
pracht da; Äpfel= und Birnbäume senkten unter der Last der schönsten Früchte ihre Zweige bis auf den Boden; apfelsinenrote Kürbisse sonnten sich neben stachligen grau=
grünen Artischocken; feuerrote Tomaten kletterten an ihren Stöcken dicht neben baumwollweißen Blumenkohlköpfen; Sonnenblumen, so groß wie Teller, wandten ihre gelben Scheiben nach Westen, wo die Sonne anfing zu Tal zu gehen; ganz kleine Wälder von Dahlien, weiß wie frisch=
gestärkte Leinwand, purpurrot wie geronnenes Blut, schmutzigrot wie frisch geschlachtetes Fleisch, lachsrot wie das was man Geschlinge nennt, schwefelgelb, flachsfarben, scheckig, fleckig, sangen ein einziges großes Farbenkonzert. Und dann der mit Sand bestreute Gang, von zwei Reihen Riesenlevkojen bewacht; schwach fliederfarben, blendend eis=
blau, strohgelb, zogen sie die Perspektive bis dahin, wo die Weinfelder in ihrem Braungrün standen, ein kleiner Wald von Thyrsosstäben mit den halb unter dem Laube verborgenen geröteten Trauben. Und dahinter: die weiß=
lichen, ungeernteten Halme der Getreidefelder mit den über=
vollen Ähren, die betrübt auf den Boden niederhingen, mit weit geöffneten Hülsen und Deckblättern, und bei jedem Windstoß der Erde ihr Darlehen wiedergaben, von den Säften gesprengt wie die Brust der Mutter, die ihr Kind nicht säugen darf. Und ganz im Hintergrunde die dunklen Eichenkronen und Buchengewölbe des Waldes von Fon=

tainebleau, deren Konturen sich in die feinsten Auszackungen
auflösten wie alte Brabanter Spitzen, und durch deren
äußerste Maschen die wagerechten Strahlen der Abend=
sonne Goldfäden einschlugen. Noch besuchten einige Bienen
die prachtvollen Honigbehälter draußen im Garten; ein
Rotkehlchen zwitscherte im Apfelbaum; starke Düfte aber
kamen dann und wann stoßweise von den Levkojen, wie
wenn man auf einem Trottoir geht und die Tür zu einem
Parfümladen geöffnet wird. Der Leutnant saß, die Feder
Gewehr in Ruhe, da und war ersichtlich von dem pracht=
vollen Anblick entzückt. Welches schöne Land, dachte er,
und seine Gedanken gingen fort zu dem Sandmeer seiner
Heimat, das mit einigen elenden Zwergkiefern ausgebakt
war, die ihre knotigen Arme zum Himmel emporstreckten,
als bäten sie um Gnade, nicht im Sande ertrinken zu
müssen.

Doch das herrliche Gemälde, das von der Fenster=
zarge wie von einem Rahmen eingefaßt wurde, wurde
dann und wann mit der Regelmäßigkeit eines Pendels,
von dem Gewehr der Schildwache beschattet, deren blankes,
blitzendes Bajonett das Gemälde mitten durchschnitt und
gerade unter einem Birnbaum kehrt machte, der mit den
schönsten zinnobergrünen und kadmiumgelben Napoleon=
birnen behängt war. Der Leutnant dachte einen Augenblick,
ihn zu bitten, einen anderen Paß zu wählen, aber er wagte
es nicht. So wandte er, um den Blitzen des Bajonetts
zu entgehen, seine Augen nach links auf den Hof hinaus.

Dort stand das Küchengebäude mit seiner gelbgetünchten Wand, ohne Fenster, und mit einem alten knorrigen Weinstock, der gegen die Wand ausgespannt war wie ein skelettiertes Säugetier in einem Museum; es fehlten ihm sowohl Laub wie Trauben; er war tot und stand da wie ans Kreuz geschlagen, an dem niedergefaulten Spalier festgenagelt, seine langen, zähen Arme und Finger ausstreckend, als wollte er die Schildwache, jedesmal wenn sie in seiner Nähe kehrt machte, in eine einzige Spukumarmung ziehen.

Der Leutnant wandte sich von dem Anblick ab und ließ die Blicke auf den Schreibtisch niederfallen. Da lag der unvollendete Brief an seine junge Frau, die vor vier Monaten sein geworden war, zwei Monate, ehe der Krieg ausbrach. Neben dem Feldstecher und der französischen Generalstabskarte lag Hartmanns „Philosophie des Unbewußten" und Schopenhauers „Parerga und Paralipomena". Plötzlich stand er vom Tische auf und ging einige Male durchs Zimmer. Es war der Versammlungs= und Speisesaal der nun geflüchteten Künstlerkolonie. Die Täfelung der Wände war in den Kassetten mit Ölgemälden geschmückt, den Erinnerungen an sonnige Stunden in dem schönen, gastfreien Lande, das so generös dem Fremden seine Kunstschulen und seine Ausstellungen auftat. Hier fanden sich tanzende Spanierinnen, römische Mönche, Küstenpartien von der Normandie und der Bretagne, holländische Windmühlen, nordische Fischerdörfer und Schweizer Alpen. In einer Ecke hatte sich eine Nußbaumstaffelei verkrochen und schien sich vor einigen drohenden Bajonetten im Schatten verstecken zu wollen. Eine mit nur halb getrockneten Farben beschmierte Palette hing daran und sah aus wie eine ausgenommene Leber in einem Triperiefenster. Einige spanische feuerrote Milizmützen, die Uniformmütze der Maler, hingen mit Spuren von Schweiß und von Sonne und Regen halb gebleicht, am Kleiderständer. Der Leutnant fühlte sich geniert, wie wenn man in eine fremde Wohnung eingedrungen ist und erwartet, der Wirt werde kommen und einen überraschen. Er stellte deshalb bald seine Promenade ein und setzte sich an den Tisch, um an seinem Briefe zu schreiben. Er hatte die ersten Seiten fertig sie waren voller herzlicher Ergüsse des Kummers, des Vermissens und der Besorgnisse, da er neulich Nachrichten bekommen hatte, die seine frohe Hoffnung, Vater zu werden, bestätigten. Er tauchte jetzt die Feder ein, mehr, um mit wem sprechen zu können, als um Nachrichten mitzuteilen oder Aufschlüsse zu begehren. Und so schrieb er:

„So zum Beispiel, wie ich mit meinen hundert Mann, nach einem Marsche von vierzehn Stunden ohne Essen oder Wasser, an einen Wald kam, wo wir auf einen zurückgelassenen Proviantwagen stießen. Weißt du, was da geschah? So ausgehungert, daß ihnen die Augen im Kopfe standen wie Bergkristalle in Granit, löste sich die Truppe auf und warf sich wie Wölfe über das Essen, und da das kaum für fünfundzwanzig Mann reichte, gerieten sie ins

Handgemenge. Auf meine Kommandoworte hörte niemand, und als der Sergeant mit dem Säbel auf sie losging, schlugen sie ihn mit den Gewehrkolben nieder! Sechzehn Mann blieben verwundet und halbtot auf dem Platze. Die, welche über das Essen kamen, aßen so maßlos, daß sie krank wurden und sich auf den Boden niederlegen mußten, wo sie sofort in Schlaf fielen. Das waren Landsleute gegen Landsleute, das waren wilde Tiere, die sich ums Essen schlugen!

Oder wie wir eines Tages Order bekamen, in aller Eile Schutzwälle aufzuwerfen? Man hatte in der waldlosen Gegend nichts anderes zur Verfügung als die Weinreben und deren Stöcke. Es war ein aufregender Anblick, wie die Weinfelder in einer Stunde geplündert waren, wie die Stöcke mit Laub und Trauben ausgerissen wurden, um Faschinen davon zu binden, die ganz feucht waren von dem Safte der zerpreßten halbreifen Trauben. Man versicherte, es seien vierzigjährige Weinstöcke. Und wir zerstörten also die Arbeit von vierzig Jahren in einer Stunde! Und das, um selbst geschützt, die niederzuschießen, welche die Faschinen angebaut hatten.

Oder wie wir in einem ungemähten Weizenacker tiraillieren sollten, wo das Korn wie Schneelohe um die Füße rieselte und die Halme sich niederlegten, um beim nächsten Regenschauer zu verfaulen? Glaubst du, liebe, geliebte Frau, daß man nach solchen Taten des Nachts ruhig schlafen kann? Und doch, was habe ich anderes getan als meine Pflicht? Und man wagt zu behaupten, das Gefühl erfüllter Pflichten sei das beste Kopfkissen!

Aber noch schlimmere Dinge stehen bevor! Du hast vielleicht davon sprechen hören, daß die französische Bevölkerung, um ihre Armee zu verstärken, sich in Massen erhoben und Freischaren gebildet hat, die unter dem Namen Franktireurs ihre Höfe und Felder zu schützen suchen! Die preußische Regierung hat sie nicht als Soldaten anerkennen wollen, sondern man hat gedroht, sie als Spione und Verräter niederschießen zu lassen, wo man sie antreffe! Auf Grund davon, sagt man, daß die Staaten Krieg führen und nicht die Individuen. Aber sind die Soldaten nicht Individuen? Und sind nicht diese Franktireurs Soldaten? Sie haben eine graue Uniform wie das Jägerregiment, und die Uniform macht doch den Soldaten! Aber sie sind nicht einregistriert, wendet man ein! Ja, sie sind nicht einregistriert, weil die Regierung weder Zeit gehabt hat, sie einzuschreiben, noch die Verbindungen mit dem platten Lande so zugänglich sind, daß es geschehen könnte! Ich halte gerade drei solche hier im Billardsaal nebenan gefangen und erwarte jeden Augenblick Order vom Hauptquartier über ihr Schicksal."

Hier unterbrach er das Schreiben und klingelte nach der Ordonnanz. Diese, die ihren Posten im Schenkzimmer hatte, stand augenblicklich im Saale vor dem Leutnant.

„Wie steht es mit den Gefangenen?" fragte Herr von Bleichroden.

„Gut, Herr Leutnant, sie spielen aufs beste Guerre und sind guten Muts!"

„Gib ihnen einige Flaschen Weißwein, aber von der schwächsten Sorte! . . . Nichts passiert?"

„Nichts passiert! Zu Befehl, Herr Leutnant!"

Herr von Bleichroden fuhr im Schreiben fort.

„Welches eigentümliche Volk, dieses französische! Die drei Freischützen, die ich erwähnte, und die möglicherweise (ich sage möglicherweise, denn ich hoffe noch auf das beste!) in einigen Tagen zum Tode verurteilt werden, spielen eben jetzt Billard im Zimmer neben dem meinen, und ich höre den Stoß ihrer Queues gegen die Bälle! Welche lustige Weltverachtung. Doch es ist ja herrlich, so von hinnen gehen zu können! Oder vielmehr, das beweist, daß das Leben sehr wenig wert ist, wenn man so leicht davon scheiden kann. Ich meine, wenn man nicht so liebe Bande hat, wie ich sie habe, die einen ans Dasein binden. Du mißverstehst mich wohl nicht und glaubst, daß ich meine, ich sei gebunden . . . Ach, ich weiß nicht, was ich schreibe, denn ich habe viele Nächte nicht geschlafen, und mein Kopf ist so . . ."

Jetzt klopfte es an der Tür. Auf das „Herein" des Leutnants öffnete sich die Tür, und der Pastor des Dorfes trat ein. Es war ein fünfzigjähriger Mann mit einem freundlichen und traurigen, doch höchst entschlossenen Aus=
sehen.

„Herr Leutnant," begann er, „ich komme, Sie um

die Erlaubnis zu bitten, mit den Gefangenen sprechen zu dürfen."

Der Leutnant stand auf und zog seinen Waffenrock an, indem er dem Pastor einen Platz im Sofa anbot. Aber als er den engen Rock zugeknöpft hatte und den steifen Kragen mit seiner Zange den Hals umfassen fühlte, war es, als seien die edleren Organe zusammengeschnürt worden, und als sei das Blut in seinen geheimen Wegen zum Herzen stehen geblieben. Die Hand auf dem Schopenhauer, gegen den Schreibtisch gelehnt, sagte er: „Zu Ihren Diensten, Herr Pastor, aber ich glaube nicht, daß die Gefangenen Ihnen viel Aufmerksamkeit schenken werden, denn sie sind mit einer Partie Guerre beschäftigt!"

„Ich glaube, Herr Leutnant," antwortete der Pastor, „mein Volk besser zu kennen als Sie! Eine Frage: Beabsichtigen Sie, diese Burschen erschießen zu lassen?"

„Natürlich!" antwortete Herr von Bleichroden, vollständig in seiner Rolle. „Die Staaten führen Krieg, Herr Pastor, nicht die Individuen!"

„Mit Verlaub, Herr Leutnant, Sie und Ihre Soldaten sind also nicht Individuen?"

„Mit Verlaub, Herr Pastor, nicht für den Augenblick!"

Er legte den Brief an seine Frau unter das Löschpapier und fuhr dann fort:

„Ich bin in diesem Augenblick nur ein Repräsentant der deutschen Bundesstaaten."

„Wahrlich, Herr Leutnant, Ihre liebenswürdige Kaiserin, die Gott ewig beschützen möge, war auch eine Repräsentantin der deutschen Bundesstaaten, als sie ihre Proklamation an die deutsche Frau ausfertigte, den Verwundeten beizustehen, und ich weiß von tausend französischen Individuen, die sie segnen, während die französische Nation Ihre Nation verflucht! Herr Leutnant, im Namen Jesu des Erlösers (hier stand der Pastor auf, faßte die Hände des Feindes und fuhr mit tränenerstickter Stimme fort), können Sie nicht an sie appellieren . . ."

Der Leutnant war nahe daran, die Fassung zu verlieren, doch er erholte sich wieder und sagte:

„Bei uns haben die Frauen noch nicht ihre Hand in die Politik bekommen!"

„Das ist schade," antwortete der Priester und richtete sich auf.

Der Leutnant schien zum Fenster hinaus gelauscht zu haben, so daß er auf die Antwort des Priesters nicht acht gab. Er wurde unruhig, und sein Gesicht war ganz bleich, denn der steife Kragen konnte das Blut nicht länger oben zurückhalten.

„Bitte, setzen Sie sich, Herr Pastor," sagte er ins Blaue hinein. „Wenn Sie die Gefangenen zu sprechen wünschen, steht es Ihnen frei; doch bleiben Sie noch einen Augenblick sitzen! Er lauschte wieder hinaus, und jetzt hörte man deutlichen Hufschlag, zwei und zwei, wie von einem Pferde in gestrecktem Trab.

„Nein, gehen Sie noch nicht, Herr Pastor," sagte er mit dem Atem im Halse. Der Priester blieb stehen. Der Leutnant reckte sich, soweit er konnte, durchs Fenster hinaus. Das Pferdegetrappel kam immer näher, bis es in Schritt fiel, sich verlangsamte und aufhörte. Geklirr von einem Säbel und Sporen, Fußschritte, und Herr von Bleichroden hielt einen Brief in seiner Hand. Er riß ihn in der Falzung auf und las.

„Was ist die Uhr?" fragte er sich selbst. „Sechs! Also in zwei Stunden, Herr Pastor, sollen die Gefangenen erschossen werden, ohne Urteil und Untersuchung!"

„Unmöglich, Herr Leutnant, man schickt Leute nicht so in die Ewigkeit!"

„Ewigkeit oder nicht, die Order lautet, es soll bis zur Vesper abgemacht sein, falls ich nicht mich selbst für einen ansehen will, der mit den Freischützen gemeinsame Sache gemacht. Und hier folgt ein scharfer Tadel, daß ich nicht bereits die Order vom 31. August ausgeführt habe. Herr Pastor, gehen Sie hinein und sprechen Sie mit ihnen, und ersparen Sie mir die Unannehmlichkeit..."

„Sie sehen es für unangenehm an, ein rechtskräftiges Urteil mitzuteilen!"

„Aber ich bin doch wohl auch ein Mensch, Pastor! Glauben Sie nicht, daß ich ein Mensch bin?"

Er riß den Rock auf, um sich Luft zu machen, und begann, im Zimmer auf und ab zu wandern.

„Warum dürfen wir nicht immer Menschen sein?

Warum sollen wir Doppelgänger sein! O, o, Herr Pastor, gehen Sie hinein, und sprechen Sie zu ihnen! Sind es verheiratete Leute? Haben Sie Weib und Kind? Eltern vielleicht?"

„Sie sind alle drei unverheiratet," antwortete der Pastor. „Doch diese Nacht wenigstens könnten Sie ihnen schenken!"

„Unmöglich! Die Order lautet, vor der Vesper, und beim Tagesgrauen sollen wir aufbrechen. Gehen Sie zu ihnen hinein, Herr Pastor! Gehen Sie zu ihnen hinein!"

„Ich will gehen! Aber denken Sie daran, Herr Leutnant, daß Sie nicht in Hemdärmeln ausgehen, wenn Sie ausgehen. Sie könnte dasselbe Geschick treffen wie jene, denn es ist ja der Rock, der den Soldaten macht!"

Und der Priester ging.

Herr von Bleichroden schrieb in sehr erregtem Zustand die letzten Zeilen unter seinen Brief. Darauf versiegelte er ihn und klingelte nach der Ordonnanz.

„Befördern Sie diesen Brief," sagte er zu dem Eintretenden, „und schicken Sie den Sergeanten her."

Der Sergeant kam.

„Drei mal drei macht neunundzwanzig, nein, drei mal sieben sind . . . Sergeant, nehmen Sie dreimal . . . nehmen Sie siebenundzwanzig Mann und füsilieren Sie die Gefangenen in einer Stunde. Hier ist die Order!"

„Sie erschießen?" fragte der Sergeant zögernd.

„Füsilieren, ja! Wählen Sie die schlechtesten Leute

aus, welche schon im Feuer gewesen sind. Sie verstehen.
Zum Beispiel Nr. 86 Besel, Nr. 19 Gewehr und in dem
Stil! — Beordern Sie ferner für mich eine Abteilung von
sechzehn Mann, gleich sofort. Die besten Kerle! Wir werden
nach Fontainebleau zu rekognoszieren, und wenn wir
wiederkommen, soll es getan sein. Haben Sie verstanden?"

„Sechzehn Mann für den Herrn Leutnant, siebenund=
zwanzig für die Gefangenen, Gott behüte den Herrn
Leutnant!"

Und damit ging er.

Der Leutnant knöpfte seinen Rock sorgfältig zu,
schnallte die Koppel um den Leib und steckte einen Revolver
in die Tasche. Darauf zündete er eine Zigarre an, aber
er konnte unmöglich rauchen, denn es fehlte ihm Luft
in den Lungen. Er stäubte seinen Schreibtisch ab. Er
nahm sein Taschentuch und wischte über die Papierschere,
die Lackstange und die Streichholzschachtel. Er legte das
Lineal und den Federhalter parallel, genau rechtwinklig
mit dem Löschpapier. Darauf begann er die Möbel in
Ordnung zu stellen. Als das getan war, nahm er Kamm
und Bürste hervor und ordnete sein Haar vor dem Spiegel.
Er nahm die Palette herunter und untersuchte die Farben=
kleckse, er prüfte alle roten Mützen und versuchte, die
Staffelei auf zwei Beinen zum Stehen zu bringen. Als
das Geklirr der Gewehre von seiner Handtruppe auf dem
Hofe zu hören war, gab es nicht einen Gegenstand im
Zimmer, den er nicht in den Fingern gehabt hätte. Und

dann ging er hinaus. Kommandierte links um, marsch! und zog zum Dorfe hinaus. Es war, wie wenn er vor einer feindlichen Übermacht liefe, und die Truppe konnte ihm nur schwer folgen. Als er aufs Feld hinauskam, ließ er die Leute in einer Reihe gehen, einen hinter dem anderen, damit sie nicht das Gras niedertraten. Er drehte sich nicht um, aber sein Hintermann konnte sehen, wie sich das Tuch am Rücken seines Rockes dann und wann im Krampf zusammenzog, wie wenn man schaudert oder einen Schlag von hinten erwartet. Am Waldrande wurde Halt kommandiert. Er befahl der Mannschaft, sich still zu verhalten und auszuruhen, während er in den Wald hineinging.

Als er jetzt in die Einsamkeit gekommen war und genau nachgesehen hatte, daß ihn niemand sehen konnte, holte er tief Atem und wandte sich den dunklen Dickichten zu, durch die die schmalen Fußsteige nach Gorge=aux=Loups führen. Der Unterwald und die Büsche lagen bereits im Schatten, doch oben in den Wipfeln von Eichen und Buchen schien noch grell die Sonne. Es war ihm, als läge er auf dem dunklen Seegrunde und sähe durch das grüne Wasser das Tageslicht über sich, das er niemals mehr erreichen würde. Der große wunderschöne Wald, der früher seinen kranken Geist geheilt hatte, war heute abend so unharmonisch, so abstoßend, so kalt! Das Leben lag so herzlos, so widersprechend, so voll von Doppelsinn vor ihm, und er fand, die Natur selbst sähe in ihrem unbewußten,

unfreien Traumleben unglücklich aus. Hier wurde auch
der gräßliche Kampf ums Dasein geführt, unblutig zwar,
aber ebenso grausam wie draußen im wachen Leben. Er
sah, wie die kleinen Eichen sich zu Büschen aufblähten,
um die zarten Pflanzen der Buche zu töten, die nun niemals
etwas anderes als Pflanzen werden würden, und von
tausend Buchen war es bloß eine, die hinauf zum Licht
kommen und dadurch ein Riese werden konnte, der seiner=
seits den anderen das Leben stehlen würde. Und die Eiche,
die rücksichtslose, welche ihre knotigen rohen Arme aus=
streckte, als wolle sie die ganze Sonne für sich behalten,
sie hatte den unterirdischen Kampf erfunden. Sie sandte
ihre langen Wurzeln nach allen Richtungen aus, unter=
minierte den Boden, fraß auch die geringsten Nahrungsteile
der anderen fort, und wenn sie ihre Widersacher nicht zu
Tode schatten konnte, hungerte sie sie zu Tode. Die Eiche
hatte bereits den Fichtenwald gemordet, aber die Buche
kam als Rächer, langsam aber sicher, denn ihre scharfen
Säfte töten alles, wo sie zur Herrschaft kommt. Sie hatte
die Vergiftungsmethode erfunden, und die war unwider=
stehlich, denn nicht ein Kraut konnte in ihrem Schatten
wachsen, sondern der Boden war schwarz wie ein Grab
um sie herum, und darum gehörte ihr die Zukunft.

Er wanderte und wanderte, vorwärts, vorwärts. Er
schlug mit dem Säbel im Dickicht um sich, ohne daran
zu denken, wie viele jungen Eichenhoffnungen er zer=
schmetterte, wie viele geköpfte Krüppel er ins Leben rief.

Er dachte kaum noch etwas, denn alle Wirksamkeiten seiner Seele waren wie in einem Mörser zu Mus gerührt. Gedanken versuchten sich zu kristallisieren, aber lösten sich auf und flossen fort; Erinnerungen, Hoffnungen, Groll, weiche Gefühle und ein einziger großer Haß gegen alles Verkehrte, das durch eine unentwirrte Naturmacht dahin gekommen war, die Welt zu regieren, schmolzen in seinem Gehirn zusammen, als hätte ein inneres Feuer schnell die Temperatur erhöht und alle festen Bestandteile gezwungen, fließende Form anzunehmen. Er zuckte hastig zusammen und blieb in einem gewaltigen Hieb stehen, denn von Marlotte kam ein Laut, der über die Felder rollte und sich in dem Hohlgang der Wolfsschlucht verdoppelte. Es war die Trommel! Zuerst ein langer Wirbel trrrrrrrrrrom! Und — dann Schlag auf Schlag, schwer, dumpf, eins und zwei, wie wenn man einen Sarg zunagelt und bange ist, das Trauerhaus zu stören. Trrrrom — trrrrom! — Trom — trrom! Er zog die Uhr! Dreiviertel auf sieben! In einer Viertelstunde würde es geschehen! Er wollte heimgehen und es sehen! Nein, aber er war ja geflüchtet! Er wollte es um alles in der Welt nicht sehen! Und dann stieg er einen Baum hinauf.

Nun sah er das Dorf, das so hell, so freundlich mit seinen kleinen Gärten dalag, und den Kirchturm, der über die Dachfirsten emporstieg. Mehr sah er nicht. Er hielt die Uhr in der Hand und verfolgte den Sekundenzeiger. Pick, pick, pick, pick! Der rannte um das kleine Ziffer-

blatt herum, so geschwind, so geschwind! Aber der lange
Minutenzeiger, der machte jedesmal, wenn der kleine eine
Runde gemacht hatte, einen Ruck, und der stätige Stunden=
zeiger, der stand still, schien es ihm, doch der ging wohl
auch.

Jetzt fehlten der Uhr fünf Minuten an sieben. Er
griff fest, recht fest um den blanken schwarzen Buchen=
ast. Die Uhr zitterte in seiner Hand, die Pulse klopften
in den Ohren, und er fühlte eine brennende Hitze an
den Haarwurzeln. — Krach! klang es, ganz wie wenn
eine Planke bricht, und über einem schwarzen Schiefer=
dach und einem weißen Apfelbaum stieg nun ein blauer
Rauch über dem Dorfe auf, blauweiß wie eine Frühlings=
wolke, aber über die Wolke schoß ein Ring, zwei Ringe,
viele Ringe hinauf in die Luft, als hätte man nach Tauben
geschossen und nicht gegen eine Wand.

Alle waren nicht so schlecht, wie ich glaubte, dachte
er bei sich, als er aus dem Baum hinabstieg, nunmehr
etwas ruhiger, nachdem es geschehen war. Und jetzt fing
die kleine Dorfglocke an zu läuten, Seelenruhe, Seelen=
frieden für die Toten, die ihre Pflicht erfüllt hatten, aber
nicht für alle Lebenden, welche die ihre erfüllt hatten!
Die Sonne war untergegangen, und der Mond, der den
ganzen Nachmittag blaßgelb am Himmel gestanden, fing
nun an sich zu röten und an Lichtstärke zuzunehmen, als
der Leutnant mit seiner Handtruppe auf Montcourt zu=
marschierte, immerfort von dem Läuten der kleinen Glocke

verfolgt. Die Truppe kam auf die große Chaussee nach
Nemours, und diese Straße mit ihren zwei Reihen Pappeln
schien eigens für Märsche gemacht zu sein. Und dann
wurde marschiert, bis die Finsternis dicht fiel und der
Mond scharf glänzte. Im letzten Gliede hatte man bereits
angefangen zu flüstern, und eine heimliche Beratung fand
in den Gliedern statt, ob man nicht den Korporal ersuchen
solle, dem Leutnant eine Art Andeutung davon zu machen,
daß die Gegend unsicher sei, und daß man ins Quartier
müsse, um beim Tagesgrauen aufbrechen zu können, als
Herr von Bleichroden ganz unerwartet Halt! kommandierte.
Man hatte auf einer Anhöhe Halt gemacht, von wo man
Marlotte sehen konnte. Der Leutnant stand ganz still
da, wie ein Hühnerhund, der auf ein Volk Rebhühner
stößt. Jetzt ging die Trommel wieder! Und dann schlug
in Montcourt die Uhr neun, und dann schlug sie in Grèz,
in Bourron, in Nemours, und dann fingen alle kleinen
Glocken an, Vesper zu läuten, die eine schriller als die
andere; aber durch sie alle hindurch drang die kleine in
Marlotte. Die rief: Hilf — hilf! hilf — hilf! und Herr
von Bleichroden konnte nicht helfen! Jetzt kam ein
Dröhnen den Boden entlang wie aus dem Innern der
Erde: das war der Nachtschuß im Hauptquartier bei
Chalons. Und durch die leichten Abendnebel, die sich gleich
großer Fensterwatte über den kleinen Fluß Loin ge=
lagert hatten, drang das Mondlicht und erleuchtete den
Fluß, daß er einem Lavastrom glich, der in der Ferne

aus dem gleich einem Vulkan aufsteigenden schwarzen Walde
von Fontainebleau rann. Der Abend war drückend warm,
aber die Leute waren alle weiß im Gesicht, so daß die
Fledermäuse, die sie umschwärmten, dicht an ihren Ohren
vorbeisausten, wie sie tun, wenn sie etwas Weißes sehen.
Alle wußten, woran der Leutnant dachte, aber sie hatten
ihn niemals so sonderbar gesehen, und sie fürchteten, daß
nicht alles richtig stand mit diesem zwecklosen Rekognos=
zieren auf der großen Landstraße. Schließlich nahm sich
der Korporal die Dreistigkeit, zu ihm vorzugehen und in der
Form eines Rapportes ihn darauf aufmerksam zu machen,
daß der Zapfenstreich bereits vorbei sei. Herr von Bleich=
roden nahm die Meldung demütig entgegen, wie man
eine Order empfängt, und kommandierte zum Heim=
marsch.

Als sie eine Stunde später die erste Straße von
Marlotte betraten, nahm der Korperal wahr, daß das
rechte Bein des Leutnants in der Kniekehle wie von Spath
zusammengezogen wurde, und daß er auf einer Dia=
gonale ging wie die Pferdefliege. Auf dem Markte wurde
die Truppe ohne Gebet entlassen, und der Leutnant
verschwand.

Er wollte nicht sofort zu sich hineingehen. Etwas
zog ihn, wohin wußte er nicht! Er lief mit weit auf=
gerissenen Augen und aufgeblähten Nüstern umher wie
ein Spürhund. Er musterte die Wände und witterte
nach einem Geruch, den er wohl kannte. Nichts sah er,

und keinen Menschen traf er. Er wollte sehen, wo „es" geschehen war. Aber er fürchtete auch, es zu sehen. Schließlich wurde er müde und ging heim. Auf dem Hofe blieb er stehen und ging um das Küchengebäude herum. Da stieß er auf den Sergeanten und erschrak so, daß er sich an der Wand halten mußte. Der Sergeant war auch erschrocken, aber er erholte sich und begann:

„Suchte den Herrn Leutnant, um Rapport abzulegen."

„Es ist gut, es ist gut! Alles wohl! Gehen Sie nach Hause, und legen Sie sich nieder!" antwortete Herr von Bleichroden, als fürchte er, Details zu erhalten.

„Alles wohl, Herr Leutnant, doch es war . . ."

„Es ist gut! Gehen Sie! Gehen Sie! Gehen Sie!"

Und er sprach so schnell, so ununterbrochen, daß es dem Sergeanten nicht möglich war, ein Wort dazwischen zu stecken, und jedesmal, wenn er den Mund öffnete, wurde er mit einem Redestrom übergossen, daß er's schließlich überdrüssig wurde und seiner Wege ging.

Da atmete der Leutnant wieder auf, und es war ihm zumute wie einem Jungen, der einer Tracht Schläge entgangen ist.

Er war jetzt im Garten. Der Mond schien grell auf die gelbe Küchenwand, und der Weinstock reckte seine Skelettarme wie in langem, langem Gähnen. Doch, was war das? Vor zwei, drei Stunden war er tot gewesen, ohne Laub, bloß ein graues Gerippe, das sich in Konvulsionen wand, und jetzt, hingen da nicht die schönsten roten Trauben, und hatte nicht der Stock gegrünt? Er ging näher, um zu sehen, ob es derselbe Weinstock sei.

Als er an die Wand kam, trat er in etwas Klebriges hinein und nahm jenen dumpfen, ekligen Geruch wahr, den man im Fleischerladen verspürt. Und jetzt sah er, daß es derselbe Weinstock war, ganz derselbe, aber der Bewurf der Wand war zerschossen und mit Blut bespritzt. Hier war es also! Hier war „es" geschehen!

Er ging sofort weg. Als er in den Hausflur kam, strauchelte er an etwas Schlüpfrigem, das unter seinen Füßen saß. Er zog sich im Flur die Stiefel aus und warf sie auf den Hof. Darauf ging er in sein Zimmer, wo sein Abendbrot aufgetischt war. Er fühlte einen fürchterlichen Hunger, aber er konnte nicht essen. Er blieb stehen und sah stier auf den gedeckten Tisch. Da lag alles so nett aufgelegt; der Butterkloß war so fein, so weiß mit seinem kleinen eingedrückten Radieschen an der Spitze; das Tischtuch war weiß, und er sah, daß es mit Buchstaben gezeichnet war, die sich nicht am Anfang von seinem oder dem Namen seiner Frau fanden; der runde Ziegenkäse lag so nett auf seinem Weinlaub, als ob mehr als die Furcht vor Ausschreibung und Brandschatzung ihre Hand dabei gehabt hätte; das schöne, weiße

Brot, das dem braunen Roggenbrot so unähnlich war, der rote Wein in der geschliffenen Karaffe, die schwach rosenroten Gigotschnitte: alles schien von freundlichen Händen geordnet zu sein. Doch er war zu blöde, das Essen anzurühren. Er faßte plötzlich nach der Glocke und klingelte. Augenblicklich trat die Wirtin ein und blieb an der Tür stehen, ohne ein Wort zu sagen. Sie sah auf seine Füße nieder und wartete auf einen Befehl. Der Leutant wußte nicht, was er wollte, und erinnerte sich nicht, warum er geklingelt hatte. Doch er mußte sprechen.

„Sind Sie böse auf mich?" stieß er hervor.

„Nein, mein Herr," antwortete das demütige Weib. „Wünschen Sie etwas, mein Herr?" Und sie sah wieder auf seine Füße.

Er guckte nieder, um nachzusehen, wonach sie sah, und er entdeckte denn, daß er in Strümpfen dastand, und daß der Boden ganz voll von Spuren war, roten Spuren mit dem Abdruck der Zehen, wo der Strumpf entzwei= gegangen war, denn so lange hatte er an dem Tage marschiert.

„Geben Sie mir Ihre Hand, gute Frau," sagte er und reichte ihr die seine.

„Nein," antwortete das Weib und sah ihm gerade in die Augen, und damit ging sie.

Herr von Bleichroden schien nach diesem Schimpf Mut zu fassen und nahm einen Stuhl, um sich zum Essen hinzusetzen. Er hob die Fleischschüssel, um sich zu servieren, aber als er den Fleischgeruch in die Nähe des Gesichtes bekam, wurde ihm übel; er stand auf, öffnete das Fenster und warf die ganze Schüssel auf den Hof. Er zitterte am ganzen Körper und fühlte sich krank! Sein Auge war so empfindlich, daß das Licht ihn plagte und alle starken Farben ihn reizten. Er warf jetzt die Weinflasche hinaus und nahm das rote Radieschen aus der Butter, die roten Malermützen, die Palette, alles, was rot war, mußte hinaus. Und darauf legte er sich aufs Bett. Seine Augen waren müde, aber sie konnten sich nicht schließen. So lag er eine Weile, bis er Stimmen im Schenksaal hörte. Er wollte nicht lauschen, doch seine Ohren mußten hören, und er hörte, daß es zwei Korporale waren, die Bier tranken. Und sie sprachen:

„Das waren steife Jungen, die beiden kurzgewachsenen, aber der Lange war schwach."

„Es ist nicht gesagt, daß er schwach war, weil er wie ein Wisch an der Mauer zusammenfiel, doch er bat, wir möchten ihn am Spalier aufhaken, weil er stehen wolle, sagte er."

„Aber die anderen, hol mich der Teufel, standen die nicht, die Arme über der Brust gekreuzt, als sollten sie photographiert werden!"

„Ja, doch als der Priester zu ihnen ans Billard kam und ihnen sagte, daß es aus sei, da sollen sie alle drei

mitten im Zimmer zusammengebrochen sein, so sagte der
Sergeant wenigstens, aber schreien taten sie nicht, und nicht
einen Laut um Gnade!"

„Ja, es waren Teufelskerle! Gesundheit!"

Herr von Bleichroden barg den Kopf in den Kissen
und stopfte das Laken in die Ohren. Doch dann stand
er auf. Es war, als wenn ihn etwas zur Tür zöge
und zöge, hinter welcher die Sprechenden saßen. Er
wollte mehr hören, doch die Leute sprachen jetzt leise.
Er schlich darum vor, und, den Rücken im rechten
Winkel gespannt, legte er das Ohr ans Schlüsselloch und
horchte.

„Aber sahst du unsere Leute an? Waren die nicht
so grau im Gesicht wie die Asche hier in der Pfeife, und
wie viele schossen in die Luft. Sprich nur nicht davon!
Aber sie bekamen doch, was sie haben sollten! Und sie
wogen schon einige Pfund mehr, wie sie gingen, als wie
sie kamen! Es war, als habe man Krammetsvögel mit
Kartätschen geschossen."

„Sahst du die roten Priesterjungen, die da standen
und mit den Kaffeebrennern eine Oper sangen! Es
war, wie wenn man ein Licht schnäuzt, als es knallte.
Sie rollten in das Erbsenbeet wie Spatzen und schlugen
mit den Flügeln und verdrehten die Augen! Und
dann die alten Weiber, die kamen und die Stücke
auflasen! O, o, o! Aber so geht es zu im Kriege!
Gesundheit!"

Herr von Bleichroden hatte genug gehört, und das Blut hatte sein Gehirn so überfüllt, daß er nicht schlafen konnte. Er ging in das Schenkzimmer hinaus und bat die Leute heimzugehen.

Darauf entkleidete er sich, tauchte den Kopf ins Waschbecken, nahm seinen Schopenhauer und legte sich nieder, um zu lesen. Und er las mit brennenden Pulsen: Geburt und Tod gehören auf gleiche Weise zum Leben und halten sich das Gleichgewicht als wechselseitige Bedingungen voneinander, oder als Pole der gesamten Lebenserscheinung. Die weiseste aller Mythologien, die indische, drückt dieses dadurch aus, daß sie gerade dem Gotte, welcher die Zerstörung, den Tod, symbolisiert, gerade dem Schiwa, zugleich mit dem Halsband von Totenköpfen, den Lingam zum Attribut gibt, dieses Symbol der Zeugung . . . Der Tod ist die schmerzhafte Auflösung des Knotens, der bei der Schöpfung in Wollust geknüpft wurde; er ist die gewaltsame Zerstörung des Grundirrtums unseres Daseins, er ist die Befreiung von einem Wahn."

Er ließ das Buch fahren, denn er hörte wen schreien und in sein eigenes Bett schlagen! Wer war im Bette? Er sah einen Körper, dessen Unterleib von Krämpfen zusammengepreßt wurde und dessen Brustkorb wie die Dauben in einem Viertel gespannt stand, und er hörte eine wunderliche hohle Stimme unter dem Laken schreien. Das war ja sein eigener Körper! War er denn entzweigegangen, da er sich selbst sah, sich selbst wie eine andere Person hörte? Das Schreien dauerte fort! Die Tür öffnete sich, und das demütige Weib trat ein, wahrscheinlich, nachdem sie geklopft hatte.

„Was befehlen der Herr Leutnant?" fragte sie mit brennenden Augen und einem eigenen Lächeln auf den Lippen.

„Ich?" antwortete der Kranke, „nichts! Aber er ist allerdings sehr elend und möchte einen Arzt haben!"

„Hier gibt's keinen Arzt, aber der Pastor pflegt uns zu helfen," antwortete das Weib, das nicht mehr lächelte.

„Dann schicken Sie nach dem Priester!" sagte der Leutnant. „Er liebt die Priester sonst nicht."

„Doch wenn er krank ist, liebt er sie!" sagte das Weib und verschwand.

Als der Priester hereinkam, trat er ans Bett und nahm das Handgelenk des Kranken.

„Was glauben Sie, ist es?" fragte der Kranke. „Was glauben Sie, hat er?"

„Böses Gewissen!" war des Priesters kurze Antwort.

Da flog Herr von Bleichroden auf.

„Böses Gewissen, daß er seine Pflicht getan!"

„Ja," sagte der Priester und nahm ein feuchtes Handtuch, das er dem Kranken um den Kopf schlug. „Hören Sie mich an, wenn Sie noch können. Jetzt sind S i e verurteilt! Zu einem grausameren Lose als die — drei! Hören Sie mich genau an! Ich kenne das Symptom!

Sie stehen auf der Grenze des Wahnsinns. Sie müssen
versuchen, diesen Gedanken zu Ende zu denken! Denken
Sie ihn stark, und Sie werden fühlen, wie Ihr Gehirn
sich gleichsam ordnet! Sehen Sie mich an und folgen
Sie meinen Worten, wenn Sie können! Sie sind ent=
zweigegangen! Sie betrachten Ihren einen Teil als eine
zweite oder dritte Person! Wie sind Sie dahin ge=
kommen? Ja, sehen Sie, das ist die Gesellschaftslüge,
die uns alle doppelt macht. Als Sie heute an Ihre Frau
schrieben, da waren Sie ein Mensch, ein wahrer, ein=
facher, guter Mensch, aber als Sie mit mir sprachen
waren Sie ein anderer! Wie der Schauspieler seinen
Menschen verliert und ein Konglomerat von Rollen wird,
so wird auch der Gesellschaftsmensch mindestens zwei
Personen. Wenn nun durch eine Erschütterung, eine
Aufregung, ein Erdbeben des Geistes, die Seele birst,
so liegen die beiden Naturen da, Seite an Seite, und
betrachten einander. — Ich sehe ein Buch hier auf
dem Boden, das ich auch kenne. Es war ein tief=
sinniger Mann, vielleicht der tiefste von allen. Er durch=
schaute das Elend und die Nichtigkeit des Erdenlebens
so, als ob er von unserem Herrn und Heiland gelernt
hätte, doch er konnte deshalb nicht aufhören, ein Doppel=
gänger zu sein, denn das Leben, die Geburt, die Ge=
wohnheit, die menschliche Schwäche zwang ihn zum Rück=
fall! Sie hören, Herr, daß ich auch andere Bücher
als das Brevier gelesen habe! Und ich spreche als

Arzt, nicht als Priester, denn wir beide — folgen
Sie mir jetzt genau! — wir verstehen uns! Glauben
Sie, ich fühlte nicht den Fluch des Doppellebens, das
ich führe! Ich hege keinen Zweifel an den heiligen
Dingen, denn sie sind mir in Fleisch und Blut überge=
gangen. Herr, aber ich weiß, daß ich nicht im Namen
Gottes spreche, wenn ich spreche! Die Lüge, sehen Sie,
die bekommen wir im Mutterleibe, aus der Mutterbrust,
und wer unter den gegenwärtigen Verhältnissen die lautere
Wahrheit sagen wollte . . ja, ja. — Können Sie mir
folgen?"

Der Kranke lauschte gierig, und seine Augenlider
hatten sich während der ganzen Ausführung des Priesters
nicht ein einzigesmal gesenkt.

„Und nun zu Ihnen," fuhr der Priester fort. „Es
gibt einen kleinen Verräter mit einer Fackel in der Hand,
einen Engel, der mit einem Korb Rosen herumgeht und
die Abfallhaufen des Lebens bestreut; das ist ein Engel
der Lüge und heißt das Schöne! Die Heiden haben ihn
in Griechenland verehrt, die Fürsten ihm gehuldigt, denn
er hatte dem Volke das Gesicht geblendet, daß sie nicht
die Dinge sahen, wie sie sind. Er geht durch das ganze
Leben hindurch und verfälscht, verfälscht! Warum, ihr
Krieger, warum kleidet ihr euch in feine Trachten mit
Gold und leuchtenden Farben? Warum arbeitet ihr immer
unter Musik und fliegenden Fahnen? Nicht darum, um
das zu verbergen, was hinter eurem Gewerbe liegt? Wenn

ihr die Wahrheit liebtet, würdet ihr in weißen Blusen
gehen wie Schlächter, daß die Blutflecken recht zu sehen
wären; würdet ihr mit Messer und Markpfriem gehen
wie ein Stückmeister im Schlächterladen, mit Beilen, die
von Blut triefen und von Talg klebrig sind! Statt
der Musikchöre würdet ihr eine Schar heulender Menschen
vor euch herjagen, Menschen, die der Anblick des
Schlachtfeldes wahnsinnig gemacht hat; statt der Fahnen
würdet ihr Leichentücher tragen und im Trosse Särge
führen."

Der Kranke, der sich jetzt in Konvulsionen wand,
faltete die Hände zum Gebet und kaute an den Nägeln
rund herum. Der Priester hatte ein fürchterliches Aus=
sehen bekommen, hart, unbeweglich, haßerfüllt, und er
fuhr fort:

„Du bist von Natur ein guter Kerl, und nicht
deinen guten Menschen will ich strafen, nein, ich strafe
dich als Repräsentanten, wie du dich genannt hast,
und deine Strafe soll anderen eine Warnung werden!
— Willst du die drei Leichen sehen? Willst du sie
sehen?"

„Nein, in Jesu Namen!" schrie der Kranke, dessen
Hemd von Angstschweiß feucht war und an seinem Schulter=
blatt klebte.

„Deine Feigheit beweist, daß du ein Mensch bist und
feig wie ein solcher."

Wie von einem Peitschenschmitze getroffen fuhr der Kranke auf; sein Gesicht wurde ruhig, seine Brust legte sich, und mit einer kalten Stimme, als sei er ganz gesund geworden, sagte er: „Geh hinaus, Teufelspriester, sonst verführst du mich zu Dummheiten!"

„Doch ich komme nicht wieder, wenn du nach mir rufst," sagte der. „Denke daran! Denke daran, wenn du nicht schlafen kannst, daß es nicht meine Schuld ist, vielleicht eher der, die dort drinnen im Billardsaal liegen! Auf dem Billard, du!"

Und jetzt schlug er die Tür zum Billardsaal auf, und in das Krankenzimmer stürzte ein fürchterlicher Geruch von Karbolsäure!

„Rieche, rieche, du! Das ist anders als Pulverdampf riechen; das ist anders als nach Hause telegraphieren eine solche Tat: ‚Große Niederlage, drei Tote und ein Wahnsinniger, Gott sei gedankt!' Das ist anders als Verse darüber zu schreiben und Blumen auf die Straße zu werfen und in der Kirche zu weinen! Das ist kein Sieg. Das ist Schlachten, du, das ist Schlachten, Schlächter!"

Herr von Bleichroden war aus dem Bett gestürzt und hatte sich zum Fenster hinausgeworfen. Auf dem Hof wurde er von einigen seiner Leute ergriffen, die er in die linke Seite beißen wollte. Darauf wurde er gebunden und nach der Ambulanz des Hauptquartiers gebracht, um von dort, als von voll ausgebildetem Wahnsinn befallen, in ein Hospital überführt zu werden.

Es war eine sonnige Morgenstunde Ende Februar 1871. Die steile Martheranhöhe in Lausanne wanderte, Schritt für Schritt, ein junges Weib am Arm eines Mannes mittleren Alters hinauf. Sie war in einem Zustande weit vorgeschrittener Schwangerschaft und hing am Arm ihres Begleiters. Ihr Gesicht war das eines Mädchen, doch es war leichenblaß vor Kummer, und sie war schwarz gekleidet. Der Mann an ihrer Seite war nicht schwarz gekleidet, woraus Vorübergehende schlossen, es sei nicht ihr Mann. Er schien tief bekümmert, beugte sich dann und wann zu dem kleinen Weibe nieder und sagte ein und das andere Wort; darauf fiel er in seine eigenen Gedanken zurück. Als sie zu dem Platze beim alten Zollhause vor dem Wirtshaus A l'ours hinaufkamen, blieben sie stehen.

„Noch eine Höhe?" fragte sie.

„Ja, liebe Schwester," antwortete er. „Laß uns einen Augenblick sitzen."

Und sie setzten sich auf eine Bank vorm Wirtshaus. Ihr Herz klopfte langsam, und ihre Brust atmete träge, als wenn die Luft nicht reichte.

„Es ist schade um dich, armer Bruder," sagte sie; „ich sehe, daß du dich nach den Deinen sehnst!"

„Um alles in der Welt, Schwester, sprich nicht davon," antwortete er. „Wohl ist mein Herz zuweilen fern, und wohl bedürfte man meiner daheim bei der Saat, aber du bist ja meine Schwester, und sein eigen Fleisch und Blut kann man doch nicht verleugnen."

„Wir werden nun sehen," nahm Frau von Bleichroden wieder auf, „ob diese Luft und diese neue Behandlungsart etwas zu seiner Besserung werden tun können. Was glaubst du?"

„Ganz sicher," antwortete der Bruder, aber er wandte sich fort, um nicht sein zweifelndes Gesicht zu zeigen.

„Welchen Winter habe ich in Frankfurt durchlebt. Daß das Schicksal solche Grausamkeiten erfinden kann! Ich glaube, ich hätte leichter den Tod ertragen als dieses Lebendigbegrabensein."

„Die Hoffnung lebt aber immer," sagte der Bruder mit einem hoffnungsvollen Ton. — Und dann gingen seine Gedanken fort zu seinen Kindern und seinen Äckern. Doch gleich darauf wurde er wie beschämt über seine Selbstsucht, nicht so erfüllt von dieser Sorge sein zu können, die eigentlich nicht seine war und die er ganz ohne Verschulden bekommen hatte, und er wurde auf sich böse.

Da hörte man einen gellen langgezogenen Schrei von

der Höhe her, gleich dem Pfeifen einer Lokomotive, und dann noch einen.

„Geht der Zug hier so hoch in die Berge hinauf," fragte Frau von Bleichroden.

„Ja, das muß er wohl," sagte der Bruder und lauschte mit aufgerissenen Augen.

Noch einmal wurde geschrien! Aber jetzt klang es, wie wenn jemand ertrinkt.

„Laß uns wieder nach Hause gehen," sagte Herr Schantz, der ganz bleich geworden war. „Du vermagst heute nicht, diese Höhe zu steigen, und morgen werden wir vernünftiger sein und eine Droschke nehmen."

Aber die Frau wollte gehen, unbedingt. Und so gingen sie die lange Höhe bis zum Hospital hinauf. Es war eine Kalvarienwanderung. In den grünen Hagedornhecken an der Seite des Weges trippelten schwarze Drosseln mit gelben Schnäbeln; auf den mit Efeu bekleideten Mauern liefen graue Eidechsen um die Wette und verschwanden in den Sprüngen; es war voller Frühling, denn es war kein Winter gewesen; und am Wegrande blühte Primula und Helleborus. Aber das fesselte nicht die Aufmerksamkeit der Golgathawanderer. Als sie die Höhe halb hinaufgekommen waren, erneuerten sich die geheimnisvollen Schreie. Wie von einer plötzlichen Ahnung erfaßt, wandte sich Frau von Bleichroden zum Bruder, sah ihm in die Augen mit ihren halbgebrochenen, um ihren Verdacht bestätigt zu sehen, und dann sank sie, ohne einen Schrei ausstoßen zu können, auf dem Wege nieder, dessen gelber Staub sie mit einer Wolke umwirbelte. Und da blieb sie liegen.

Ehe der Bruder sich erholen konnte, war ein gefälliger Spaziergänger bereits nach einem Wagen gelaufen, und als das junge Weib in den Wagen getragen wurde, hatte bereits ihre Arbeit für das kommende Geschlecht begonnen, und nun hörte man zwei Schreie, die Rufe zweier Menschen aus den tiefsten Tälern des Jammers, und Herr Schantz, der seinen Hut verloren hätte, stand auf dem Fußstege da und sah zu dem blauen Frühlingshimmel hinauf und dachte bei sich: Wenn es nur dort oben gehört werden könnte, aber es ist sicherlich zu hoch!

Oben im Hospital war Herr von Bleichroden in ein Zimmer mit voller freier Aussicht nach Süden einlogiert worden. Die Wände waren gepolstert und in einem schwachen blauen Farbenton gemalt, durch welchen man leichte Konturen von Landschaften sehen konnte. Die Decke war als ein Spalier mit Weinlaub gemalt. Der Boden war mit einem Teppich belegt, und unter dem Teppich lag eine Schicht Stroh. Die Möbel waren mit Roßhaar und Gewebe überkleidet, so daß Ecken oder Kanten des Holzes nicht zu sehen waren.

Wo die Tür sich befand, konnte man von innen nicht entdecken, und dadurch wurden alle Gedanken des Kranken

an Ausgang und das Gefühl der Einsperrung, das bei
einem aufgeregten Gemütszustand das gefährlichste ist, fern=
gehalten. Die Fenster waren allerdings mit Gittern ver=
sehen, aber diese waren hübsch in Form von Lilien und
Laubwerk gearbeitet und so bemalt, daß sie nicht als
Gitter erkannt wurden.

Herrn von Bleichrodens Wahnsinn hatte die Form
von Gewissensqual angenommen. Er hatte einen Winzer
unter geheimnisvollen Umständen ermordet, die er nicht
über sich gewinnen konnte, zu bekennen, aus dem ein=
fachen Grunde, weil er sich ihrer nicht erinnerte. Jetzt
saß er im Gefängnis und erwartete die Exekution des
Urteils, denn er war zum Tode verurteilt. Doch er hatte
lichte Zwischenstunden. Dann stellte er große Bogen Papier
an den Wänden des Zimmers auf und schrieb sie mit
Syllogismen voll. Dann erinnerte er sich, daß er Frank=
tireurs hatte erschießen lassen; aber daß er verheiratet war,
erinnerte er sich nicht, und er nahm den Besuch seiner
Gattin wie den eines Schülers entgegen, welchem er Lek=
tionen in der Logik gab. Er hatte als Prämissen auf=
gestellt: Franktireurs seien Verräter, und die Order laute:
erschieße sie! Eines Tages hatte seine Frau, die genötigt
war, bei allem mitzuhalten, die Unvorsichtigkeit, seinen
Glauben an die Prämisse, daß alle Franktireurs Ver=
räter seien, zu erschüttern, und da riß er alle Konklu=
sionen von der Wand herunter und sagte, er würde zwanzig
Jahre anwenden, um die Prämisse zu beweisen, denn die

Prämisse müsse zuerst bewiesen sein. Zwischendurch hatte er große Projekte für das Wohl der Menschheit. Worauf geht all unser Streben hier auf Erden hinaus? fragte er. Weshalb regiert der König, predigt der Priester, dichtet der Dichter, malt der Maler? Doch, um dem Körper Stickstoff zu verschaffen. Stickstoff sei das teuerste von allen Nahrungsmitteln, darum sei Fleisch am teuersten. Stickstoff sei die Intelligenz, denn die Reichen, die Fleisch äßen, seien intelligenter als die anderen, die mehr Kohlehydrate äßen. Jetzt fing es auf der Erde an, böse um den Stickstoff zu stehen, und daher entständen Kriege, Arbeiterstreiks, Zeitungen, Pietisten und Staatsstreiche. Man müsse eine neue Grube mit Stickstoff entdecken. Herr von Bleichroden hatte sie entdeckt, und nun würden alle Menschen gleich werden; Freiheit, Gleichheit und Brüderlichkeit würden kommen und eine Wirklichkeit auf Erden werden. Diese unerschöpfliche Grube hieß: die Luft. Die enthielt 79 Volumenprozente Stickstoff, und man mußte auf irgendeine Weise die Lungen dahinbringen, ihn direkt aufzunehmen und zur Nahrung des Körpers zu verarbeiten, ohne daß er sich erst in Gras, Getreide und Gemüse zu verdichten brauchte, um dann vom Tier in Fleisch verwandelt zu werden! Das war das Problem der Zukunft und das des Herrn von Bleichroden, und mit dessen Lösung würden der Ackerbau und die Viehzucht überflüssig werden, und das goldene Zeitalter wieder eintreten auf Erden. Dazwischen verfiel er wieder in seine Träume

von dem begangenen Mord, und dann war er tief
unglücklich.

Denselben Februarmorgen, als Frau von Bleichroden
auf dem Wege zum Hospital gewesen war und wieder
nach Hause hatte umkehren müssen, saß ihr Mann in
seinem neuen Zimmer oben in der Anstalt und sah zum
Fenster hinaus. Zuerst hatte er das Weinlaub der Decke
und die Landschaft der Wände angesehen, darauf hatte
er sich in einen bequemen Stuhl ans Licht gesetzt, so daß
er die Aussicht frei vor sich hatte. Er war heute ruhig,
denn er hatte den Abend vorher ein kaltes Bad genommen
und die Nacht gut geschlafen. Er wußte, daß es Fe=
bruar war, aber er wußte nicht, wo er sich befand. Kein
Schnee draußen, das war sein erster Gedanke, und das
setzte ihn in Erstaunen, denn er war niemals in südlicheren
Ländern gewesen. Draußen vor dem Fenster standen grüne
Büsche. Laurier teint ganz mit weißen Blütenknospen
übersäet; laurier cerise mit seinen glänzenden lichtgrünen
Blättern, die den ganzen Winter grün sind; Buxbaum;
eine Ulme, ganz mit Efeu umhüllt, der jeden Zweig ver=
barg und dem Baume das Aussehen gab, als stände er
in vollem Laubschmuck; auf dem Rasen, der mit Primula
elatior wie von einer vergossenen Schwefelblüte besät war,
ging ein Mann und mähte das Gras mit einer Sense,
während ein kleines Mädchen harkte. Er nahm noch ein=
mal den Kalender und las: Februar. Man harkt im
Februar. Wo bin ich? — Darauf gingen seine Blicke

über den Garten hinaus, und er sah ein tiefes Tal sich
sacht senken, aber grün wie eine Sommerwiese, und kleine
Dörfer und Kirchen lagen hier und dort, und große Hänge=
weiden standen ganz lichtgrün da. Im Februar, dachte
er wieder. Und wo die Wiesen aufhörten, lag ein See;
ganz ruhig, hellblau wie Luft, und auf der anderen Seite
des Sees lag ein blauendes Land; über dem blauenden
Lande erhob sich eine Bergkette; aber über der Bergkette
lag etwas anderes, das Wolken glich; die waren so fein
im Farbenton wie frischgewaschene Wolle, aber sie hatten
Spitzen, und über ihnen lagen kleine leichte Schatten, die
zuweilen in die spitzen Wolken übergingen. Er wußte
nicht, wo er war, aber es war so schön, daß es nicht auf
der Erde sein konnte. War er tot, und war er in eine
andere Welt gekommen? In Europa war er nicht! Viel=
leicht war er tot! Er versank in stille Träume und ver=
suchte, sich in seine neue Lage hineinzudenken.

Aber dann sah er wieder auf, und nun sah er das
ganze sonnige Gemälde von dem Fenstergitter eingefaßt
und gekreuzt, und die geschmiedeten Eisenlilien und das
Laubwerk zeichneten sich ab, als schwebten sie in der Luft.
Er war zuerst erschrocken, aber dann beruhigte er sich.
Er betrachtete das Gemälde noch einmal, besonders die
spitzen rosenroten Wolken. Und dann fühlte er eine un=
erhörte Freude und ein erfrischendes Gefühl im Kopfe;
ihm war, als ob die Windungen des Gehirns, nachdem
sie wirr zusammengedreht dagelegen hatten, anfingen sich

zu ordnen und sich wieder zurechtzulegen. Und er wurde so froh, daß seine Brust zu singen begann, wie er glaubte, aber er hatte niemals in seinem Leben gesungen, und darum wurden es Schreie, Jubelschreie, und die waren es, die durchs Fenster drangen und nahe daran waren, seine Frau vor Kummer zur Verzweiflung zu bringen. Als der Singende so eine Stunde gesessen hatte, hatte er sich an ein altes Gemälde in einer Kegelbahn in der Umgegend von Berlin erinnert, das eine Schweizer Landschaft darstellen sollte, und nun wußte er, daß er in der Schweiz war, und daß die spitzen Wolken die Alpen waren.

Als der Arzt seine zweite Runde machte, fand er Herrn von Bleichroden in einem Stuhl vorm Fenster ruhig dasitzen und vor sich hinsummen, und es war nicht möglich, ihn von dem schönen Bilde loszureißen. Aber er war ganz klar und wußte seine Lage vollkommen.

„Herr Doktor," sagte er und wies auf das Eisengitter, „warum wollen Sie ein so schönes Gemälde brandmarken, fleur-de-lisiren? Wollen Sie mich nicht ins Freie gehen lassen? Ich glaube, es würde mir gut tun, und ich verspreche, nicht auszureißen!"

Der Arzt faßte seine Hand, um heimlich mit dem Zeigefinger den Puls an der Daumenwurzel zu untersuchen.

„Der Puls ist nur siebzig, lieber Doktor," sagte der Patient lächelnd, „und ich habe heute nacht ruhig ge= schlafen. Sie haben nichts zu befürchten."

„Es freut mich," sagte der Arzt, „daß die Kur wirk= lich etwas über Sie vermocht hat. Sie haben Freiheit auszugehen."

„Wissen Sie, Doktor," sagte der Kranke mit lebhafter Bewegung, „wissen Sie, mir ist, als sei ich tot gewesen und sei wieder auf einem anderen Planeten zum Leben auferstanden, so schön ist es hier! Niemals habe ich mir träumen lassen, daß die Erde so herrlich sei!"

„Doch mein Herr, die Erde ist noch schön, wo die Kultur sie nicht zerstört hat, und hier ist die Natur so stark, daß sie den Versuchen der Menschen widerstanden hat. Glauben Sie, Ihr Land sei immer so häßlich ge= wesen wie es jetzt ist? Nein, da wo jetzt öde Sandebenen sind, die nicht eine Ziege ernähren können, da rauschten vordem herrliche Wälder von Eichen, Buchen und Föhren, in deren Schatten das Wild weidete, und wo fette Herden von dem besten Schlachtvieh des Nordländers sich mit Eicheln mästeten."

„Sie sind Rousseauist, Herr Doktor," fiel der Pa= tient ein.

„Rousseau war Genfer, Herr Leutnant! Dort am Seeufer, in jener tiefen Bucht, die Sie gerade über dem Wipfel der Ulme sehen können, dort, dort wurde er ge= boren, dort litt er, dort wurden sein Emile und Contrat social, die Evangelien der Natur, verbrannt, und dort, zur Linken, am Fuße der Walliser Alpen, wo das kleine Clarens liegt, dort schrieb er das Buch der Liebe, La nouvelle Heloïse. Es ist nämlich der Genfer See, den Sie hier unten sehen!"

„Der Genfer See!" wiederholte Herr von Bleichroden.

„In diesem stillen Tal," fuhr der Arzt fort, „wo friedliche Menschen wohnen, haben alle verwundeten Geister Heilung gesucht! Sehen Sie dort rechts, gerade über der kleinen Landzunge mit dem Turm und den Pappeln; dort liegt Ferney. Dahin flüchtete Voltaire, als er in Paris ausgegrinst hatte, und dort bebaute er die Erde und baute dem höchsten Wesen ein heiliges Haus. Dort liegt, weiter hierhin, Coppet. Dort wohnte Madame de Staël, der schlimmste Feind des Volksverräters Napoleon, sie, die die Franzosen, ihre Landsleute, zu lehren wagte, die deutsche Nation sei nicht Frankreichs barbarischer Feind, denn, Herr, die Nationen hassen sich nicht! Hierin, sehen Sie jetzt nach links, hierhin an diesen ruhigen Binnensee flüchtete der zerrissene Byron, der gleich einem gebundenen Titan sich aus dem Garn losgerissen hatte, in welches die Zeit des Rückschritts seine starke Seele hatte fangen wollen, und hier unten schrieb er sich seinen Tyrannenhaß in dem „Gefangenen auf Chillon" von der Seele. Dort, unter dem hohen Mont Grammont, vor dem kleinen Fischerdorf St. Gingolphe, war er eines Tages

nahe daran, zu ertrinken, doch sein Leben war noch nicht
vollendet. Hierher sind sie alle geflohen, die nicht die
Luft der Verwesung leiden konnten, die wie eine Cholera
über Europa stand nach dem Attentat der heiligen Allianz
gegen die neuerworbenen Rechte der Revolution, das heißt
des Menschen. Hier unten, tausend Fuß unter Ihren
Füßen, dichtete Mendelssohn seine schwermütigen Lieder,
hier schrieb Gounod seinen Faust! Können Sie nicht sehen,
woher er seine Eingebungen zur Walpurgisnacht be=
kommen hat? Dort in den Abgründen der Savoyer
Alpen! Hier donnerte Viktor Hugo seine rasenden Straf=
gesänge über den Dezemberverräter! Und hier, wunder=
licher Scherz des Schicksals, hier unten in dem kleinen,
stillen, bescheidenen Devey, wohin niemals der Nordwind
kommen kann, hier suchte Ihr eigener Kaiser die Schreckens=
bilder von Sadowa und Königgrätz zu vergessen. Dort
verbarg sich der Russe Gortschakoff, als er den Boden
unter seinen Füßen wanken fühlte; hier badete John
Russell alle politische Unreinlichkeit ab und atmete reine,
unverfälschte Luft; hier suchte Thiers seine, durch kreu=
zende politische Stürme oft verwirrten, sich wider=
sprechenden, aber, wie ich glaube, ehrlichen Gedanken
zu ordnen, und möge er jetzt, wo er die Geschicke seines
Volkes tragen soll, sich der unschuldigen Stunden er=
innern, in denen sein Geist in Ruhe mit sich selbst
Zwiesprach halten konnte, hier vor der milden, aber
ernsten Majestät der Natur! Und dort hinten, in Genf,

Herr Leutnant! Dort wohnt kein König mit seinem
Hof, aber dort wurde ein Gedanke geboren, der ebenso
groß ist wie das Christentum und dessen Apostel, die
tragen auch ein Kreuz, ein rotes Kreuz auf ihren weißen
Fahnen! Und als das Mausergewehr auf den französischen
Adler zielte, und das Chassepot auf den deutschen Adler,
da wurde das rote Kreuz heilig gehalten, heilig von denen,
die sich sonst vor dem schwarzen Kreuz nicht beugten,
und in diesem Zeichen, glaube ich, wird die Zukunft
siegen."

Der Patient, der die ungewöhnliche Rede ruhig an=
gehört hatte, die so gefühlvoll, um nicht zu sagen senti=
mental war, als käme sie von einem Geistlichen und nicht
von einem Arzte, fühlte sich geniert.

„Sie schwärmen, Herr Doktor," sagte er.

„Das werden Sie auch tun, wenn Sie hier drei Mo=
nate lang gewohnt haben," antwortete der Arzt.

„Sie glauben also an die Kur?" fragte der Patient,
etwas weniger skeptisch als vorher.

„Ich glaube an die unendliche Kraft der Natur, die
Kulturkrankheit heilen zu können!" antwortete er. „Fühlen
Sie sich stark genug, eine gute Nachricht entgegenzu=
nehmen?" fuhr er fort und betrachtete den Kranken
genau.

„Vollkommen, Herr Doktor!"

„Nun denn, der Friede ist geschlossen!"

„Gott . . . welches Glück!" brach der Patient aus.

„Ja, allerdings," sagte der Arzt, „doch fragen Sie nicht mehr, denn Sie dürfen heute nicht mehr erfahren! Kommen Sie jetzt hinaus, aber auf eins müssen Sie gefaßt sein! Ihr Gesunden wird nicht so direkt vor sich gehen, wie Sie glauben! Sie können Rückfälle bekommen! Die Erinnerung, sehen Sie, ist unser schlimmster Feind und . . . doch folgen Sie mir jetzt."

Der Arzt nahm den Arm des Kranken und führte ihn in den Garten hinaus. Keine Gitter und keine Mauern versperrten den Weg, nur grüne Hecken, die den Wanderer in Labyrinthen zurückleiteten, von wo er gekommen war, doch hinter den Hecken waren tiefe Laufgräben, die unmöglich zu überschreiten waren. Der Leutnant suchte nach alten Worten für sein Entzücken, doch er fühlte, daß sie so schlecht zu dem paßten, was er empfand, daß er damit schloß zu schweigen, auf eine wunderbare stille Musik der Nerven lauschend. Es war, als ob alle Saiten der Seele wieder gestimmt worden wären, und er empfand eine Ruhe, die er seit langer, langer Zeit nicht gekannt hatte.

„Bezweifeln Sie noch, daß ich wieder hergestellt bin?" fragte er den Arzt mit einem wehmütigen Lächeln.

„Sie sind auf dem Wege der Besserung, wie ich Ihnen vorher gesagt habe, doch Sie sind noch nicht gesund."

Sie befanden sich jetzt vor einem kleinen gewölbten Steintor, durch das die Patienten, von Wärtern begleitet, hineinströmten.

„Wohin gehen alle diese Menschen?" fragte der Kranke.

„Folgen Sie ihnen, und Sie werden es sehen," sagte der Arzt. „Sie haben meine Erlaubnis." Und Herr von Bleichroden ging hinein. Der Arzt aber winkte einen Wärter zu sich.

„Gehen Sie hinunter nach dem Hotel Faucon zu Frau von Bleichroden," sagte er, „grüßen Sie und sagen Sie, ihr Mann sei auf dem Wege zur Besserung, er hätte aber noch nicht nach seiner Frau gefragt. Wenn er das tue, sei er gerettet."

Der Wächter ging und der Arzt folgte dem Kranken durch das kleine Steintor.

Herr von Bleichroden war in einen großen Saal gekommen, der keinem Raum glich, den er bisher gesehen hatte. Es war keine Kirche, kein Theater, keine Schule, kein Rathaussaal, doch ein wenig von allen zusammen. Im Hintergrunde war eine Apsis, die sich in drei Fenstern mit farbigen Glasscheiben öffnete; es waren milde, harmonische Farben, als hätte ein großer Farbenkünstler sie komponiert, und das Licht, das hineinfiel, war in einem einzigen, großen harmonischen Dur-Akkord gebrochen. Es

machte denselben Eindruck auf den Kranken wie der C=Dur=
Akkord, mit dem Haydn das Dunkel des Chaos auflöst,
wenn in der Schöpfung der Herr, nachdem der Chor eine
lange, schmerzliche Arbeit gehabt hat, die ungeordneten
Naturkräfte zu entwirren, schließlich ausruft: Es werde
Licht, und Cherubim und Seraphim einstimmen.

Unterhalb der Fenster war eine Tropfsteinklippe, die
ein Gewölbe bildete, aus welchem ein kleiner Bach leise
hervorrann und in ein Bassin niederfiel, in dem Callas
standen, deren geneigte Kelche weiß wie Engelsflügel waren.
Die Pfeiler, die die Apsis umgaben, entbehrten jedes be=
kannten Stils, und ihre Schäfte waren mit braunem
weichen Lebermoos bis zur Decke hinauf bekleidet. Das
untere Getäfel der Wände war mit Tannenreisern be=
deckt; und die großen Wandflächen mit angehefterem Laub
immergrüner Pflanzen, Lorbeer, Steineiche, Mistel, ge=
schmückt; alle in Ornamenten, die auf keinen Stil zurück=
geführt werden konnten; bisweilen waren sie auf dem
Wege, Buchstaben zu formen, aber dann lösten sie sich in
weiche, phantastische Pflanzenformen auf, wie die Arabesken
Rafaels. Unter den Fensterlunetten hingen große Kränze,
wie zu einem Maifest, und längs des Dachfrieses zog sich
ein Ornament hin, das nicht auf die Lotusborte Ägyptens,
den Mäander Griechenlands, die Acanthusvariationen
Roms, die Untiere des Romanismus, noch auf das Drei=
blatt und die Kreuzblüten der Gotik zurückgeführt werden
konnte. Herr von Bleichroden sah sich um und fand den

Boden mit Bänken bestellt, auf welchen die Patienten des
Hospitals in stiller Verwunderung saßen. Er nahm auf
einer Bank Platz und hörte Seufzer neben sich. Da sah
er einen Mann, von vierzig Jahren wohl, der, das Ge=
sicht mit den Händen bedeckt, weinte. Er hatte eine krumme
Nase, Schnurr= und Spitzbart, und glich im Profil einem
Bilde, das Herr von Bleichroden auf französischen Münzen
gesehen hatte. Es war sicherlich ein Franzose. Hier sollten
sie sich also treffen, hier saß Feind neben Feind, beide
etwas beweinend. Was? Ihre Pflicht gegen das Vater=
land erfüllt zu haben! Herr von Bleichroden wurde auf=
geregt und unruhig, als eine schwache Musik sich hören
ließ. Es war eine Orgel, die einen Choral spielte, aber
einen Choral in Dur; es war kein lutherischer, kein katho=
lischer, kein calvinischer, kein griechischer, doch er sprach,
und der Kranke glaubte Worte zu hören, trostvolle, hoff=
nungsreiche Worte. Und jetzt stieg ein Mann die Apsis
hinauf und blieb dort stehen, zur Hälfte von der Tropf=
steinklippe verborgen. War das ein Priester? Nein, er
war in einen hellgrauen Rock gekleidet, hatte ein hell=
blaues Halstuch um und seine Hemdbrust wurde in der
Öffnung der Weste sichtbar. Auch ein Buch hatte er nicht.
Aber er sprach. Er sprach mild und einfach, wie man
unter Freunden spricht; er sprach von den einfachen Lehren
des Christentums, seinen Nächsten zu lieben wie sich selbst,
geduldig, verträglich, verzeihend gegen Feinde zu sein; er
sprach davon, wie Christus sich die Menschheit als ein

einziges Volk gedacht habe, aber wie die böse Natur des Menschen diesem großen Gedanken entgegengewirkt, wie die Menschheit sich in Nationen, Sekten, Schulen gruppiert habe; aber er sprach auch die feste Hoffnung aus, die Grund=
sätze des Christentums würden bald verwirklicht werden. Und nachdem er eine Viertelstunde gesprochen hatte, stieg er hinab, nachdem er ein kurzes Gebet zu Gott dem All= mächtigen getan hatte, ohne Jesus, Jungfrau Maria, Ni= kolaus, Anastasius oder irgendeinen Namen genannt zu haben, der an ein offizielles Bekenntnis erinnern und Leiden= schaften wecken konnte.

Herr von Bleichroden erwachte wie aus einem Traum. Er war also in der Kirche gewesen! Er, der aller klein= lichen Konfessionsstreitigkeiten überdrüssig, seit fünfzehn Jahren keinen Gottesdienst besucht hatte. Und hier, hier im Irrenhaus sollte er eine Freikirche in voller Wirklich= keit antreffen; hier saßen Römisch=Katholische, Griechisch= Katholische, Lutheraner, Kalvinisten, Zwinglianer, Angli= kaner Seite an Seite und widmeten gemeinsame Gedanken dem gemeinsamen Gotte. Welche vernichtende Kritik bil= dete nicht dieser Kirchensaal für all diese Sekten, welche die Selbstsucht der Menschen zu gleich vielen Religionen gemacht hatte, die sich niedersäbelten, sich verbrannten, sich schmähten! Welches Zugeständnis für den Angriff der „ungläubigen" Kirche auf dieses politische Dynastiechristen= tum!

Herr von Bleichroden ließ seine Blicke über den schönen

Raum schweifen, um die Schreckbilder fortzujagen, die er
hervorgerufen hatte. Sein Auge irrte und irrte, bis es
auf der Kurzwand, gegenüber der Apsis, haften blieb. Da
hing ein kolossaler Kranz, und in demselben stand ein Wort
geschrieben, mit Buchstaben, die aus Tannenzweigen zu=
sammengesetzt waren. Er buchstabierte das französische
Wort ‚Noël" und wiederholte für sich ‚Weihnacht'. Welcher
Dichter hatte diesen Raum gedichtet? Welcher Menschen=
kenner, welcher tiefe Geist hatte so verstanden, die schönste
und reinste aller Erinnerungen zu wecken? Würde nicht
die umnachtete Vernunft diese brennende Sehnsucht nach
Licht und Klarheit empfinden, wenn sie sich an das Fest
des Lichtes erinnerte, wo die dunklen Tage beim Jahres=
wechsel ein Ende nahmen oder wenigstens ein Ende zu
nehmen versprachen! Würde nicht der Gedanke an die
Kindheit, als keine Bekenntnisstreitigkeiten, kein politischer
Haß, keine ehrgeizigen leeren Träume das Rechtsgefühl
des reinen Sinnes verdunkelten, würde der nicht einen
Ton in den Seelen anschlagen, der all dieses Bestiengeheul
überstimmen könnte, das man dann draußen im Leben, in
dem Kampfe nach dem Brot, öfter nach der Ehre, gehört
hatte! Er dachte nach und fragte sich: wie kann der Mensch,
der als Kind fromm ist, so schlecht werden, wenn er älter
wird? Ist es die Erziehung, die Schule, diese gepriesene
Blume der Kultur, die uns lehrt, schlecht zu werden?
Möglich! Was lehren uns die ersten Lehrbücher? dachte
er. Sie lehren uns, daß Gott ein Rächer ist, der die Misse=

taten der Väter an den Kindern straft bis ins dritte und
vierte Glied; sie lehren uns, daß die Helden sind, die Volk
gegen Volk aufgereizt und Länder und Reiche geraubt
haben; daß große Männer die sind, denen es gelungen ist,
die Ehre zu erreichen, deren Leerheit alle einsehen, der
aber doch alle nachstreben; Staatsmänner die, welche mit
List große Ziele erreichen, nicht hohe, wo der ganze Ver=
dienst in einem Mangel an Gewissen bestehen kann, der
stets im Kampfe gegen die, welche eins haben, siegen wird!
Und damit unsere Kinder alles dies lernen, bringen die
Eltern Opfer, entsagen und leiden Qualen durch die Tren=
nung von den Kindern! War die Welt nicht ein Irren=
haus, während dieser Ort der vernünftigste war, den es
je gegeben!

Nun sah er wieder das einzige geschriebene Wort in
der ganzen Kirche an, und er buchstabierte es von neuem;
da begann in den heimlichen Verstecken der Erinnerung
ein Bild aufzusteigen, wie wenn der Photograph das Eisen=
vitriol über die graue Negativplatte spülen läßt, sobald
sie aus der Kamera gekommen ist. Er glaubte den letzten
Weihnachtsabend in Szene gesetzt zu sehen. Den letzten?
Nein, da war er in Frankreich. Also den vorletzten. Es
war der erste Abend, den er im Hause seiner Verlobten
zubrachte; denn am Tage vorher hatte er sich verlobt.
Jetzt sah er die Häuslichkeit des alten Pfarrers, seines
Schwiegervaters; er sah den niedrigen Saal mit dem weißen
Buffet, dem Klavier, den Zeisigen im Bauer, den Balsa=

minen am Fenster, dem Schrank mit der Silberkanne, den
Tabakspfeifen, die teils aus Meerschaum, teils aus rotem
Ton waren; und da geht sie, die Tochter des Hauses
und hängt Nüsse und Äpfel an die Weihnachtstanne. Die
Tochter des Hauses. Hier schlug es wie ein Blitz in seine
Finsternis nieder; doch wie ein schönes ungefährliches
Wetterleuchten im Spätsommer, das man von der Veranda
betrachtet, ohne ein Einschlagen zu befürchten. Er war
verlobt, er war verheiratet, er hatte eine Frau, die ihn
wieder ans Leben band, das er vorher verachtet und
gehaßt hatte. Doch wo war sie? Er mußte sie sehen,
sie treffen, jetzt sofort! Er mußte zu ihr fliegen, denn
sonst würde er vor Ungeduld vergehen.

Er eilte aus der Kirche heraus und stieß sofort auf
den Arzt, der ihn erwartete, um die Wirkung des Kirchen=
besuches zu sehen. Herr von Bleichroden faßte den Arzt
bei den Schultern, sah ihm gerade in die Augen und fragte
mit dem Atem in der Kehle:

„Wo ist meine Frau? Führen Sie mich sofort zu
ihr! Sofort! Wo ist sie?"

„Sie und Ihre Tochter," sagte der Arzt ruhig, „er=
warten Sie unten in der Rue de Bourg."

„Meine Tochter? Ich habe eine Tochter!" brach der
Patient aus und verfiel in Weinen.

„Sie sind sehr gefühlvoll, Herr von Bleichroden," sagte
der Arzt lächelnd.

„Ja, Doktor, man muß es hier werden!"

„So kommen Sie und kleiden Sie sich zum Ausgehen an," sagte der Arzt und nahm seinen Arm; „in einer halben Stunde sind Sie bei den Ihrigen, und dann sind Sie wieder bei sich selbst!"

Und sie verschwanden in dem großen Hausflur.

Herr von Bleichroden war ein ganz moderner Typus. Urenkel der französischen Revolution, Enkel der heiligen Alliance, Sohn des Jahres 1830. Wie ein Verunglückter zwischen den Klippen der Revolution und der Reaktion zerschellt. Als er in den zwanziger Jahren zum bewußten Leben erwachte, und ihm die Schuppen von den Augen fielen, daß er einsah, in welches Lügengewebe er verstrickt war, vom Bekenntnischristentum bis zum Dynastiefetischismus, war es ihm, als wäre er jetzt erst erwacht, oder als wäre er als der einzig Vernünftige in ein Irrenhaus eingesperrt. Und als er nicht ein einziges Loch in der Mauer entdeckte, durch welches er herauskommen konnte, ohne einem hindernden Bajonett oder einer Gewehrmündung zu begegnen, verzweifelte er. Er hörte auf, an etwas zu glauben, sogar an Rettung, und er warf sich in die Opiumschänken des Pessimismus, um wenigstens den Schmerz zu betäuben, wenn es keine Heilung gab. Schopenhauer wurde sein Freund, und später fand er in von Hartmann den brutalsten Wahrheitssager, den die Welt gesehen.

Doch die Gesellschaft rief ihn und forderte von ihm, sich irgendwo einregistrieren zu lassen. Herr von Bleichroden warf sich auf die Wissenschaft und wählte eine von denen, die die geringste Berührung mit der Gegenwart hatte: die Geologie, oder besser, den Zweig derselben, der das Tier- und Pflanzenleben einer vergangenen Welt behandelte, die Paläontologie. Als er sich fragte: zu welchem Nutzen für die Menschheit? konnte er nur antworten: zum Nutzen für mich selbst! Als Betäubungsmittel! Er konnte niemals eine Zeitung lesen, ohne den Fanatismus wie einen grauenden Wahnsinn aufsteigen zu fühlen, und deshalb hielt er alles, was ihn an Mitwelt und Jetztzeit erinnern konnte, von sich fern, und er begann zu hoffen, in einer teuer erworbenen, erkämpften Stupidität seine Tage in Ruhe und mit erhaltener Vernunft leben zu dürfen. Dann verheiratete er sich; er konnte dem unverrückbaren Gesetz der Natur von der Aufrechterhaltung der Gattung nicht entgehen. In der Gattin hatte er all das Innerliche wiederzugewinnen gesucht, das ihm geglückt war, aus sich herauszuarbeiten, und sie wurde sein altes, gefühlvolles Ich, über das er sich in stiller Ruhe freute, ohne aus seinen Verschanzungen herausgehen zu brauchen. In ihr fand er sein Komplement, und er fing an, sich zu sammeln, aber er fühlte auch, daß sein ganzes kommendes Leben auf zwei Ecksteinen gebaut war; der eine war seine Gattin;

fiel dieſer, dann würde er und ſein ganzes Gebäude ein
ſtürzen. Als er nun nach einer Ehe von ein paar
Monaten von ihrer Seite geriſſen wurde, war er nicht
mehr er ſelbſt. Es war ihm, als fehlte ihm ſein
eines Auge, ſeine eine Lunge, ſein einer Arm, und
darum konnte er auch ſo ſchnell entzweigehen, als der
Schlag ihn traf!

Beim Anblick ſeiner Tochter ſchien etwas Neues in
dem aufzuſteigen, was Herr von Bleichroden ſeine Natur=
ſeele nannte, zum Unterſchied von ſeiner Geſellſchaftsſeele,
die durch die Erziehung produziert wird. Er fühlte jetzt,
daß er an die Familie gebunden war, daß er nicht ſterben
würde, wenn er einmal ſtarb, ſondern daß ſeine Seele
im Kinde fortleben würde; er empfand mit einem **Wort**,
daß ſeine Seele wirklich unſterblich war, wenn auch ſein
Körper im Kampfe zwiſchen den chemiſchen Kräften unter=
gehen würde. Er fühlte ſich mit einem Male verpflichtet,
zu leben und zu hoffen, obgleich er oft von der Verzweif=
lung ergriffen wurde, von Zeit zu Zeit, wenn er ſeine
Landsleute in dem ſehr natürlichen Rauſch des Sieges
den glücklichen Ausgang des Krieges einigen Individuen
zuſchreiben hörte, die von ihren Landauern mit Fernrohren
das Schlachtfeld betrachtet hatten; aber dann wurde ihm
ſein Peſſimismus tadelnswert, weil er der Entwicklung
des Neuen durch ein ſchlechtes Vorbild hinderlich war,
und er wurde Optimiſt aus Pflichtgefühl. Doch er wagte
nicht, in ſeine Heimat zurückzukehren, aus Furcht, dort

wieder in Mutlosigkeit zu geraten, sondern erbat seinen Ab=
schied, machte sein kleines Vermögen flüssig und ließ sich
in der Schweiz nieder.

⁂

Es war ein schöner, warmer Herbstabend zu Vevey
im Jahre 1872. Die Mittagsglocke in der kleinen Pension
Le Cèdre hatte Schlag sieben Uhr zum Diner geläutet,
und um die große Mittagstafel versammelten sich die
Pensionäre, die alle miteinander Bekanntschaft gemacht
hatten und auf dem intimsten Fuß lebten, wie die Menschen
tun, wenn sie sich auf neutralem Gebiet befinden. Herr
von Bleichroden und seine Frau hatten zu Tischnachbarn
den traurigen Franzosen, den wir in der Hospitalskirche
getroffen haben, einen Engländer, zwei Russen, einen
Deutschen nebst Frau, eine spanische Familie und zwei
Tirolerinnen. Das Gespräch ging wie gewöhnlich ruhig,
friedlich, fast gefühlvoll, bisweilen spielend über die
brennendsten Fragen hin, ohne jemals Feuer zu fangen.

„Daß die Erde so unnatürlich schön sein könnte wie
hier, hätte ich niemals geglaubt," sagte Herr von Bleich=
roden und berauschte sich mit einem Blick durch die offenen
Verandatüren!

„Die Natur ist auch wohl sonst schön," sagte der
Deutsche, „aber ich glaube, unsere Augen waren krank!"

„Das ist wahr," sagte der Engländer, „aber hier ist es auch schöner als irgendwo anders! Haben Sie nicht gehört, meine Herrschaften, wie es den Barbaren ging, diesmal waren es Alemannen oder Ungarn, glaube ich, als sie auf die Dent Jaman hinaufkamen und den Genfer See erblickten? Sie glaubten, der Himmel sei auf die Erde herabgefallen, und waren so erschrocken, daß sie wieder umkehrten! Aber das steht gewiß im Führer zu lesen!"

„Ich glaube," sagte der eine Russe, „es ist die reine lügenfreie Luft, die man hier atmet, die macht es, daß wir alles so schön finden, obgleich ich nicht leugnen will, daß dieselbe schöne Natur eine Rückwirkung auf die Sinne ausübt und sie abhält, sich in alle unsere Vorurteile zu verstricken. Aber warten Sie bloß, wenn die Erben der heiligen Allianz tot sind, wenn die höchsten Bäume geköpft worden, werden auch unsere Kräuter wieder in hellem Sonnenschein grünen."

„Sie haben recht," sagte Herr von Bleichroden, „aber wir werden die Bäume nicht köpfen brauchen! Es gibt andere menschliche Arten. Es war einmal ein Schriftsteller, der ein mittelmäßiges Stück geschrieben hatte, dessen Erfolg davon abhing, wie die weibliche Hauptrolle gegeben werden würde. Er ging zur Primadonna der Schauspielerinnen und fragte, ob sie die Rolle übernehmen wolle. Sie antwortete ausweichend. Da vergaß er sich soweit, sie daran zu erinnern, daß sie nach dem Theaterreglement gezwungen werden könne, die Rolle zu spielen. Das ist wahr, antwortete sie, aber — ich kann Schwierigkeiten machen! — Wir können auch unsere Hauptlügen fortchikanieren. In England ist es heute nur noch eine Budgetfrage! Die Reichsversammlung votiert die Apanage niedriger — und sie werden ihrer Wege gehen! Das ist die Straße der gesetzlichen Reformen! Nicht wahr, Herr Engländer?"

„Vollkommen," antwortete der Engländer. „Unsere Königin hat das Recht Krocket zu spielen und Ball zu schlagen, aber in die Politik darf sie sich nicht mischen!"

„Doch die Kriege! die Kriege! Werden die jemals aufhören?" wandte der Spanier ein.

„Wenn das Weib Stimmrecht bekommt, werden die Armeen reduziert werden," sagte Herr von Bleichroden. „Nicht wahr, Frau?"

Frau von Bleichroden nickte beifällig.

„Denn," fuhr Herr von Bleichroden fort, „welche Mutter will ihren Sohn, welche Frau ihren Mann, welche Schwester ihren Bruder in diese Schlachten ziehen lassen! Und wenn es niemand gibt, der die Menschen gegeneinander aufreizt, dann wird der sogenannte Rassenhaß verschwinden. Der Mensch ist gut, aber die Menschen sind böse, meinte unser Freund Jean Jacques, und er hatte Recht. Warum sind die Menschen hier in diesem schönen Lande friedlicher? Warum sehen sie vergnügter aus als anderwärts? Sie

haben nicht täglich und stündlich diese Schulmeister über
sich; sie wissen, daß sie selbst bestimmt haben, wer sie re=
gistrieren soll; sie haben vor allem so wenig zu beneiden
und so wenig das sie verletzt. Keine königlichen Gefolge,
keine Wachtparaden, keine Galavorstellungen, bei denen
der schwache Mensch versucht wird, das Geputzte, aber
Unwahre zu verehren. Die Schweiz ist das kleine Miniatur=
modell, nach welchem das Europa der Zukunft ausgebaut
werden wird!"

"Sie sind Optimist, mein Herr?" sagte der Spanier.

"Ja," sagte Herr von Bleichroden, "früher Pessimist."

"Sie glauben also," fuhr der Spanier fort, "daß das,
was in einem kleinen Lande wie die Schweiz geht, bei
drei Millionen Menschen und nur drei Sprachen, in dem
ganzen großen Europa gehen kann?"

Herr von Bleichroden schien von Zweifel erfaßt
zu werden, als eine von den Tirolerinnen das Wort
nahm.

"Verzeihen Sie, Herr Spanier," sagte sie, "Sie zweifeln
daran, daß dies für Europa mit seinen sechs oder sieben
Sprachen vor sich gehen wird. Das Experiment ist zu
kühn, meinen Sie, bei so vielen Nationalitäten! Aber
wenn ich ein Land aufweisen würde mit zwanzig Nationali=
täten: Chinesen, Japaner, Neger, Rothäute und alle Na=
tionen Europas in einem Lande gemischt: das wäre ja das

Erdballreich der Zukunft! Nun, ich habe es gesehen, denn ich war in — Amerika!"

"Bravo," sagte der Engländer, "der Herr Spanier ist geschlagen."

"Und Sie, Herr Franzose," fuhr die Tirolerin fort, "Sie trauern über Elsaß-Lothringen! Ich sehe es! Sie sehen einen Revanchekrieg für unvermeidlich an; denn Sie glauben nicht, daß Elsaß-Lothringen deutsch bleiben kann. Sie glauben, Sie stehen vor einer unlösbaren Frage!"

Der Franzose seufzte beifällig.

"Nun, wenn Europa ein, was Herr von Bleichroden Schweiz nennt, ein Staatenbund wird, dann wird Elsaß-Lothringen weder französisch noch deutsch, sondern es wird ganz einfach — Elsaß-Lothringen! Ist die Frage dann gelöst?"

Der Franzose erhob artig sein Glas und dankte mit einer Neigung des Kopfes und einem wehmütigen Lächeln.

"Sie lächeln," fing das mutige Mädchen wieder an, "wir haben allzulange gelächelt, das Lächeln der Verzweiflung, des Mißtrauens, lassen Sie uns das nicht tun! Sie sehen ja uns alle hier aus den meisten Ländern Europas! Zwischen Glas und Wand, wo keine Greiner uns hören, da können wir sprechen, was unsere Herzen denken, aber in der Volksversammlung, in der Zeitung, im Buche, da sind wir feige, da wagen wir uns nicht dem Lächeln aus-

zuſetzen, und ſo folgen wir dem Strom! Was hilft es
ſchließlich zu greinen? Das Greinen iſt die Waffe der
Feigheit! Man iſt bange um ſein Herz! Ja, es iſt ſchlimm,
ſeine Eingeweide an der Ladentür zu ſehen, aber die anderer
auf dem Schlachtfeld liegen zu ſehen, während Muſik und
Blumenregen die Rückkehrenden und Einziehenden erwartet,
das iſt ſchön! Voltaire greinte, weil er noch um ſein Herz
bange war, aber Rouſſeau ſchnitt ſich lebendig auf, riß
das Herz aus dem Bruſtkorb, und hielt es gegen die Sonne,
wie die alten Azteken, wenn ſie opferten — o! ſie hatten
doch einen Gedanken in ihrer Raſerei! Und wer hat die
Menſchheit umgeſchaffen, wer ſagte uns, daß wir auf un=
rechtem Wege waren? Rouſſeau! Genf, dort, verbrannte
ſeine Bücher, aber das neue Genf hat Rouſſeau eine Denk=
ſäule errichtet. Was wir und alle hier im ſtillen denken,
das denken alle im ſtillen! Geben Sie uns nur Freiheit,
es laut ſagen zu dürfen!"

Die Ruſſen erhoben ihre ſchwarzen Teegläſer und
ſchrien in ihrer Sprache Worte, die nur ſie verſtanden.
Der Engländer füllte ſein Glas und wollte einen Toaſt
halten, als das Dienſtmädchen hereinkam und ihm ein
Telegramm übergab. Das Geſpräch ſtockte einen Augen=
blick, und der Engländer las mit ſichtbarer Bewegung ſein
Telegramm, dann ſteckte er es wohlgefaltet in die Taſche
und verſank in Gedanken. Das Diner näherte ſich ſeinem
Ende und es dämmerte draußen. Herr von Bleichroden
ſaß ſtill da, in die Betrachtung der wunderſchönen Land=

schaft draußen versunken. Der Mont Grammont und die Dent d'Oche wurden von dem letzten Rot der untergegange­nen Sonne schräg beleuchtet, das die Weinberge und Kastanienhaine am Savoyer Ufer rosa färbte; die Alpen schimmerten in der feuchten Abendluft und schienen aus dem­selben luftigen Stoff gemacht zu sein wie das Licht und die Schatten, sie standen wie unkörperliche hohe Naturwesen da, dunkel und finster auf der Rückseite, drohend, düster in den Klüften, aber auf den Vorderseiten, die sich der Sonne zuwandten, licht, lächelnd, sommerfroh! Er dachte an die letzten Worte der Tirolerin, und er glaubte in dem Mont Grammont ein kolossales Herz mit der Spitze gen Himmel zu sehen, das dampfende, verwundete, narbige, bluttriefende Herz der ganzen Menschheit, daß sich in einer einzigen großen Opferung gegen die Sonne wandte, um alles zu geben, das Beste, das Teuerste, um alles zu be­kommen.

Da wurde der dunkle, stahlblaue Abendhimmel von einem Lichtstreifen geschnitten, und über das niedrige Ufer von Savoyen stieg eine Rakete von ungeheurem Kaliber, stieg hoch, scheinbar so hoch wie die Dent d'Oche; sie stand, balanzierte, als sähe sie sich unten auf der schönen Erde um, ehe sie krepierte: es dauerte einige Sekunden, und dann begann sie die Niederfahrt; doch sie war noch nicht viele Meter weitergekommen, als sie mit einem Knall explo­dierte, welcher nach ein paar Minuten erst Devey erreichte; und nun entfaltete sich gleichsam eine große weiße Wolke,

18*

welche eine viereckige, rechtwinklige Form annahm, ein Flaggentuch in weißem Feuer, und einen Augenblick nachher ertönte noch ein Schuß, und auf dem weißen Tuche zeichnete sich ein rotes Kreuz ab.

Alle Tischgäste waren aufgesprungen und eilten auf die Veranda hinaus.

„Was bedeutet das?" rief Herr von Bleichroden erschüttert aus. Keiner konnte oder wollte antworten; denn jetzt stieg eine ganze Raketenkiste wie aus einem Krater über die Spitzen der Voirons und streute ein Feuerbukett aus, das sich in dem ungeheueren Spiegel des ruhigen Genfer Sees widerspiegelte.

„Ladies and Gentlemen!" erhob der Engländer seine Stimme, während ein Kellner ein großes Präsentierbrett mit gefüllten Champagnergläsern auf den Tisch stellte! „Ladies and Gentlemen!" wiederholte er, „dies bedeutet, nach dem, was ich aus dem eingegangenen Telegramm erfuhr, daß das erste internationale Schiedsgericht in Genf seine Arbeit beendet hat; das bedeutet, daß man einem Kriege zwischen zwei Völkern, oder was schlimmer gewesen wäre, einem Kriege gegen die Zukunft zuvorgekommen ist, daß hunderttausend Amerikaner und ebensoviele Engländer diesem Tage zu danken haben, daß sie noch am Leben sind. Die Alabama=Frage ist gelöst zum besten nicht Amerikas, sondern des Rechtes, nicht zum Schaden Englands, sondern zum zukünftigen

Wohl. Glauben Sie noch, Herr Spanier, daß Kriege unvermeidlich sind? Lächeln Sie noch, Herr Franzose, so lächeln Sie denn mit dem Herzen und nicht mit den Lippen. Und Sie, mein Herr deutscher Pessimist, glauben Sie jetzt, daß die Franktireurfrage ohne Franktireurs und ohne Fü= silladen gelöst werden kann, aber auch nur auf diese Weise? Und Sie, meine Herren Russen, ich kenne Sie nicht persön= lich, aber ihre moderne Waldpflege mit dem Köpfen, glauben Sie, daß die so ganz richtig ist? Glauben Sie nicht, daß es besser ist, an die Wurzel zu gehen? Das ist bestimmt sicherer und ruhiger! — Ich sollte als Engländer mich heute geschlagen fühlen, aber ich fühle mich stolz, meines Landes wegen, das tut ein Engländer stets, wie Sie wissen, aber heute habe ich das Recht es zu sein; denn England ist die erste europäische Macht, die an das Urteil ehrlicher Männer appellierte, statt an Eisen und Blut! Und ich wünsche Ihnen und allen viele solcher Niederlagen, wie wir sie heute erlitten haben; denn das wird uns siegen lehren! Ihre Gläser, Ladies and Gentlemen, hoch für das rote Kreuz; denn in diesem Zeichen werden wir ge= wißlich siegen.

Herr von Bleichroden blieb in der Schweiz. Er konnte sich nicht von dieser Natur losreißen, die ihn in eine andere Welt geführt hatte, die schöner war als die, welche er verlassen hatte.

Bisweilen hatte er Rückfälle von bösem Gewissen; aber das schrieb sein Arzt nur einer Nervosität zu, wie sie bei den Kulturmenschen von heute allzu gewöhnlich sei. Herr von Bleichroden beschloß, die Frage vom Gewissen in einer kleinen Schrift zu klären, die er zu veröffentlichen beabsichtigte. Sein Exposé, das er seinen Freunden vorgelesen hatte, enthielt ganz denkwürdige Dinge. Er war nämlich mit seinem deutschen Tiefsinn in den innersten Kern der Sache eingedrungen und hatte entdeckt, daß es zwei Arten von Gewissen gibt: 1. das natürliche, 2. das künstliche. Das erste Gewissen, meinte er, ist das natürliche Gefühl des Rechten. Dies Gewissen war es, das ihn so schwer belastete, als er die Freischützen erschießen ließ. Von dem konnte er sich nur dadurch freimachen, daß er sich fest als ein Opfer der Oberklasse betrachtete. Das künstliche Gewissen bestand wiederum in a) der Macht der Gewohnheit, b) der Verordnung der Oberklasse. Die Macht der Gewohnheit ruhte so schwer auf Herrn von Bleichroden, daß er bisweilen, gerade wenn er des Vormittags spazieren ging, auf den Gedanken kam, er habe einen Dienst im geologischen Bureau versäumt, und dann wurde er unlustig, unruhig und hatte das Gefühl eines Jungen, der die Schule geschwänzt hat. Und er strengte sich unglaublich an, um sein Gewissen damit zu entschuldigen, daß er ja gesetzlichen Abschied genommen und erhalten habe. Aber dann tauchte sein Amtszimmer auf; die Kameraden, die sich bewachten, um das Versehen

des anderen zu entdecken, das ihre eigene Beförderung
werden würde; die Vorgesetzten, die mit dem Atem im
Halse auf Orden und Auszeichnungen warteten; und es
war ihm, als sei er auf und davongegangen. Doch konnte
er auch von dem Gewissen angefochten werden, das das
Gebot der Oberklasse dem Menschen auferlegt. Das erste
Gebot: König und Vaterland lieben, wurde ihm schwer
zu halten. Der König hatte dieses Vaterland in das Elend
des Krieges gestürzt, um einem Verwandten ein neues
Vaterland zu schaffen, das heißt, ihn aus einem Preußen
zu einem Spanier zu machen. Hatte da der König sein
Vaterland geliebt? Hatten die Könige überhaupt ihr
Vaterland geliebt? England wurde von einer Hannove=
ranerin, Rußland von einem deutschen Kaiser regiert und
würde bald eine dänische Kaiserin bekommen; Deutschland
hatte eine englische Kronprinzessin, Frankreich eine spa=
nische Kaiserin, Schweden einen französischen König und
eine deutsche Königin. Wenn man nach so hohen Vorbildern
die Nationalität wechselte, wie man einen Rock wechselt,
dann, meinte Herr von Bleichroden, müßte der Kosmo=
politismus eine glänzende Zukunft haben. Aber die Gebote
der Obrigkeit, die mit der Praxis der Obrigkeit im Streit
lagen, plagten ihn! Er liebte sein Vaterland wie die Katze
ihren Herd; aber er liebte das Land nicht als Institution.
Die Obrigkeit hatte die Nationen nötig als Wehrpflichtige,
als Steuerzahler, als Stütze des Thrones; denn ohne Na=
tionen würde es keine Fürstenhäuser mehr geben können.

Darum das so oft wiederkehrende Verbot der Aus=
wanderung.

Als Herr von Bleichroden zwei und ein halbes Jahr
in der Schweiz gewesen war, erhielt er eines Tages von
Berlin den Ruf heimzukommen; denn Kriegsgerüchte seien
im Umlauf. Diesesmal galt es Preußen gegen Rußland,
dasselbe Rußland, das vor drei Jahren Preußen seine
„moralische" Unterstützung gegen Frankreich gewährt hatte.
Herr von Bleichroden hielt es nicht für gewissenhaft, gegen
seine Freunde zu ziehen, und da er bestimmt wußte, daß
die beiden Nationen einander nicht übelwollten, fragte er
seine Frau um Rat, wie er sich in solch einem neuen Dilemma
benehmen solle; denn er wußte aus Erfahrung, daß das
Gewissen des Weibes sich dem des Naturgesetzes mehr nähert
als das des Mannes. Seine Frau antwortete, nachdem sie
einen Augenblick überlegt hatte:

„Deutsch sein ist mehr als Preuße sein, darum wurde
der deutsche Bund gebildet; Europäer sein ist aber mehr
als deutsch sein; Mensch sein ist mehr als Europäer sein.
Du kannst die Nation nicht wechseln; denn alle „Nationen"
sind Feinde, und man geht nicht zu Feinden über, wenn
man nicht Monarch wie Bernadotte oder Generalfeldmar=
schall wie Graf Moltke ist. Es bleibt dir also nur übrig
dich zu neutralisieren. Laß uns Schweizer werden! Die
Schweiz ist keine Nation!"

Herr von Bleichroden sah die Frage so glücklich und
einfach gelöst, daß er sofort Erkundigungen einzog, wie

er neutralisiert werden könne. Denkt euch seine Überraschung und Freude, als er erfuhr, daß er bereits alle Bedingungen erfüllt habe, um Schweizer Bürger zu werden (in dem Lande gibt es nämlich keine Untertanen!), da er bereits zwei Jahre im Lande gewohnt.

Herr von Bleichroden ist nunmehr neutralisiert, und obgleich er so sehr glücklich ist, liegt er noch, wenn auch seltener, in Fehde mit seinem Gewissen.

Ein halber Bogen Papier

Die letzte Möbelladung war fort; der Mieter, ein junger Mann mit einem Trauerflor am Hut, wanderte noch einmal durch die Wohnung, um zu sehen, ob er etwas vergessen habe. — Nein, er hatte nichts vergessen, absolut nichts; und so ging er hinaus in den Flur, fest entschlossen, nicht mehr an das zu denken, was er in dieser Wohnung erlebt hatte. Aber siehe, im Flur, neben dem Telephon, war ein halber Bogen Papier festgezweckt; der war von mehreren Händen vollgeschrieben, einiges ordentlich mit Tinte, anderes mit Blei- oder Rotstift gekritzelt. Da stand es, diese ganze schöne Geschichte, die sich in der kurzen Zeit von zwei Jahren abgespielt hatte; alles, was er vergessen wollte, stand da; ein Stück Menschenleben auf einem halben Bogen Papier.

Er nahm den Bogen ab; es war solches sonnengelbes Konzeptpapier, von dem es leuchtet. Und er legte es auf den Mantel des Kachelofens im Saale, und darübergeneigt, las er. Zuerst stand ihr Name da: Alice, der schönste Name, den er damals kannte, weil es der seiner Braut war. Und die Nummer — 15,11. Es sah aus wie eine

Gesangbuchnummer in der Kirche. Darunter stand: Bank. Das war seine Arbeit, die heilige Arbeit, die das Brot, die Häuslichkeit und die Gattin gab; die Grundlage zur Existenz. Aber sie war durchgestrichen! Denn die Bank war zusammengestürzt, aber er hatte sich zu einer anderen Bank hinübergerettet, jedoch nach einer kurzen Zeit großer Unruhe.

Dann kam: Blumenladen und Mietskutscher. Das war die Verlobung, als er die Tasche voll Geld hatte.

Darauf: Möbelhändler, Tapezierer. Er richtet die Wohnung ein. Speditionsgeschäft: sie ziehen ein.

Billetschalter der Oper: 50, 50. Sie sind neuvermählt und gehen Sonntags in die Oper. Ihre besten Stunden, wo sie selbst still dasitzen und sich in dem Märchenlande auf der anderen Seite des Vorhangs in Schönheit und Harmonie finden.

Hier folgt ein Männername, der durchgestrichen ist. Das war ein Freund, der eine gewisse Höhe in der Gesellschaft erreicht hatte, aber das Glück nicht vertragen konnte, sondern fiel, unrettbar, und weit fort reisen mußte. So gebrechlich ist es!

Hier scheint etwas Neues in das Leben der Gatten eingetreten zu sein. Da steht, von einer Damenhand und mit Bleifeder: „Die Frau". Welche Frau? — Ja, die mit dem großen Mantel und dem freundlichen, teilnehmenden Gesicht, die so leise kommt und niemals durch den Saal

geht, sondern ihren Weg durch den Korridor zum Schlaf=
zimmer nimmt.

Unter ihrem Namen steht Doktor L.

Zum erstenmal taucht hier der Name eines Verwandten
auf. Da steht: „Mama". Das ist die Schwiegermutter,
die sich diskret abseits gehalten hat, um die Neuvermählten
nicht zu stören, jetzt aber in der Stunde der Not gerufen
wird und mit Freuden kommt, da man ihrer bedarf.

Hier beginnt ein großes Gekritzel mit blau und rot.
Stellenvermittelung: das Mädchen ist gegangen, oder ein
neues soll gemietet werden. Apotheke. Hm! Es dunkelt!
Meierei. Hier wird Milch bestellt, tuberkelfreie!

Kaufmann, Schlächter usw. Das Haus fängt an, per
Telephon geführt zu werden; dann ist die Hausfrau nicht
auf ihrem Platz. Nein, sie liegt zu Bett.

Was dann folgte, konnte e r nicht lesen, denn es be=
gann vor seinen Augen dunkel zu werden, wie einem im
Meer Ertrinkenden geschehen muß, der durch salziges Wasser
sehen will. Aber da stand: Beerdigungsinstitut. Das sagte
ja genug! — Ein größerer und ein kleinerer, natürlich
Sarg. Und in Parenthese war geschrieben: aus Staub.

Danach stand nichts mehr da! Mit Staub endete es,
und das tut es.

Er nahm das Sonnenpapier, küßte es und legte es
in seine Brusttasche.

In zwei Minuten hatte er zwei Jahre seines Lebens durchlebt.

Er war nicht gebeugt, als er hinausging; er trug im Gegenteil seinen Kopf hoch, wie ein glücklicher und stolzer Mensch; denn er fühlte, daß er doch das Schönste besessen hatte. Wie viele Arme, die es nie bekommen hatten!

Das große Kiessieb

Es lag einmal eine Aalmutter mit ihrem Sohn unten auf dem Seegrunde neben der Dampfbootbrücke, und sah zu, wie ein Bursche seine Rute in Ordnung machte, um zu angeln.

„Sieh den an!" sagte die Aalmutter, „da kannst du die Bosheit und Hinterlist der Welt kennen lernen ... Sieh, er hat eine Peitsche in der Hand, und dann wirft er die Schmitze aus; da ist sie! Dann kommt der Klöppel, der hinunter zieht; da ist er! Aber dann kommt der Haken mit einem Wurm daran! Den darfst du ja nicht in den Mund nehmen, denn dann sitzt du fest! Nun, es sind nur dumme Barsche und Rotaugen, die sich verlocken lassen. So, nun weißt du es!"

Jetzt aber begann der Tangwald mit Muscheln und Schnecken zu schaukeln, und es war ein Plätschern und Trommeln zu hören, und dann schoß ein großer roter Walfisch über ihren Köpfen dahin, und er hatte eine Schwanzflosse wie ein Korkzieher, und damit arbeitete er.

„Das ist das Dampfboot!" sagte die alte Aalmutter. „Mach Platz!"

Ja, und dann entstand da oben ein entsetzlicher Lärm. Man trampelte und strampelte, als ob man in zwei Sekunden eine Brücke zwischen Boot und Land baute. Aber es war schwer, etwas zu sehen, denn sie ließen da oben Ruß und Öl aus.

Es war etwas sehr Schweres auf der Brücke, so daß die kreischte, und einige Männer fingen an zu singen:

„O, hebet ihn! — Juchhei, hoch mit ihm! — O, gleichen Griff! — Juchhei, hoch mit ihm! — O, rücket ihn! — Juchhei, hoch mit ihm!"

Da geschah etwas, das war ganz unbeschreiblich. Zuerst klang es, wie wenn sechzig Dalkerle Holz spleißen; dann öffnete sich eine Grube im Wasser, die bis auf den Seegrund hinunterreichte, und zwischen drei Steinen stand ein schwarzer Schrank, der sang und spielte, daß es klang und klang, dicht neben der Aalmutter und ihrem Sohne, welche sich nach der Tiefe davonmachten.

Eine Stimme war von oben zu hören, die schrie:

„Drei Klafter Wasser! Das geht nicht! Laßt es liegen, denn es lohnt nicht, das alte Geschirr heraufzuholen, das kostet mehr Reparatur, als es wert ist."

Es war der Bergmeister, dem sein Pianino in die See gefallen war.

Dann wurde es still; der große Rotfisch schwamm mit der Schraubenflosse davon, und es wurde noch stiller. Als aber die Sonne unterging, begann der Wind; der schwarze Schrank unten im Tangwald schaukelte und schlug gegen die Steine, und bei jedem Stoß spielte er, so daß die Fische in der Gegend angeschwommen kamen, um zu sehen und zu hören.

Die Aalmutter kam zuerst, um nachzuschauen, und da sie sich in dem Schrank spiegeln konnte, sagte sie: „Das ist ein Spiegelschrank!"

Das war logisch, und darum sagten alle: „Das ist ein Spiegelschrank."

Dann kam ein Meergrundel und roch die Leuchter heraus, die darangeblieben waren; und es saßen noch niedergebrannte Lichtstümpfe in den Tüllen. „Das ist was zum essen," sagte er, „wenn nur nicht die Schmitze wäre."

Dann kam ein großer Dorsch und legte sich aufs Pedal, aber da entstand ein Gedröhn im Schranke, so daß alle Fische flohen.

Weiter kamen sie an dem Tage nicht.

Zur Nacht wurde es halber Sturm, und der Spielkasten schlug, wie die Jungfrau des Pflasterers, bis die Sonne aufging. Da, als die Aalmutter mit der ganzen Gesellschaft zurückkam, hatte der Schrank sich verändert.

Wie ein großer Hairachen war der Deckel aufgeschlagen; da war eine Zahnreihe zu sehen, so groß, wie sie sie noch nie gesehen hatten; aber jeder zweite Zahn war schwarz. Und die ganze Maschine war an den Seiten wie ein Rogenfisch aufgeschwollen; die Bretter bogen sich, das Pedal zeigte in die Luft wie ein tretender Fuß, die

Arme der Leuchter ballten sich wie Fäuste. — Es war schrecklich!

„Es geht auseinander!" schrie der Dorsch und legte eine Flosse aus, klar zum Wenden.

Und jetzt lösten sich die Bretter, der Kasten öffnete sich, und man konnte sehen, wie er inwendig aussah; das war das Netteste von allem.

„Es ist eine Reuse! Geht nicht hin!" sagte die Aalmutter.

„Ein Webstuhl ist es!" sagte der Stichling, der sein Nest wirkt und sich auf Webersachen versteht.

„Eine Kiesharfe," sagte der Barsch, der sich unter der Kalkbrennerei aufzuhalten pflegte.

Ja, ein Kiessieb war es es! Aber da waren so viele Kinkerlitzchen und Schikanen dabei, die nicht dem Siebe glichen, mit dem sie Kies harfen oder sieben. Es waren kleine Manichorde, die Zehen in weißwollenen Strümpfen glichen, und wenn die sich bewegten, so ging ein Fuß mit zweihundert Skelettfingern; der ging und ging, kam aber nie vom Fleck.

Das war ein sonderbares Ding. Aber das Spiel war aus, denn das Skelett kam nicht mehr an die Saiten heran, sondern figurierte im Wasser, als ob es mit den Knöcheln klopfte, um hineinzukommen.

Das Spiel war aus. Dann aber kam eine Schar Stichlinge und schwamm mitten durch den Schrank. Und als sie ihre Stacheln über die Saiten schleppen ließen, da spielte es wieder, aber auf eine neue Art, denn jetzt waren die Saiten umgestimmt.

Eines rosigen Sommerabends bald darauf saßen zwei Kinder auf der Dampferbrücke, ein Junge und ein Mädchen. Sie dachten nicht gerade an etwas, vielleicht an eine kleine Unart, als sie auf einmal eine leise Musik vom Seegrunde hörten, worauf sie ernst wurden.

„Hörst du?"
„Ja. Was ist das? Man spielt die Tonleiter."
„Nein. Die Mücken singen."
„Nein. Es ist die Seejungfrau."
„Die gibt es nicht, hat der Lehrer gesagt."
„Das weiß der Lehrer nicht."
„Aber hör doch!"

Sie hörten lange zu, und dann gingen sie ihrer Wege.

Ein paar neuangekommene Badegäste setzten sich auf die Brücke, und er sah ihr in die Augen, die den ganzen rosigen Sonnenuntergang und die grünen Ufer spiegelten. Da hörten sie Musik wie von einer Glasharmonika, aber in neuen Tonarten, so wie nur die geträumt hatten, die etwas Neues auf Erden schaffen wollten. Aber es fiel ihnen nicht ein, sie außer sich zu suchen, denn sie glaubten, es singe in ihnen.

Dann kamen ein paar alte Badegäste, die den Kniff kannten, und sie machten sich ein Vergnügen daraus, laut zu sagen:

„Das ist das versunkene Fortepiano des Bergmeisters."

Doch wenn nur neue Badegäste kamen, die den Betrug nicht kannten, so saßen die da und wunderten sich und freuten sich über die unbekannte Musik, bis einige ältere Badegäste kamen und sie über den Betrug aufklärten. Dann freuten sie sich nicht mehr.

Der Spielkasten aber lag da den ganzen Sommer über, und die Stichlinge lehrten ihre Kunst die Barsche, die es besser konnten. Und das Piano wurde ein Barschgrund für die Badegäste; die Lotsen stellten Netze ringsherum auf, und ein Kellner versuchte eines Tages da Dorsche zu fangen. Und als er die Dorschleine mit dem alten Glockenlot hinuntergelassen hatte und aufziehen wollte, hörte er einen Läufer in X=Moll, und dann saß der Haken fest. Er riß und riß, und schließlich kriegte er fünf Fingerknöchel mit Wolle an den Enden herauf, und es knackte in den Knochen wie bei einem Skelett. Da wurde er bange und schleuderte die Beute in die See, obwohl er wußte, was es war.

Dann kamen die Hundstage, wo das Wasser warm wurde und alle Fische in die Tiefe wanderten, um die Kühle zu suchen. Und da wurde die Musik wieder still.

Aber der Augustmondschein kam und die Badegäste hielten Regatta. In einem weißen Boot saßen auch der Bergmeister und seine Frau, und sie wurden von ihren Jungen langsam hin und her gerudert. Als sie über das schwarze Wasser ruderten, das obenauf versilbert war, mit etwas Mattvergoldung daneben, hörten sie eine Musik unter dem Boot.

„Haha!" sagte der Bergmeister, „das ist unser alter Kasten von Piano? Haha!"

Aber dann schwieg er, als er sah, wie seine Frau ihren Kopf tief auf die Brust beugte, wie man die Pelikane auf Bildern tun sieht, als wolle sie sich in den Busen beißen und ihr Gesicht verbergen.

Das alte Piano und seine lange Geschichte hatte bei ihr Erinnerungen aus der Tiefe geweckt, an den ersten Eßsaal, den sie einrichteten, an das erste Kind, das spielen lernte, an die Langeweile der langen Abende, die nur mit den stürmenden Tonmassen verjagt werden konnte, welche die ganze Wohnung dazu brachten, die Stumpfheit abzuschütteln, und welche die Laune umstimmten und selbst den Möbeln neuen Glanz verliehen ... Aber die Geschichte gehört nicht hierher.

Als der Herbst kam und der erste Sturm heulte, da kam der Strömling zu tausenden und abertausenden und zog durch den Spielkasten. Das war eine Abschiedsmusik, das kann man glauben, und Fischschwalben und Möwen sammelten sich, um zuzuhören. Und diese Nacht fuhr der Spielkasten in See, und da war es aus mit der ganzen Herrlichkeit.

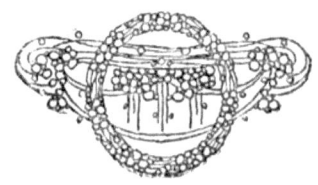

Inhalt

	Seite
Vorwort	5
Leontopolis	15
Der Große	19
Veredelte Frucht	43
Neubau	111
Gewissensqual	215
Ein halber Bogen Papier	283
Das große Kiessieb	287